二十世紀の黄昏《たそがれ》の，ある晩秋に起きた殺人。たわいもない筈のその事件には，一つ奇妙な謎が残されていた。私立ルピナス学園に通う吾魚彩子《あうおさいこ》は，かつてうっかり密室の謎を解いてしまったために，刑事である奇矯な姉に無理やり現場写真を見せられ，推理を強要される。なぜ犯人は殺人ののち，現場で冷えたピザを平らげたのか——(「冷えたピザはいかが」)。青薔薇の館に残された，鏡文字のルビ付きダイイング・メッセージ。死体から右手を切り取られた大女優。博学の少年・祀島《しじま》らと遭遇する不思議な事件の結末は？少年少女が織りなす謎と論理のセッション。清冽な印象を残す佳品三編を収める。

登場人物

吾魚《あうお》彩子《さいこ》……主人公。直感力に長けた普通の少女

祀島《しじま》龍彦《たつひこ》……雑学と洞察力に長けた少年。彩子の憧れの人

桐江《きりえ》泉《いずみ》……度胸と空想力に長けた少女。彩子の友人

京野《きょうの》摩耶《まや》……さして取り柄のない美少女。彩子の友人

吾魚《あうお》不二子《ふじこ》……がさつな刑事。彩子の姉

庚午《こうご》宗一郎《そういちろう》……不二子の上司——のはずだが

久世《くぜ》真佐男《まさお》……喫茶アルケオプテリクス店主

勤野《ゆめの》麻衣子《まいこ》……編集者。第一話の犯人

磯谷《いそがい》章次《しょうじ》……編集者。第一話の被害者の恋人

天竺桂《たぶのき》雅《みやび》……人気作詞家

天竺桂聖《ひじり》……雅の弟

杉迫《すぎさこ》青児《せいじ》……天竺桂家の書生

伊勢崎《いせざき》静子《しずこ》……無名詩人

野《の》原《はら》鹿子《かのこ》……かつて「手套の麗人」と呼ばれた老女優

枕崎《まくらざき》庄助《しょうすけ》……鹿子のマネージャー

多《た》津《つ》瀬《せ》奈《な》緒《お》……鹿子の付人

謎の老人……謎の老人

ルピナス探偵団の当惑

津 原 泰 水

創元推理文庫

THE PERPLEXITY OF LUPINUS DETECTIVES

by

Yasumi Tsuhara

2004

目次

ルピナス探偵団の当惑

第一話　冷えたピザはいかが

犯人は意外ではなかった。

その夜、教創社《きょうそう》の編集者勤野麻衣子《ゆめのまいこ》はエッセイスト岩下瑞穂《いわしたみずほ》のマンションを訪れ、彼女の次作についての打合せをおこなった。用件を終えた麻衣子はマンションをあとにし、吉祥寺《きちじょうじ》駅前のカフェテリアで食事。その最中に意を決し瑞穂のマンションへと引き返した。麻衣子は下駄箱の上にあった置物で瑞穂の頭部を殴り、殺害。部屋にあがり翌日になってから暖房が効きはじめるようエアコンのタイマーを設定すると、瑞穂の仕事机の上にあったピザを食べ、会社に戻った。

部屋のドアはオートロック。翌日、合鍵を持った瑞穂の恋人が部屋を訪ねてきて、玄関に倒れ息絶えている彼女を発見した。警察の嫌疑は前日瑞穂と会っていた麻衣子にも向かったけれど、決め手となるような物的証拠はなく、目撃者も見つかっていない。

――そういう事件だ。私こと吾魚彩子《あうおさいこ》がまだ私立ルピナス学園の生徒だった、二十世紀の黄昏《たそがれ》の、ある晩秋の夜の。

I　消えた最後の晩餐

クラブ活動を持たない生徒がどっと下校していったあとの奇妙に静まり返った前庭に、私たちは祀島《しじま》龍彦《たつひこ》くんを見出した。

キリエが細い腕をこまねき、「安心して玉砕してこい。骨は拾ってやる」

「肩の力を抜いて、手と足は交互にね」摩耶《まや》が背中を叩いてきた。

私は手紙を胸に構えた。祀島くんは塀際の植込みの前に佇《たたず》み、何かをじっと見つめている。

「待ってて」と云って校舎を出たが、何歩も進まぬうちに膝がわらいはじめた。ほかの男子らとどこといって違わないはずのブルーグレイの学生服が、彼だと思うと珍鳥の羽毛のように眩《まぶ》しい。動悸《どうき》がし、歩き方は無茶苦茶になった。

気配に、祀島くんがふり向く。頭の中が白くなった。

「祀島くん」声がひっくり返る。「私はE組の吾魚彩子です」

「知ってるよ。何度も話したことあるし」

「そうでした。何を見てるの」

「ユッカが満開だなと思って」

植込みの奥まったところ、人の頭ほどの高さに、クリーム色の花々がひとかたまりになって浮かんでいる――と見えるのは、それを支えている茎がひどく細いからだ。茎の下方にはパイナップルの頭を巨大にしたような、大きく鋭い葉の集まりがある。

ユッカという名だったか。

「変わった鈴蘭《すずらん》だなと思ってました」

「キミガヨ蘭ともいうけど」

「蘭なんですか」

「鈴蘭はユリ科。ユッカはリュウゼツラン科」

――祀島くんの博覧強記ぶりをわがことのように自慢していて、虫の居所が悪かったキリエからさんざんに罵《ののし》られたことがある。「雑学！　しょせん雑学！　益体《やくたい》もない知識へのフェティシズムさ。虻《あぶ》が変な花に集まるのと変わんない。彩子あんた、虻の肢《あし》に付いた花粉をありがたがってるんだぜ」

一理あるので反論しなかった。そのうちキリエのほうで勝手に反省して詫《わ》びてきた。

祀島くんはユッカに視線を返した。一緒に花を眺めているそぶりで、その色白な横顔を盗み見る。直線的な鼻筋と逆さぎみの長い睫毛《まつげ》。ふわりと額に下がった前髪同様、彼の物腰は柔らかく、誰に対しても礼儀正しい。怒ったところというのが想像できない。

「あ、いきなりいた」

近場で、よく知った声が――と思うや後ろから肩を摑んで引っぱられた。香水臭に咳《せ》きこみかける。

「彩子、ちょっと一緒に」赤々と塗られた唇が、にやと歪《ゆが》む。ソバージュヘアで私の視界の大半を占拠している高級水商売風のこの女は、名を吾魚不二子《ふじこ》という。

慌てて手紙を後ろ手にした。

「あら――ひょっとして祀島くん？　お噂はかねがね」不二子は愛想よく会釈し、「彩子の姉の不二子、二十四歳独身です。どんな仕事の人に見える？」

「お姉ちゃん」肩をぶつけて彼から遠ざけた。

「何すんの、この子は」

「学校に来ないでっていつも云ってる。それから噂してるなんて云わないでよ、恥ずかしい。さらに年齢も違う」本当は二十七歳だ。

「細かいことを。ただの挨拶じゃない。それに保護者なんだから迎えにくらい来るわよ」

「お姉ちゃん怪しいんだもん。そうじゃなくても目立つのに、パトカーで来たり警察手帳見せびらかしたり。私、お姉ちゃんが来るたびにあとでシスターから尋問受けてる」

「国家権力に白い目向けてたら、宗教弾圧するよと云っておやり」

地方公務員じゃん、と呟く。

「ちょっと外の喫茶店まで付き合って。庚午《こうご》くんが待ってるから。見せたいものがあるの」

眉をひそめた。「私は見たくない。また現場の写真でしょう」

「ちらっと見て意見を聞かせてくれればいいの。時間は取らせないから」

「私の意見なんかどうでもいいじゃない、お姉ちゃんも庚午さんもプロなんだから」

「あんたこないだ密室の謎をぱぱっと解いてみせたでしょ。あれに庚午くんがまだ感心してて、どうしても見解をうかがいたいんだって」

「あれはだって、お姉ちゃんたちが密室だ密室だって騒いでただけで、ぜんぜん密室じゃなかった。それに喫茶店は入れないもん校則で」

「保護者同伴だからいいの。それとも庚午くんこっちに連れてきて一緒に教室で話そうか」

「絶対にやめて。やめてください。わかったよ、行くよ」

祀島くんをふり返ると、ある程度は聞えていたようで、私に手を振り、「じゃあまた」

「あら、なんだったら祀島くんもご一緒に」

「いえ、友達と約束があるから」

学校を出ていく彼を恨めしい気持ちで見送る。今日こそはと腹を括《くく》っていたのに。

私は校舎へと引き返しはじめた。

「彩子、どっちに向ってんのよ」

「鞄が教室」

校舎の玄関で、摩耶とキリエは立ち位置も変えずに待っていた。

「彩子の姉さんって目立つなあ。風景の上に貼りつけてあるみたいだ」

摩耶が私の手を掴み、「もう。手紙持って帰ってきちゃった」

「まさか巨神兵が現れるなんて」

「最初に渡しちゃえばよかったのに」

「やり取りの流れというものが」

「姉さん、なんだって」キリエの関心は不二子がかかえているであろう事件へと移っている。

「喫茶店で現場の写真見せるって」

「殺人かな」

「たぶん。お姉ちゃん、そういうのの係だから」

京野《きょうの》摩耶と桐江《きりえ》泉《いずみ》、彼女らの人となりを乱暴に云いきってしまうならば、摩耶はお嬢さんでキリエは少年だ。摩耶は長い髪をたいがい肩の後ろできれいに束ねている。セーラー衿にはアイロンがかかり絶妙な曲線をえがいているし、スカートのプリーツは芯でも入っているようだ。ださいと評判のうちの制服を、有名ミッション女学校の制服と錯覚させる力が彼女にはある。

このルピナス学園もミッションスクールには違いないのだが有名校とは云いかねるし、女学校だったのも二十年前までの話だ。今の理事長が就任したと同時に男子の受け入れが始まり、現在、男子の比率は全生徒の三割以上に及ぶ。礼拝堂とその周辺でシーラカンスのように生き延びているシスターたちの存在を除けば、普通の共学校とさして変わりない。もはやルピナスではない、と古い卒業生は口をそろえて嘆くという。昔は摩耶のような子ばかりだったのかもしれない。

同じルピナスの制服でも、手足がひょろ長く寝乱れたような短髪をしたキリエが着ると、別種のファッションになる。存在しないボタンを幾つも外して着ているようだ。すかすかずるずるのその姿を見つめていると、もはやルピナスではないという言葉が私の胸にも染みてくる。キリエというのは彼女の苗字だが、たぶんイズミよりも語感が彼女に似合っているからだろう、下の名のような調子でそう皆から呼ばれている。

摩耶はよく他校の男子から手紙を貰《もら》い、キリエはよく下級の女子から貰っている。私はどちらからも貰わない。祀島くん以外に興味はないからいいのだ。

ルピナスというのは花の名だ。マメ科の多年草。藤《ふじ》の花を逆さにしたように見えることから、昇り藤とも呼ばれる。と生徒手帳に載っている。花言葉は「貪欲《どんよく》」そして「空想」。

茶色いセーラー服が連なって店に入ってくるさまに、庚午さんが唖然となっている。やがて厳しい顔つきで立ち上がり、「吾魚さん、困りますよ」

「なんで。彩子の友達だし」

「資料を部外者への見世物にはできません」

「彩子も部外者だけど」

「彩子さんはともかく」

「なんでともかくなの。だいいちこの子に見せたり聞かせたりしたら、どうせこのふたりには筒抜けなんだから。ねえ」

摩耶とキリエは深く頷いた。

「関係者の名前だけ伏せときゃいいじゃない。その辺に掛けて」

不二子は庚午さんの横に坐り、私たちも彼らを取り巻いて坐った。

庚午さんも顎を撫でながら、「まあいいか。全員珈琲でいいですか」

「いや、久しぶりにカプチーノが飲みたいな」

「私はロイヤル・ミルクティー」

「自分たちで頼んでください」

後輩のクラブ活動を見物にきたOBのような風情のこの青年は、じつは不二子の上司なのだ。恐ろしく難しい試験を経て入庁した、いわゆるキャリア組の警察官で、今は見習いとして南吉祥寺署にいる。見習いでも肩書は警部補。一方、先輩づらしている不二子の肩書は巡査に過ぎない。こんなデタラメな巡査と庚午さんがなぜいつもコンビを組んでいるのか、意外と自称しているとおり職場での吾魚巡査は優秀なのか、それとも正真正銘のデタラメ巡査だからこそ彼のようなお目付役が必要なのか、その辺の事情は私にはわからない。

飲み物が揃うと不二子はハンドバッグを開いた。

「写真、どっちを見たい？」二通の封筒を取り出す。「生《なま》と白線とあるけど」

「白線」私は叫んだ。

「どう違うの」キリエが余計なことを訊く。

不二子は得意げに、「こっちに入ってるのは現場そのまんまでね、死体もしっかりと写ってんの。顔がもろに写ってるのは抜いてあるけど。こっちは運び出したあとの写真。死体があった位置は白線で示してあります」

「やっぱり殺人事件なんだ。生々しいのが見たい」

「はい、じゃあこっちキリエちゃん。彩子はこっち」

封筒を受け取りはしたが、本当は白線だって見たくはない。怪奇漫画、ホラー映画、犯罪実録番組——残酷場面を含みそうなもの全般、見られない体質だ。眼が勝手に閉じる。すると今度は瞼《まぶた》の闇が怖い。怖がりなのだ。食事中でもお構いなしに他殺体の話をする不二子が、実の姉だというのが信じられない。実際、どこかしら信じていない。

「うわあ、うおお、他殺死体、たまんない」キリエはちょっと不二子と似ている。

摩耶はテーブルから身を退いて口許を押さえているが、眼は写真の束をめくるキリエの手許に釘付けになっている。

「岩下瑞穂。エッセイストの」「高級そうなマンション。若い女の人ね」

庚午さんが珈琲を気管に入れて咳きこんだ。「吾魚さん、名前」

「どうせ新聞に載っちゃったじゃない。そこまで隠す必要ないわよ」

「あの事件。私も今朝の新聞で読みました」

「頭、殴られたの?」

「そうです。玄関に飾ってあった置物で、後ろからがつんと一発。ところがうまく殴りすぎたといいますか、打ち所が悪かったというべきか、深い陥没骨折による脳挫傷が起きています。被害者は瞬時に気を喪《うしな》い、間もなく絶命したと思われます」

「後ろからなんだ」私だけ別のことで驚いている。私が眺めている白線版では遺体の向きもわからないのだ。

「後ろからです。だから遺体は俯《うつぶ》せにこう」庚午さんは両腕を広げテーブルに伏せる真似をした。「岩下さんが玄関に背を向けたとき──逃げようとしたのかもしれません、そのとき犯人が置物を摑んで」

「摩耶、もう見ないほうがいい。初めから彩子と白線見てりゃよかったんだ」

「お手洗いに」と摩耶が席を立つ。頰から血の気が失せ、目つきも虚ろだ。ふらふらと幽霊のように店の奥へ進んでいく。

「独りで大丈夫かな」

キリエは平然と、「意地っぱりだから這ってでも戻ってくるよ。昔っから、よせばいいのにあたしに合わせちゃ痛い目にばかり遭ってる」

キリエと摩耶は幼馴染《おさななじみ》だ。幼稚園の頃から一緒に遊んでいたという。小学校も同じで、ルピナスには共に中等部から。私は高等部からの編入組だ。

「待ってることないよ。話、続けて」

「はい。部屋に荒らされた痕跡はありませんでした。だから物盗りではない。あ、それが凶器ですね、彩子さんが見ている写真の右の方。いま鑑識にまわってますけど、まあ間違いなくそれです。ヴェネチア硝子《がらす》だって聞きました。高さは約七十センチ」

写真にうつっているのは二体の細長い人形。硝子で出来た王子様、お姫様。透明だが、無色ではない。何色もの淡い色の硝子を束ね、飴細工のように伸ばしたり切ったりして拵《こしら》えてあるようだ。なんとも云えない、夢にみるような色彩を醸《かも》している。

「どっち」キリエも同じ写真を出す。

「右側。王子の方です。血痕が付着してました」

「とんだ王子様が迎えにきたもんだ。岩下瑞穂って独身だよね」

「恋人はいるんですけどね」

「中身もぜんぶ硝子なのかな」

「硝子のかたまりです。だからかなり重い。五、六キロはあるでしょう」

「ふうん、そんなら人も殺せるか。指紋は？」

庚午さんは苦笑し、「びっしり。住居兼仕事場で、とにかく人の出入りが多いんです。その玄関の靴箱の上にあって綺麗なもんだから、ついみんな触るんですね。現場検証のときざっと数えただけで十名ぶんを超えてました。綿密に調べれば、きっとその二倍か三倍」

「しかも犯人の指紋があるとは限らない」

「手ぶくろをしてなかったとは限りませんからね」

「凶器からの断定は無理と」

「そうなります。鑑識の結果、よほどの新事実が出てこないかぎり」

「ほかに手掛かりらしきものは」

「そう——遺体が発見された時、部屋はいちおう鍵の掛かった密室状態になってましたけど」

「誰が発見したの、密室の中の死体を」

「さっき云った被害者の恋人です。合鍵を持ってたんです」

「鍵掛けられたそいつが犯人」

「だと楽なんですけどね。そのマンションのドア、オートロックだから、誰が出ていっても密室になっちゃうんです」

キリエは私の方を向いて唇を歪《ゆが》めた。庚午さんと顔を合わせるのはまだ二度めか三度めだが、すっかり彼のことを莫迦《ばか》にしていて、私たちだけの時はウドと呼んでいる。独活《うど》の大木のウド。たしかに庚午さんは背が高い。

「ほかの手掛かりは」

「部屋の温度ですね。異常なほど暖房が効いていたそうです。中にいるだけでじわっと汗が滲《にじ》んでくるくらい。犯人が死亡推定時刻を混乱させようとしたんでしょう」

「部屋の温度が高いと、死体は――」

「要するに生ものですから、時間が経っている感じになります」

「本当は、見掛けほど時間の経った死体じゃないんだ」

「とも限らないんですよ、これが」

「庚午くんが気づいたのよね」不二子が口を挟む。

「なんで？　犯人は時間の経った死体に見せかけたくて暖房を効かせた。だったら犯行がおこなわれたのは、死体の状態が示している時刻よりあとだったってことになるんじゃないの」

「正反対とも考えられます。タイマー機能がありますから」

キリエはぽかんと宙を見つめ、やがて、

「そうかあ」と頷いた。

私は早くも会話からとり残されている。「キリエ、どういうこと」

「偽装の可能性も、偽装の偽装の可能性もあるってことさ。わかった?」

「わからない」

「さっきあたしが云った、時間の経った死体に見せかけたかったんだって説明は?」

「わかってる。たぶん」

「それが偽装の可能性。岩下瑞穂が殺されたのを、ずっと以前のように見せかけたい。だから暖房を効かせた。この場合、彼女が殺されたのはそんなに以前のことじゃないわけだから、第一発見者の恋人なんぞきわめて怪しい——んだけど、だとしたら彼はそうとうな間抜けってことにもなる。殺して、暖房つけて犯行時刻を遡《さかのぼ》らせて、でも暖かいまんまの部屋に警察を呼んじゃったんだから」

黙って笑った。私が犯人だったら、きっと焦ってそういうポカをやってしまう。

「それをもう一つひっくり返した偽装の可能性の方が、たぶん高いし、少なくとも知的だね。タイマーを使えばそれが可能になる。岩下瑞穂を殺して、ずっとあと——たとえば死体が発見されそうな寸前、暖房が効きはじめるようにセットする。発見者が入ってきたとき、ちょうど部屋が暖まってるくらいにね。すると警察の目には死体がいたんでるのは部屋が暖かいからで、犯行はさして以前のことではないというふうにも見える。そう犯人が読んでたのかもしれないってこと」

説明を頭の中で反復するうち、ようやく理解できてきた。とすると犯人はまったく逆の立場、犯行時刻をなるべくあとに見せかけたかった人間、ということになる。

「でも岩下さんが自分で部屋を暑くしてたのかも」

「ないない」と不二子に否定された。「だってあんまり暑いんで、最初に駆けつけた警官、あえて窓を開けずに待ってたの。後続が温度計を持ち込んで測ったら三十三度もあったって。温室だってそんなに暑くはしないでしょう」

「ねえウド」キリエがうっかり内緒の渾名《あだな》で呼びかける。庚午さんは怪訝《けげん》そうに見返したが、彼女はお構いなしに、「生きている岩下瑞穂に、最後に会った人間は？」

「わかっているかぎりでは編集者の一人です。一昨日《おととい》夕刻、被害者の自宅を訪れています。打合せを終えてマンションを出たのは午後六時前。六時前後に被害者本人から編集部に連絡があり、打合せの結果と併せ、編集者は帰ったとも報告しているそうですから、これは確かでしょう」

「いったん外に出たとしてもさ、その編集者、まっすぐ会社に？」

「いえ、駅前のカフェテリアでかるい食事をとっています。珈琲をテーブルにひっくり返したんで店員が憶えていました。そして八時に帰社。会社は神田です」

「本当はいったんマンションに戻ったのかも。で、ちょいと岩下を殺して――」

「手際よくやれば可能だったでしょうね。可能だったからといって、なんの証拠にもならないわけですが」

「どんな人物だろ。動機ありそう?」

「仕事一辺倒だとか、真面目すぎるという以外、悪い評判はないですね。休日は何をしてますかと訊ねたら、『部屋で持ち帰った仕事をやっているか、楽器を弾いているか』と答えていました。なんの楽器だろう。あと月に一回、化石──痛っ」不二子の方を向く。脚を蹴られたようだ。

「その話はいいの。そんなことまで話してたらきりないでしょ」

「化石?」と思わず反応したが、

「稼ぎをね、月末に数えるのが楽しみなんだって。庚午くん、キリエちゃんは『動機ありそう?』と訊いたの」

「動機は──殺すほどだろうかとは思いますが、あるにはあります。それが原因で被害者と口論になり、かっとなって殺してしまったという筋書なら、ありえなくはないですね。ただ同じ程度の火種は周囲にいくらでもかかえていたようですけどね、岩下瑞穂という人は」

「嫌われてたんだ」

「かなり──強烈な個性の持ち主だったようです。犯行時刻が絞れないがゆえに、彼女とトラブルがあった人間の大半をリストから外せずにいるのが現状です。夕方の六時から翌日の晩までずっとアリバイのある人間なんて、滅多にいるもんじゃありませんから」

「容疑者だらけか」

「みな容疑以前です」

「同じことだよ」キリエは思い出したようにカプチーノを啜《すす》った。「ところでエアコンに話を戻すけど、それって操作はリモコンだよね」

「リモコン専用ですね。壁の本体にはボタン一つ付いてなくて、切るとき仕方がないんで椅子を運んでってコンセントを抜いたんですよ」

「待った。コントローラは」

「云い忘れてました。見つからなかったんです。マンションじゅう隈《くま》なく探したんですが、どこにも」

「犯人が持ってったんだ」

「室温の異常さから犯人がコントローラを操作したのは間違いないですから、ついでに犯人が持ち去ったことになります。指紋を拭き取りにくかったとか、機械に精《くわ》しい人間に自分がおこなった操作を見破られないためとか、理由は幾つか考えられますね」

「それそれ、それなんだよ。ああいうリモコンってまえにやった設定を記憶してるから、もう一度タイマーをセットしてその時刻を見れば、犯行時刻を絞れると思ったんだ」

「残念でした。必ずしもタイマーが使われたとは限らないですしね。その場で設定温度を上げただけかもしれない。犯行時刻をまえに見せかけたかったのかあとに見せかけたかったのか、またどのくらいずらして見せかけたかったのか、エアコンに多彩な機能が付いてることと、コントローラが持ち去られてしまったことにより、すっかり煙《けむ》に巻かれたかたちです」

「結局は見たまんま以上のことはなんにもわかってないんじゃん」

「そういうことになります。今のところ確かと云えそうな事実は二つだけです。犯人は岩下瑞穂さんを硝子の人形で殴って殺害した。犯人はエアコンを操作してコントローラを持ち去った。この二つ」

「そう聞くと無駄のない犯罪って感じもするな。それとも警察に能がないのか」

「犯人が計算ずくだったとしたら、たしかに無駄なく完全犯罪を達成したことになります。必要最低限の作業で、誰が犯人でもふしぎじゃない状況を作ってしまったわけですからね。誰でもふしぎじゃないということは、誰とも特定できないということです。これはある意味で完全犯罪です」

「密室の逆か。疎室《そしつ》殺人」

「僕、わかったんですけど、推理小説で密室が多いのって、あれたぶん、そのほうが犯人が特定しやすいからなんですね」

「探偵や読者を飽きさせないためというのもあると思うよ」キリエは写真の束を放るようにテーブルに置いた。あ、いきなり興味を失った。器用で頭がよく行動力も人一倍ある彼女が、何をやっても中途半端な理由がこれだ。熱しやすいが、頭の廻転や行動の迅速さを凌《しの》いで、冷めやすい。

庚午さんはばつわるそうに頭を搔いて、「動機のほうから当たってくしかないのかなあ。彩子さん、どう思われます？　なにか気づかれた点はないですか」

「私?」自分の顔を指差す。ぜんぜんない。キリエが乗って話していたので、任せとけばいいやという気で人形の写真以外はろくすっぽ眺めずにいた。授業で急に当てられたときのように、慌てて写真を繰る。一枚が目を引いた。さまざまなスタイルの装飾に満ちた、悪く云えばごてごてと統一感のない調度類に、なおさら不似合いな物体が画面中央を占めている。それを見つめているうち、摩耶がトイレから帰ってきた。顔色は正常に戻っている。

「吐いた?」キリエが訊ねる。

彼女はハンカチで口を押さえたまま、「すこし」

こういう会話が、摩耶だとあまり汚い感じがしないのはなぜだろう。彼女はふわっと、また私とキリエの間に坐った。

「これはなんの箱?」私の手の写真に指を置く。

仕事部屋の写真だった。ワードプロセッサが乗ったロココ調の曲線的な机に、背の高い椅子。脇に、乱雑に本の詰まった書棚が写りこんでいる。ワープロはキイボードが画面の蓋として収まるタイプ。奥行がなさそうだから大型液晶画面の新型だろう。私もいつか自分のワープロが欲しいと思って、カタログだけは何冊も持っている。

摩耶の指は閉じ込んだキイボードの手前に置かれた平たい箱を示している。箱の蓋は本棚の側に開いており、中が空っぽであることが見てとれる。摩耶には珍しいのかもしれないが、私はうんざりするほど見てきた箱だ。私も不二子もしょっちゅうお世話になっている。

「ピザの箱です、宅配の」庚午さんは複雑な笑みを泛《うか》べた。「箱にくっ付いていた伝票によれば、配達は遺体発見の前々日でした。残りものを温めもせずに、箱から直接食べていたということになりますね。忙しい人ですから食事をつくったり外に食べにいく暇もあまりなかったんでしょう。お金には不自由しなかっただろうに、その最後の晩餐が冷えきったピザだったとは、皮肉な話です」

†

「それで今朝、朝帰りしてきたんだ」

「そ」不二子はソファに横たわった。「ほんっと冗談じゃないわよ。一本の一一〇番通報がいったい何人の警察官のお肌を荒れさせることか、市民諸君にはよくわきまえてもらわないと」

仕事じゃなくても平然と朝帰りしてくる人が勝手なことを云う。

「晩ごはんは？　きょうお姉ちゃんの当番だけど」

「いらない。外で食べてきた」

「私はどうすればいいの」

「ピザでもとったら」

拳を握ったが、不二子からは見えない。冷蔵庫から朝の残りの食パンを出して電子レンジで温め、不二子が寝転んでいるソファ越しにテレビを眺めながら、囓《かじ》りはじめた。

吾魚家の住人は、現在、不二子と私のふたりきりだ。自動車メイカーの輸出部門に勤めている父が、春、ベルギーのブリュッセル支社に転勤になった。三年も単身赴任じゃあ可哀相だといって母もついていった。あと二年以上、姉妹きりの生活は続く。

姉妹ふたり暮しだと人前で口を滑らせると必ず、東京は物騒だから気をつけないと、という常套句《じょうとうく》を聞かされる。でもその片方が刑事なんだから防犯面でこれ以上の環境はそうない。両親がいない家も、最初は淋しくて気が抜けたけれど、慣れてくればのびのびとできて悪くない。ただ不二子も私も料理が苦手で、特に不二子はつくることじたい大嫌いなので、食生活はきわめて貧しくなった。

「そうだ」番組がコマーシャルに入った途端、不二子がソファの背の上に顔を出した。静かだから寝ているのかと思っていたら、ちゃんと見てたか。「検視の結果なんだけど」

「いい。聞きたくない。いま食べてるし」

「じゃあ聞かないで。勝手に喋《しゃべ》るから。ピザ食べてなかったんだって、岩下瑞穂。胃の中にぜんぜん残ってなかったって」

「誰が食べたんだろ」

「犯人。と庚午くんが云ってた。難問だって頭かかえてたな。やっぱり彩子さんなしには解決できないかもとか真顔で云ってたから、そのうち電話があると思うよ。前例つくっちゃったからね。庚午くんが期待をいだきたくなるのも、まあわからんではない」

「だからまえのあれは本当は密室でもなんでもなかったんだし、そのことに私が気づいたのも一生に一度の偶然で――」

弁明を遮るように電話が鳴りはじめた。

「ほら来た」自分のほうが近くにいるくせに立ち上がろうともしない。

私はテーブルを離れた。不二子の予言は当たった。

「庚午です、昼間はどうも。え、あれ、彩子さんですよね？」

「はい彩子です」

「お姉さんと声がそっくりですね、こうして電話で聞くと」

「庚午さん、まえも同じこと云ってた」

「そうでしたっけ」快活に笑う。「ところでですね、すでにお聞き及びかもしれませんが」

「ピザ？」

「はい。被害者は食べてないんですよ」庚午さんのついた吐息が、ぼわっというノイズになった。「胃の中に無かったんです。どこに消えたんでしょう、ピザ。どうかお知恵を」

「貸すほどありません。庚午さんは犯人が食べたと思ってるんでしょう？　さっきお姉ちゃんが。でもべつに岩下さんが食べてなくても、誰かお客さんに出したとか」

「前日だか前々日だかのピザを？　かの岩下瑞穂が？　しかも仕事机の上ですよ。立派なダイニングテーブルも応接セットもあるというのに」

「ちょっと不自然か。じゃあ岩下さんが食べたのは胃に残らないくらいまえのことで、そのあと箱だけずっと机の上にあった」

「それも思いついて改めて現場に行ってみたんです。ワープロの日時を確認してきました。文書の更新日時です。ワープロって、画面を終わらせたときの日時を自動的に記録しますよね。

そのいちばん新しい日時を確認してきたんです。十一月十一日――一昨日の、午後六時五十分でした。それまでは、生きて、仕事をしていたことになります。それ以降にピザを食べたのなら、たとえ死亡したのが翌日でもすこしは体内に残ってるはずなんです。ところが解剖すると何も無い」

「なんでそれ以降に食べた、じゃないといけないんですか。以前でもいいわけでしょう？　最後の文章を打つ以前に食べたんだとしても、べつにふしぎはないでしょう」

「いいえ、以降じゃなきゃおかしいんです。仕事部屋の写真を思い出してみてください」

書棚があって、机と椅子があって、机の上にはキイボードを閉じたワープロと、蓋の開いたピザの箱。

「ワープロの蓋が閉じられていて、その前にピザの箱が置かれてたでしょう。あそこに箱が置かれたのは、彼女が最後の文章を打って、ワープロのスイッチを切って、蓋を閉じたあとということになります。まさかピザの箱の上で仕事はしないでしょう」

「しませんか」

「しませんよ。箱、鑑識にまわしてますからいずれはっきりしますけど。もし箱の上で仕事してたとしたら痕跡が必ずどこかに。でもそれはないと思いますよ、常識的に考えて。ちなみに、今のところ生きている被害者に最後に会った人物と目されている例の編集者、彼女がマンションを出たのが――」

「女の方なんですか」

庚午さんは沈黙した。しばらくして、「まあいいか。彼女がマンションを出たのが午後六時前。ピザの箱は見なかったと証言しています。彼女はすぐには会社に戻らず駅前のカフェテリアで食事したあと八時に帰社。会社は神田のはずれで吉祥寺駅からはどんなに急いでも一時間はかかりますから、界隈に留まっていられたのは遅くとも七時までということになります。もし彼女が犯人だとしたら、岩下瑞穂がワープロを打ち終えた六時五十分から七時までのたった十分間のあいだに、彼女を殺してエアコンの偽装をし、なぜかピザを食べたうえで駅に駆け戻ったことになりますね。神業《かみわざ》的な手際の良さですが、検視の結果ともぎりぎり一致します。死亡推定時刻、ようやく出たんです。お伝えしときましょうね。あまり参考にならないかもしれませんが」

「んーと」結構です、どうせ憶えられないし、などと答えようとしたのだが、庚午さんは勝手にさきを続けた。

「死亡時刻は、十一日午後七時から翌十二日の午後一時くらいまでと出ました。十一日午後七時というのは遺体が暖房の影響をほとんど受けなかったと仮定した場合のことで、翌日の午後一時というのは逆に、ずっと気温三十度以上の場所に置かれていたと仮定しての時刻だそうです。なんと十八時間の幅。エアコンのタイマー機能のお蔭でそれ以上は絞りこめないんですよ。話を編集者の女性に戻しますけど、もし彼女が犯人だとすると彼女はもう一つ神業をつかっています。遺体の発見時、部屋がすっかり暑くなっているようエアコンに細工をしておきながら、遺体には暖房によるダメージを与えなかったという神業です。これはつまりエアコンを、遺体発見の直前に作動しはじめるよう正確にセットできたことを意味します。偶然そうなっただけかもしれませんけどね。きょう実験してみたんですよ。メイカーから同じコントローラを借りてきまして、昼間、暖房を最大にして、室温が三十三度に上がるまでどのくらいかかるか計ってみたんですよ。何分かかったと思います？　あのエアコンの強力なこと、あれ家庭用としては最大級のやつですね。LDKと玄関とを平均三十三度まで暖めるのに、なんとたったの五分でした。五分で部屋じゅうむんむん」

「じゃあ遺体が暖房の影響をまったく受けていないとしたら」

「エアコンが作動しはじめたのは遺体発見の約五分前ということになりますね。十分前だと早すぎる。意図的なセットだとすれば、やはりこれは神業ですよ」

「遺体の発見——岩下さんの恋人が部屋に入ってきたのは、十二日の何時頃なんですか」

「午後四時二十五分、と彼は云っていますが」

「細かいですね」

「云われてみれば細かいですね。通報しながら時計を見たんでしょう」

「でもそれが嘘って可能性もあるわけですよね」

「彼が犯人であれば、嘘ということになります。その場合、話はわりあい簡単です。十二日の午後一時までに岩下さんを殺害し、部屋を暑くし、四時半に自分で警察を呼ぶ。ただしその場合、なぜ部屋を暑いままにしておいたのか、という疑問は残ります。編集者でも恋人でもない第三の人物が、空白の十八時間のあいだに訪ねてきて犯行に及んだと考えるのが、最も自然かもしれませんね」

「そしてピザを食べてった」

「誰が犯人だとしてもピザは大きな謎です。泥棒だとたまにいるんですけどね、ごはん食べてっちゃう奴。しかし殺人犯でというのは珍しい。よっぽどおなかが空いていたか、あるいはピザを残しておくと証拠に繋がると考えたか」

「ピザが証拠。犯人はピザ屋さんとか」

「そして凶器が硝子だから、共犯は硝子職人」

「庚午さん、本当はお姉ちゃんと一緒に私を笑いたいだけなんでしょう」

「とんでもない、藁にも縋《すが》るような思いで、こうしてお電話してるんです」誉め言葉になっていない。「これは難事件です。なにしろ犯行の手口は月並み、時刻は絞れない。誰が犯人であってもふしぎじゃない。岩下さんを恨んでいた何者か——というか大勢のうちの一人が、ひょいとマンションを訪ねていって被害者にドアを開けさせる。さあどうぞ、と彼女が後ろを向いたら、置物でがつん。エアコンをセットしてコントローラをポケットに入れ、あとはドアを閉めて外に出るだけです。オートロックですからあるていど遺体の発見は遅れますし、マンションの外は駅前通りの雑踏です。いつどんな人間がどの建物から出てきたかなんて、見て記憶している人間はまずいない」

「庚午さん、岩下さんの恋人は容疑者から外してるんだ」

「なぜです」

「だっていま『遺体の発見は遅れる』と云ったし、『被害者にドアを開けさせる』とも。彼は第一発見者だし、それに合鍵を持ってたんでしょう?」

庚午さんは笑い、「いやいや、たまたま彼ではない場合を想定して喋っただけで、けっして彼を圏外に置いてるわけじゃないんです。だんだん調子が出てきましたね。僕が彩子さんに期待しているのはまさにそういうユニークな視座なんです。普通の人間なら最後に気にかけるような部分に、なぜか最初に拘《こだわ》ってしまうような」

これまた誉められたような気がしない。たしかに、ぎざぎざの付いた十円玉を見つけるのとか得意だけれど。

「彩子さんは彼を怪しいと?」

「一瞬、恋人くらい親しい人だったら、彼女の仕事机でピザを食べることもあるかなと思っただけ。でもそれだったら箱は残しておかないですよね。自分がいた証拠なんだから」

「そういえばこのあいだの火曜サスペンス劇場で――」

テレビ番組の話になり、さらに実のない雑談になった。

電話を切ってふり返ると、不二子は手帳をめくっていた。「岩下瑞穂に最後に会った編集者ね、勤野麻衣子《ゆめのまいこ》っていうの。岩下瑞穂のエッセイをいっぱい出してる教創社って出版社の社員。恋人のほうは磯谷章次《いそがいしょうじ》といって、これまたフリーの編集者。どっちか会ってみたくない?」

豪快に関係者の素性を読みあげたことに驚いた。「庚午さんに叱られるよ」

「ぜーんぜん怖くないもん。第一発見者の岩下瑞穂の恋人がどうしたとか、生きている瑞穂に最後に会った例の編集者はどうだとか、そんなまだるっこい会話を続けるの想像したら、なんだか軀《からだ》が痒《かゆ》くなってくる。想像しちゃったからもう背中が痒い」本当に背中を掻いている。

「ね、どっちかに会ってみたくない？」

「会ってどうするの」

「事件、解決してよ。直感でも霊感でも三段論法でも、とにかく拷問自白以外ならなんでもいいから。私、昔っからあの岩下って女のエッセイ、気に食わないなあと思ってて、そんな女の事件を担当してると思うだけでお尻のあたりが痒くなるの」お尻を掻いている。「勤野麻衣子、磯谷章次、どっちもＯＫよ」

「どっちも会いたくない。そんなに暇じゃありません」

女学生が頭を悩ませるべきテーマはほかにたくさんあるのだ。売るほどあるのだ。

†

祀島龍彦様
とつぜんこんな手紙を渡されて、いったい何事かと驚かれていることでしょう。私の顔は記憶にあっても、クラスや名前までは知らないですよね。私はＥ組の吾魚彩子です。ちょっと変な手紙になってしまいそうな気もしていますが、どうか最後まで読んでください。
「ローデシアン・リッジバック！」自分がそう叫んだこと、祀島くんは憶えていますか。五月の朝です。忘れちゃってますか？　私ははっきりと憶えています。私が初めて祀島くんの存在を知ったのが、あの朝だったからです。どういう意味だかさっぱりわかりませんでした。ただ驚いていました。ねぼけまなこの登校中に、名前も知らない男子が自分を指差して「ローデシアン・リッジバック！」と叫んだら、やっぱりふつう驚くと思います。飛びかかられてプロレスの技をかけられるんじゃないかと思いました。でも祀島くんはそのまま行ってしまいました。

あとになって、その言葉の意味に気づきました。私の後ろを散歩していた茶色い犬の名前だったんですね。長い名前なのに強烈に耳に残っていて、犬の図鑑で探して見つけました。地味な感じの犬だけど背中にタテガミみたいなのがあるんですね。私は現物を見ているのに、どうしてもあの犬の背中が思い出せなくて、今もそれは悔しいです。

それから何度か祀島くんと言葉をかわす機会があって、私はそのたびに、なんて物識《ものし》りな人なんだろうと感心していました。横浜のデパートでばったり会ったときも、とても驚かされました。あのときはいいそびれましたが、私は姉と待合せをしてたんです。気がついたら正面に祀島くんが立って、じっとこっちを見つめていたので、私は私服だったせいもあって、ちょっと焦りました。でも笑いかけたら無視されてショックでした。祀島くんが見ていたのが自分の後ろの壁だったなんて思いもしなかったから。デパートの壁なんかにもいっぱい見つかるものなんですね、化石って。

私もあのあと大きな建物に入るたび、壁や床に化石を発見しようとしているんだけど、まだ一つも見つけていません。目に入っているけど気づいてないだけかもしれません。

あの日、祀島くんはわざわざアンモナイトを見に横浜まで出掛けていたんですか？　きっとそうなんでしょうね。ああやって街で化石を見つける会に入ってるっていってましたもんね。都市化石研究会と聞いて、あのアンモナイトをしっかり見たあとなのに「街の化石なんてあるの？」とか莫迦なこときいちゃって、祀島くん、おかしかったでしょう。

私は本当にものを知らない人間で、よく姉にも友達にもバカにされます。でも祀島くんからいろんな話を聞かせてもらっていると、そのあいだに自分がすこしずつ進歩してるような気がして、とても気分がいいです。私はあまり取り柄のない人間なので私なんかと話していても祀島くんにはプラスにならないかもしれないけど、でも私はこれからもずっとたくさん祀島くんとお話をしたいです。電話でも話したり、映画とかも一緒に行きたいです。いいお友達になりたいなと思っています。

もし私のこと嫌いじゃなかったら、電話とか手紙とかくれると嬉しいです。電話とか住所とか誕生日とか星座とか血液型とか好きな色とか好きなテレビ番組とかは、次の紙に書きます。動物や植物や化石のことだけじゃなくて祀島くん自身のこともいろいろと知りたいです。それから、いま私は姉とふたり暮しなので、電話はちょっとくらい遅いのは平気です。

ではさようなら。

吾魚彩子

捨てるべきか救うべきか、それが問題だった。

摩耶の親身さが重圧になりかけている。細かい不備なんかどうでもいい、気持ちが伝わればいいんだから、明日は必ず渡しちゃいなさいよ、と彼女は云う。不備はまず内容にある。祀島くんは私をよく認識していた。今更、こういう自己紹介の手紙というのはどうだろう。人の話を聞いてないのかこの女は、と不快にさせはしまいか。また物理的にも見苦しい。何日も鞄に入れていたうえ不二子の目から隠したとき握りしめてしまったので、内容のみならず見た目においても手紙はすでに古ぼけていた。新しい便箋に新しい手紙を書き、新しい気持ちで祀島くんに渡すのが人の道だとはわかってる。しかしごみ箱送りをためらう理由が私にはあった。

労作なのだ。たったこれだけの文面を下書きし、満足できる清書を仕上げるのに一箇月かかっている。書き直しにも同等かそれ以上の時間がかかるだろう。祀島くんのことを考えはじめたが最後、授業はうわの空、宿題も手につかず、料理は焦がす、財布は忘れる、電車は乗り越す、自分が開けたドアに顔をぶつける——昔からそうだったような気もするが、とにかくこんな生活を続けているより、きれいさっぱり諦められたほうがまだましだと思い、書きはじめた。口頭で告白するなんて考えられない、きっと緊張で卒倒してしまう、そしてそのまま死んでしまうに違いない私が、やっと手にできた現状脱出のための切符なのだ。

頬杖をついて考えこんでいると、不二子が急に部屋の襖《ふすま》を開けた。「彩子、晩酌《ばんしゃく》に付き合わない？」

慌てて机上に広げていた手紙を腕で隠す。「勝手に開けないでよ。柱をノック」

「ごめん、忘れてた。ねえ晩酌」

「未成年は晩酌しない」

「保護者同伴ならいいのよ」

「どこの法律よ」

「この家」

「絶対に私、お姉ちゃんよりさきにお嫁に行くからね」

「ああ、やな子」ぴし、と大きな音をたてて襖が閉まる。

両親がベルギーに行ったばかりの頃、晩酌相手の父がいないのをあんまり淋しがるので、しぶしぶと一度付き合ったら、それ以来いい気になって誘ってくるようになった。ビールなど美味しいと思ったこともないのに、いけるクチじゃない、とおだてられて何杯も飲まされ、翌日ふつか酔いでひどい目に遭った。過《あやま》ちは繰り返すまいと決めている。

不二子の気配が二階から消えるのを待ってから、手紙にふたたび封をして鞄にしまった。入浴のために階下におりると、彼女は居間で缶ビールを手に映画のヴィデオに見入っていた。

「お風呂、さき入るね」

「ん」と気のない返事をする。

よほど面白いらしい。私は浴室に向かった。

迂闊《うかつ》だった。偽装だったとは。

あとで顔を合わせてしまったときの恥ずかしさを想像すると、渡すのは放課後、帰りぎわにしたいのだが、さきに帰られてしまうという危険が伴う。渡すことだけを考えたら、ぜったい早めに動いたほうがいい、と摩耶は云う。昼食を終えた私は、祀島くんの姿を求めて校舎を巡った。摩耶とキリエもぴったりと後ろについてきた。彼は中庭にいた。

読んでください、きのう渡そうとした手紙です、きのう渡そうとした手紙です——口の中で練習する。そう口頭で註釈すればいいのだと、けさ目覚めた私は気づいていた。

「話しかけるよりさきに渡しちゃうの。そしたらもう逃げてきちゃっていいの」摩耶の手が背中で跳ねる。——あ、でも註釈。

「失敗を重ねてくれたほうが、見てるあたしらは面白いんだけどね」

キリエをふり返り、いないのかな、と思う。摩耶は告白してくる男子には事欠かない。気に入ったのと二、三度デートし、あとはさようならが基本だという。男子にちやほやされるのは好きだが命令されるのは大嫌いで、なのに男子という男子がデートを重ねているうち必ず居《い》丈《たけ》高《だか》になる。だから逢うは別れの始めと心しているのだそうだ。そんな摩耶の話や、私の祀島くん話を連日聞かされながら、キリエはけっして自分はどうという話をしない。摩耶も聞いたことがないという。女子からは手紙を貰うからといってそれで満たされてるなんてこと――ありえないとは云いきれないが。

「今だ。独りになった」

キリエの号令に、反射的に足を出す。

「走ってけ」

「わかった」もはや云われるがままだ。花壇を眺めながらふわふわと歩いている祀島くんの背中めがけて突進する。足音に気づいた彼がこちらを向く。走っているくせに脚が萎《な》えて転びそうになった。体勢をたてなおして手紙を押しつける。「これを」

彼の反応を確かめもせず、摩耶から云われたとおり逃げの体勢に入ったところで、註釈し忘れたことに気づいた。変な姿勢のままで三秒くらい悩み、けっきょくふり返って、「きのう――」凍った。彼はさっそく封筒を開けようとしていた。その場にいたら手が勝手に奪い返してしまいそうなので、ともかく駆けだした。

「逃げきれ」キリエが笑い転げながら校舎の入口を指す。

走り込んだ。ふたりも追ってきた。

「渡せた！　渡せたね！」摩耶が握手を求めてきた。

――午後の最初の授業が終わり、血まみれ伯爵夫人の異名をとる数学教師が教室を出ていくと、ほぼ入れ替わりに祀島くんが入ってきた。私は椅子から転げ落ちるかと思った。もう判決だろうか。展開が早すぎる。

私の姿を認めて席に近づいてくる。明るい予感と暗い予感が交錯する。「僕も以前から君のこと」というほど人生甘いもんじゃないのは知っている。でもせめて「友達としてなら」ときたら期待が持てる。なし崩し的にカップルになってしまった例を幾つか知っている。

断わられ方としては「嫌いだ」がベストじゃないかと思う。諦めがつくし、きっと「好き」の裏返しだったに違いないという曲解に浸《ひた》ることもできる。難しいのは「ごめん、好きな人がいるから」で、額面《がくめん》どおり受け取るべきなのか深読みすべきか、判断が難しい。もし私が祀島くん以外の男子にこの科白《せりふ》を使ったならまったく額面どおりだが、摩耶が使うとなぜか「悪いけどぜんぜん興味ないから」という意味になる。相手が人類最後の男子でも「ごめんなさい、あなたより好きな鳥がいて」などと摩耶なら云いかねない。

せめて祀島くん、謎掛けのような返事だけはやめてください。また犬の名前を叫ばれたりしたら一生悩みます。断わるなら明快にお願いします。でもできたら「友達として」あたりを希望します。いえ本当をいうと「じつは僕も」で、一度人生の絶頂というのを味わってみたいとも――

「吾魚さん、偶然だけど今月の定例会、今日なんだ」

「は?」犬の名を凌駕《りょうが》してきた。

「午後六時半。神保町の喫茶店。とりあえず見学というかたちで参加して雰囲気を見て、それから決めるといいと思うんだけど、時間取れる?」

「ええと、喫茶店は校則で――」

「平気だよ。社会人もいるから」

「そうですか。それはよかった」

「迷いやすい場所だから、今日のところは一緒に行こう。それぞれいったん家に帰って吉祥寺の駅で待合せ、でいいかな」

すこし迷い、それから頷いた。少なくとも私は拒絶されていない。

「じゃあ六時、吉祥寺駅のＪＲの改札前。下の改札」

「六時に、ＪＲ吉祥寺駅の改札」

「下の」

「下の改札」

「待ってるから」

彼は教室を出ていった。

「どんな手紙渡したの?」いつしか席に近づいて、やり取りに耳を澄ましていた摩耶が問う。

「ラヴレター」と私は答え、補足した。「のつもりの手紙」

「噂にたがわぬ変な奴」反対側でキリエが云った。

五分遅れで構内に駆け込んでいくと、彼はすでに改札の前にいた。

「ごめんなさい、何を着るか迷ってしまって」

「お洒落《しゃれ》なんだ」と微笑《ほほえ》まれ、穴があったら入りたくなる。逆です。

中学に入る頃までころころと太っていたので、身長が伸びるにともない平均値に近づいた現在も軀の線を隠す衣服ばかり選んでしまう。このあいだ全身を黒っぽくまとめていたら、ハロウィンの仮装か、とキリエに笑われた。この遅刻にしても、より体形の隠れるコーディネイトを追求していたあげくに過ぎない。

「いつも何人くらいが？」切符売場で訊ねた。

「名簿上は五十人くらい在籍しているけど、地方の人も多いから会合にでてくるのは十五、六人。どうせ場所が狭くてそのくらいしか入れないんだよ」

やはりそうだ。どう誤読されたんだろうと考え、思いついたのが都市化石研究会。彼は私の手紙を入会の申込みと勘違いしたのだ。どこをどう繋げたらそう読めるのかと思うが、実際に彼はどこかをどうにか繋げてそう読んでしまったのだ。

「定例会って毎月一回？　具体的にはどんなことを」

「発見した化石の報告や、ちょっとした勉強会。あとは雑談。毎月半ばに一回とだけ決まっていて、会合の終わりに次回の日取りを決める。なるべく多くが出席できるように」

「高校生も多いの？」

「ほとんどが社会人か大学生で、高校生は僕だけ。吾魚さんが入れば二人になるけど」

二人か。入ろうかなあ、都市化石研究会。

彼と肩を並べて吊革に摑まっているのは、嬉しいというより異様な感覚だった。彼と待合せをし、一緒に電車に乗って——幾度となく夢想してきた情景が、かたちばかりとはいえ手紙を渡したその日に現実となってしまった。悪いことが起きませんように。

御茶ノ水駅から神保町方向に坂道を下り、小さな公園を抜けて、こぢんまりした商店街に入っていく。途端、さっきまでの喧噪《けんそう》が嘘のように感じられた。こんな都会に、こうも田舎じみた通りが残っていたのかと驚く。私が幼い頃、中央線の都下の駅前はどこもこんな感じだった。道行く人の一人一人、過ぎていく自動車の一台一台を、はっきりと認識できた。祀島くんはさらに車一台しか入れないような幅の路地へ折れた。もはや左右には民家しかなく、路上には人の姿もない。ただやたらと猫が、眼前を横切ったり、塀の上にうずくまっていたりした。

「ここだよ」と彼が示した入口の、ドアはたしかに喫茶店らしきていを成していたが、建物全体を見れば、蔦《つた》に被《おお》われた風変わりな民家でしかなかった。ドアの硝子の「喫茶」の金文字がなかったら、一見《いちげん》で入ろうとする人はいないだろう。「経営者が創設メンバーの一人で、普段から溜り場になってるんだ。僕は会合以外で来たことないけど」

硝子にはさらに鳥のレントゲン写真のような図案が描かれている。その下に店名らしき、Archaeopteryx。アルチャ——エオプ——何語?

「なんて読むの」

「アルケオプテリクス。始祖鳥」

この気色わるい図案も化石か。

「準備中」の札を無視して祀島くんがドアを押すと、内側でからりんと澄んだ音がした。喫茶店のドアによくカウベルがさがっているが、この店は内側から絵付けをほどこした硝子の風鈴だ。思わず見入る。祀島くんが自分の役割を思い出したように、「江戸風鈴」

テーブル二つと短いカウンターだけの店内に、お客の姿はない。カウンターの上から黒人の子供を模した木彫りの人形がこちらを見つめ返している。その向こうで灰色のレンズの眼鏡をかけた男性が本を広げている。奥まった床の上では、牝鹿《めじか》かと思うほど大きな灰色の犬が軀をまるめ、ざっくりした毛に被われた頭を起こしてこちらを見返していた。

「いらっしゃい。犬はおとなしいから大丈夫」眼鏡を別にすると、これといって特徴のない面立ちの人物で、年齢も二十代の後半から四十代までのどの辺ともとれる。

「まだ誰も？」

「いつものこと。そろそろ集まりはじめるだろ。祀島くんの彼女？」

「いいえ」きっぱりと否定する。たしかに違うのだが。「同じ学校の吾魚彩子さん。入会したいと手紙をくれたから見学に誘ったんです。こちらは久世《くぜ》さん、お店のご主人」

私が頭をさげると店主は本を置き、仕事に取り掛かろうとするようにシャツの袖を捲《まく》った。カウンター越しになぜか左手で握手を求めてきた。「よろしく」

「はじめまして」仕方なく左手で応じる。

「密度の低い手だ」と手を強く握ったまま意味不明なことを云う。「小さなコインくらいだったら通り抜けちまうんじゃないか」

「コイン？」

「試してみよう。アメリカ人の客が置いてった一セント玉がたしか——」彼は空いているほうの手で前掛けのポケットを探り、ぴかぴかの小さな銅貨を取り出した。それを私の手の甲に乗せて、「通り抜けるかな？　掌まで」

「まさか」

「見てな」ぱん、と手を勢いよく銅貨に重ねる。上下から私の手を握りこみ、揉みしだき、ふと、「通り抜けた」

彼の手がさっと取り払われると、銅貨は消えていた。彼は右手をぐにゃぐにゃと振って、何も持っていないことを示した。

「どこに」

「だから通り抜けたんだって。手を離してみ」

握られていた手を引っこめる。銅貨は、同じ面を上に、模様の向きもたぶん同じまま、彼の掌に輝いていた。私と固い握手を続けていた左手だ。もちろん握手を求められたときは影も形もなかった。

「どうやったんですか」

「見てのとおり、上から叩いて揉んだだけ。きっと分子構造の隙間を通過したんだろう」

首をかしげながら楕円形のテーブルにつく。犬がじっとこちらを見ている。久世さんの云ったとおりおとなしい。「なんていう名前ですか」

「フッフール」久世さんが答えると、犬が反応して立ち上がろうとした。「ステイ。呼んだわけじゃない。エンデの『はてしない物語』に出てくる竜だよ。でも俺が付けた名前じゃない」

犬はまた床に胸をついた。

「アイリッシュ・ウルフハウンド。体高——地面から肩までが最も高い犬だね。立ち上がるとびっくりするくらい大きいよ」祀島くんが説明する。「近くの不動産屋で飼われていたのを、そこが潰《つぶ》れちゃったんで久世さんが引き取ったんだ」

テーブルの天板はクリーム色の大理石だった。アンモナイトはあるだろうかと気をつけたが、それらしき渦巻は見つからない。

「化石、ある？」

祀島くんは頷いた。

「どれ？　私、アンモナイトしかわからないから」

「アンモナイトだよ。よく見てごらん」

「小さいの？」テーブルに顔を近づけた。

「それじゃあ、かえってわからない」と笑う。

「どこなの」

「いま見てる」

「この辺？」

「その辺もだし、そのまわりも、そのまたまわりも」

腰をあげてテーブル全体を見下ろす。「このテーブル、これぜんぶアンモナイト？」

祀島くんは灰皿や花瓶や砂糖壺をテーブルの周辺部に寄せた。それまでばらばらな方向をむいているとしか見えなかった曲線は、はっきりと渦巻になっていた。渦巻線は外側に向かい、ほぼ倍々に間隔を広げている。テーブルの端だけ見ていると、線の存在に気づいても石に入り込んだ細い別の石くらいにしか思わない。

「久世さん、意地悪だからね、いつもまん中を隠してる」祀島くんがカウンターに視線を送ると、紅茶のポットにお湯を入れていた久世さんが、にやっとまた口許だけで笑った。「向こうの黒っぽいテーブルにはウミユリとフズリナがぎっしり詰まってる。あんまりぎっしりだから石の模様に見えるけど、あの白っぽい部分はぜんぶ化石。それからカウンターに、綺麗な四射サンゴの塊があるよ。その上に久世さん、わざといつも本を置いてるから、退屈させてそれを読ませないと見られないけど」

おかしな人だ。「さっきの手品、どうやったのか知ってる?」

彼は小さくかぶりを振って、「知らない」

「知ってる顔だ。教えて。どうやったの」

「手品の種は明かせないよ」

ドアの風鈴が鳴る。大学生風の集団が店に入ってきた。

「祀島くんの彼女?」なかの一人が私を指す。

「いいえ」祀島くんはまたきっぱりと否定した。

「なんだつまんない」質問者は離れていった。同感。

その後も風鈴は鳴り続け、やがて店内は混雑をきわめた。フッフールはいつしか奥へと消えていた。集まってきた会員のうち、カウンター席の端でパイプを燻《くゆ》らしている中年紳士と、反対の端に掛けた大柄な老人とが、とりわけ私の目を引いた。紳士は細い口髭をはやしツイードの背広をゆったりと着こなしている。老人はというと、寝乱れたような白髪に聖職者か魔法使いじみた黒ずくめの衣装。同じくまっ黒な帽子を膝に置き、身じろぎもせずに宙を睨みつけている。どちらかが代表だろうと目星をつけていた。

「そろそろ始めましょうか」立ち上がって店内を静まらせたのは、紳士と老人の中間にちょこんと腰掛けていたパーカ姿の若者だった。私に目を配り、「初めての方もいらっしゃるようなので、改めて自己紹介しておきます。都市化石研究会、略して都化研の代表を務めている松本潔《まつもときよし》です」

なんか騙されたような感じ。

「あのパイプの人、大学教授とか?」

祀島くんはふしぎそうに、「なぜ」

「雰囲気が」

「大工さんだよ。いつも仕事着でいるわけじゃないさ」

たしかにそうだ。

「反対側のまっ黒な人は?」

「謎の老人」

「真面目に訊いてるのに」

「真面目に答えてるよ。開店当時からの常連らしいけど、自分でも謎の老人ですとしか名乗らない。どこで何をやっている人なのか誰も知らない。でも会合に参加されて迷惑なわけでもないし」

「会員じゃないの？」

「会員だよ。名簿にも『謎の老人』として載ってる。謎の老人、年齢不詳、住所不詳」

「変なの」

また風鈴が鳴り、黒っぽいスーツを着た三十前後の小柄な女性が入ってきた。頭を低くしてカウンターの前を横切り、ゆいいつ空席になっていた私の隣に腰をおろす。

「新しい人だ。祀島くんの彼女？」私の膝越しに祀島くんに訊ねる。

「違います」いっそ小気味いい。

私が俯いて袖を握っていたのは、いじけてしまったからではない。さっき袖口の飾りボタンがとれかけているのに気づいて、いっそちぎってしまおうかと迷っていたのだ。

「勤野といいます。ここではいちばん新米なんだけど」女性は握手を求めてきた。

はっと袖を動かした拍子にボタンがとれた。焦ってそれを掌中にしたままで握手に応じた。

あ、と私は声をあげた。そのあと、

「あ！」と大声で叫んで店じゅうの注目を浴びた。

初めの声は久世さんの手品の種に気づいたからで、次の大声は握手している相手が何者かに気づいたからだった。

ただいま、と呟き玄関で靴を脱ぐ。不二子が待ちかねていた顔つきで居間から出てきた。

「お帰り、彩子。どこ行ってたの」

睨み上げた。「お姉ちゃん、仕組んだでしょう」

彼女は両手で顔を挟んで、「え？　え？　なんのこと？　なんの話？」

もう話もしたくないと思い、横を素通りしようとした。捕まった。

「ねえねえ彩子、なんのこと？　何をそんなに怒っているの？　今までどこに行ってたの？　どうしたの？　何があったの？」私の顔を無理やり自分に向けようとする。

「放して。痛い」

「たったひとりの妹に、そんな態度をとられる姉の心よりも痛いと」

本当に悲しそうな目をして云うので、一瞬、騙されかけ、「勤野さんに会った」

不二子は俯いてぐふと咽《のど》を鳴らした。たしかに聞いた。このぬらりひょんめ。

「まあ、あの勤野麻衣子に？　生きてる岩下瑞穂の姿を最後に見た、教創社の編集者の勤野麻衣子に？」

「そういう回りくどいのってお尻が痒いんじゃなかったっけ」

「ちょっと痒い。どこで」

「知ってるくせに」

「ぜーんぜん」

「お茶の水」

「化石研究会？」

「ほら」と顔を指す。「なんで知ってるの、その名前」

あ、と不二子は唇を開いたが、すぐさま平然と、「教えなかったっけ、月末に化石を数えるのが勤野の趣味だって。そういう変な連中の溜り場に入り浸ってて——」

「いかがわしい場所みたく云わない。ただの喫茶店なんだから」

「校則違反だ」

「保護者同伴」

「保護者？　誰が」

「勤野さんとか」

「シーラカンスたちに通用するかしらね。その私服姿で電車に乗って、お茶の水の盛り場《さかば》をほっつき歩いて」

「学生街です」

「エレキギター見たり派手なスキーウェア見たりしてたんだ。あーあ、知らない、違反だらけ。不純異性交遊までなかったのがせめてもの救いだわ。まさかないわよね」

「行くように仕組んだの誰よ」

「神じゃない？　彩子、この事件を解決するよう運命づけられてるのよ、私の出世と昇給のため。どうだった？　やっぱり勤野が犯人？」

「わかるわけないでしょ」

「もし犯人じゃないなら彩子が助けてあげなきゃ。庚午くん、強力に疑ってるわよ」

「お姉ちゃんの仕事じゃん」

「私はほら、逮捕できれば誰でもいいの」

云い返す気にもならない。憤然として階段を上がった。

「犯人、早く見つけてね」背後から呼びかけてきた。可愛いポーズのつもりか、居間のドアの陰から上半身だけ覗かせ、肩の上で手を振っている。

「すり替えた手紙、返してよ」

と私が云うと、そのポーズのままドアの陰に消えていった。


翌朝、学校に出掛けようとしたら、なぜか私の靴がない。下駄箱を開けて探していると、パジャマ姿の不二子にセーラー衿を摑まれた。

「今日は遅刻していいの。学校には私から連絡しとく」

「——靴、隠した？」

「もうじきワイドショーで岩下瑞穂の告別式の様子が放送される。それちゃんと見たら靴でもなんでも出したげるから、魔法で。おほほ」

「信じられない。なんでそんなことができるの」

「だから魔法だってば」

——告別式まで日が空いたのは、もちろん尋常な亡くなり方ではなかったからだ。司法解剖のあと、まず身内だけの密葬がおこなわれ、友人や仕事の関係者は改めてこの式に案内されたのだと不二子が云う。見たくない、興味なんかない、と繰り返していたのに、けっきょく私が真剣に番組を鑑賞してしまったのは、早い段階で画面に勤野さんを見つけたからだ。ことさら悲愴な表情で事件のあらましを語る女性レポーター。その背後を彼女が横切った。きのうの黒っぽいスーツは葬儀帰りだったからだと気づく。

「派手な葬式。さっき一瞬、勤野が映った。気づいてた？」

「気づいた。後ろのほうでしょ」

「泣いてなかったわね。怪しい」

「泣いてなくて怪しいんだったら、このレポーターも怪しいと思う。それに勤野さん、岩下瑞穂とはあまり仲良くなかったんでしょう」

「なぜだか知りたい？」

「知りたくない。云わなくていい」

「じゃあ聞かなくていい。喋るけど。岩下瑞穂の恋人の磯谷章次ね、もともと勤野麻衣子の恋人だったの。十年近くも仲睦まじく付き合ってきて、周囲からも夫婦扱いだったって。ところがその磯谷に岩下先生が横恋慕、恋愛の達人の意地にかけ、手練手管で奪い取ったとのもっぱらの噂。勤野、動機たっぷり。あ、見て見て、いま映ってる子」

画面には、二十歳くらいの、すらっと背の高い女性の姿。周囲の男性らと見比べても高く感じられるのだから、確実に百七十はある。

「モデルみたい」

「今もバイト程度にはやってるみたい」

「ほんとにモデルなんだ」

「松代稲子《まつしろいなこ》って子でね、本業は——どっちが本業だかよくわかんないんだけど、岩下瑞穂のアシスタントだったの、つい先月まで」

「エッセイストのアシスタントって何をするの」

「使いっ走りじゃない？　モデルの寿命って短いから、引退後は文筆で身を立てるべくコネづくりに励んでたってとこでしょ。この子も動機たっぷり。瑞穂が自分の作品を盗作したとか云って、ここんとこ週刊誌をまわって大騒ぎしてたっていうの。たんなる売込み作戦かもしれないけど、万一事実だとしたら、きっと殺したいくらい憎かったでしょうね。あ、磯谷が映った」

画面には、目にハンカチをあてて俯きがちにしている俳優ばりの優男《やさおとこ》。でもすぐにまたレポーターのアップに替わった。

「ああ、もう。あんたなんか見たかないって、彩子、局に電話」

「自分でして」

「いちおう顔は見たわよね。今のが磯谷章次。彼の場合、恋人だって時点ですでに怪しい」

「なんでよ」

「経験から。恋人が犯人、夫が犯人、妻が犯人っていうケースをこれまでどれほど見てきたことか。やっぱり相手が身近であるほど恨みって深まるのね」

「妹が犯人とかね」

不二子はにこりとして、「姉が犯人とかもね。彼には、岩下先生とついついデキてしまったものの、じつは彼女のことを煙たがってて勤野と縒《よ》りを戻したがってたという噂もあり」

「最初から付き合わなきゃいいのに」

「そこは大人の世界。彩子の知らないどろどろがいっぱいあって楽しいわよお。編集ったってフリーだと立場の弱いとこあるから、世渡りのため恋人を捨てて厭な女に乗り換えるってくらい、べつに珍しくもない。ところが予想を超えて厭な女だったもんだから、つい鈍器で殴って殺してしまいましたというのも、珍しくはない」

「珍しいよ」

「さらに彼には遺体を発見した七時二十五分以前のアリバイがまったくないってんだから、これはもう逮捕してくれって云っているようなもの。朝からずっと自宅で仕事してて、午後六時半くらいに家を出て、七時二十五分に先生の死体を見つけて、びっくり仰天いたしました。でも証人は一人もおりません。警察を舐めとんのか、こら。

以上三人が最有力候補ってとこかな。あ、いま後ろに映ってる中年の——名前忘れちゃったけど、あの男も動機たっぷりなのよ。教創社の人間で、勤野の上司。岩下先生と飲みにいくたび、必ず顔面にパンチ食らってたっていうの。ちょっと鼻が曲がってたでしょう。あれ岩下先生の仕業。そうとう酒癖わるかったみたいね。仕事関係者をざっとあたってみただけで、パンチ食らったことあるのが十数名、お酒をぶっかけられたのは二十数名。お金にもルーズで、彼女が売れなかった頃の借金を返してもらってないってのがこれまた十数名。殴られたことがあって借金も返してもらってないってのが七、八名いて、そのうえ恋人を寝盗られたことがあるって悲惨な女も三名」

「やっぱり凄い人だったんだ。犯人はその三人のなかの誰かだと思うよ。三人で共謀したのかもしれない」

「と私も思ったんだけど、この三人、ものの見事にアリバイがあるのよね。同病相憐れむで意気投合しちゃってて、十一日から一緒にハワイに行ってるのよ。国際電話かけたら、ちゃんと三人ともホノルルのホテルにいた」

†

「私、こう思うの。ピザの箱ね、やっぱり最初から空き箱だったのよ」摩耶特有のおっとりした口調だが、普段よりはずっと熱っぽい。一昨日からいろいろと考えていたのかもしれない。

「ピザは最初からないの。なかったの。空き箱だけがキッチンかどこかにあった。それを机の上に置いたこと自体が、岩下さんのダイイング・メッセージなの」

キリエが大きな欠伸《あくび》をした。「ああねむ、ゆうべ遅くまでテレビ見すぎた」

「真面目に聞いて」

キリエは、はい、はい、と老人のように頷いて、「聞いてるよ。で、摩耶はその伝言をどう読み取ったんだ?」

「それは、今後の課題」

「じゃあ質問を変えよう。岩下瑞穂はいつ運んだわけ? その箱を机の上に」

「殴られたあと。きっと岩下さん、殴られてもすぐには亡くならなかったのよ。そして犯人がいなくなったあと、最後の力をふり絞ってピザの空き箱を仕事机まで運んで――」彼女は言葉を切り、机に頬杖をついているキリエの表情を窺った。

「却下」

「なぜ? どこが?」

「だってそうじゃん、なあ彩子。摩耶考えてみ。もし摩耶が誰かに殴られ、でも立ち歩くだけの気力がぎりぎり残ってたとして、まずどうする? ピザの箱持ってうろうろするかい。あたしだったら救急車を呼ぶ」

キリエに同感だ。しかも岩下瑞穂は玄関に倒れていた。摩耶の推理どおりなら、彼女は最後のメッセージを仕事机に残したあと、わざわざ玄関に戻ってから死んだことになる。

「というわけで却下。ところで彩子さ、編集者のなんてったっけ――と、事件の話は?」

「勤野麻衣子さん。私からはとても切り出せなかったけど、祀島くんたちの前で隠してもいないみたい。みんなに大変だねえとか云われてた。感じのいい人だったよ」

「でもウドはいちばん疑ってる。向こう、彩子の正体は知ってんの」

「お姉ちゃんのこと？　知らないと思う。私の苗字聞いて変な顔しなかった」

「忘れようがないもんな、アイウエオ。吾魚ってさ、I am a fish. って意味だろ。どの辺のご先祖が付けたんだ。先カンブリア紀？」

「my fish かも。でも字に意味はないと思うよ。吾妻《あづま》とかの系統じゃないかな」

この苗字にはうらみ骨髄だ。出席番号はいつも女子の最初、なにかと役目を押しつけられ、授業では必ず当てられ、大勢で騒いでいても教師が叫ぶ名前はまず、アウオさん！　早く苗字を変わりたい。祀島彩子とか——わ、かっこいいじゃない。なにかの主人公みたい。

「あたしも話したいな、勤野」

「キリエも入る？　都市化石研究会、略して都化研」

「冗談。じかに会いにいけばいいじゃん、教創社だろ。彩子が面識あるなら平気だよ。将来出版社に入りたいんですうとかなんとか適当云って」

返事をためらった。高校生に知恵を借りにくる刑事たちというのはもちろん問題だが、その相談を真に受けて捜査に出向いてしまう高校生にも、かなり問題を感じる。探偵ごっこは教室内に留めておくべきじゃないだろうか。

「祀島も引き込めるぜ。顔繋《つな》いでって頼んだらついて来るよ。しかも帰り道、あたしと摩耶はいつの間にか消えてるってのどうかな」

「吾魚さん」と、まさにそのとき祀島くんが教室に入ってきたものだから、私とキリエは椅子から転げ落ちかけた。はいこれ、と私に封筒を突き出す。表書きは「祀島龍彦さま」。品質に重大な欠陥が生じている可能性があるので、持ってきてほしいと頼んであった。

拝受して中身を検める。三枚めだけ紙が違った。遠回しに交際を申し込むのである、手紙の山場にあたる部分だ。筆跡を私に似せてあるが不二子の字で、無闇に片仮名が多い。それでも一目瞭然に誤字だらけというのはどういうこと？

さてここからが本代です。私は都市化石件究会に入ってメンバーの人たちとワキアイアイとしたいので、いっぺん連れてってください。私は編習者にアコガレているので、もしそういう人なんていたりしたら喜しくてウヒウヒです。かわりにこんど、私のあのステキなお姉ちゃんとの中をとりもってあげます。視島くんのことカワイイって言ってました。お兄さんはいますか？　次の紙にプロフィールとか書いてあるけど、めんどうだったら読まなくていいです。
吾魚不二子彩子
ではそんなカンジでシルブプレ。そしてオルボワール。

う吐き気が。紙という字も書けんのかこの女は。他の誤字もたんに書けなかったというより、こう覚えこんでいて普段から使っている気配があって、いっそう不気味だ。祀島くんの名前まで違う。不二子の脳内ではこういう字面か。

「ははあ、姉さんに仕組まれたのか。最初から彩子を潜入させるつもりだったんだよ」後ろから覗きこんでいたキリエが笑いながら囁く。

私はふり返り、「なんでお姉ちゃん、祀島くんが都化研に入ってるって——」

「自分で喋ったんだろ。あたしたちの前でも騒いでたじゃん」

考えてみたらそうだった。かつて祀島くんと電車の同じ車両に乗り合わせたとき、彼は唐突に横浜のデパートの話を始めた。それを聞いていて私はやっと、あの壁の前で挨拶を無視されかけた理由に気づいたのだ。そして都化研の存在を知った。

「しばらく熱に浮かされてるみたいに化石の話ばかりしてたよ。姉さんの前でもあの調子だったんだろ」

反省まじりに頷いた。「先週、祀島くんとどうなったかって訊かれたんだよね。あと、お風呂のあいだに部屋の物が移動してたような気も」

「非協力的と見做《みな》され強制捜査に入られたわけだ」

私は祀島くんに向きなおって訊ねた。「この三枚め、不自然に感じなかった?」

「ちょっと別の人格を感じたけど。お酒飲んで書いた?」

それは不二子だ。

「これだけ捨てちゃっていい? 品質にあまりに問題が」

「名文なのに勿体《もったい》ない。ここがいちばん面白かったよ」

私は大変に傷つき、すっかり言葉を失ってしまった。

「祀島くん」とキリエが呼びかける。自分の顔を指し、「彩子の友達の桐江と、こっちは京野摩耶。ちょっとあたしたち、君に頼みがあるんだけど——」

Ⅲ　蜜豆《みつまめ》の求肥《ぎゆうひ》はいつ食べる

「覚悟はして読みはじめたけどさ、とにかくひどい」うんざり顔で本を摩耶の膝に投げる。『世紀末恋愛論』。岩下瑞穂のヒット作の文庫版だ。勤野さんに会いにいくからと予《あらかじ》め教創社の本を買って読んでおこうとする、こういうふしぎな細やかさがキリエにはある。すぐさま努力を放棄する適当さもある。「延々と他人の男を寝取った自慢。なんでこんな本が売れるんだ。もう読めない。摩耶なら読めるかも」

「ひどい」摩耶は本気でむっとしている。自分の推理をキリエに一蹴《いっしゅう》されて以来、機嫌が麗《うるわ》しくない。

「勤野さんもその本はあんまり好きじゃないって。自分の仕事として気に入ってないって」前で吊革を握っている祀島くんが苦笑する。

「じゃあ読む必要なかったんじゃん。祀島、早く云えよ」もう呼び捨てになっている。

「読む？」摩耶がまるで厄介払いのように彼に本を突きつける。

「読んだことあるんだ。女性なら共感できるのかなあと思ってたけど、そうでもないのかな」

「あったり前じゃんか。摩耶ならともかく」

「ひどい」

「ところで祀島、勤野さんっていつから化石のそれに？　彩子に新米だって挨拶したとか」

「もともと店の常連らしいけど、会に入ってきたのは半年前。だから僕もそれほど親しいわけじゃないんだ」

「祀島はいつ頃から入ってんの」

「中一。未だに僕が最年少なんだよね」

「でも彩子が入ったらさ——彩子って何月だっけ？」

「八月」

「祀島は？」

「九月」

「まだ最年少だ」笑うキリエ。

——教創社は想像していたよりずっと小さな会社で、受付の手前から編集室を覗き見ることができた。いわゆる受付嬢がいるわけでもなく、来客があれば近いデスクの人間が移動してくる形式らしい。

職場にいる勤野さんは、きのうよりずっときびきびした印象だった。私たちの突然の訪問に困惑の色を覗かせたのは一瞬で、すぐさま満面の笑みでそれを被った。机の前からこちらに手を振ると、手許の作業にさっさと区切りをつけ、私たちを衝立で仕切った応接室へと案内した。

「こんな大勢のお客さんが来てくれるなんて嬉しいわあ。普段は本当に地味な仕事なのよ」みずからお茶を運んできて云う。

「途中で連絡しようと思ってたんですけど、いつの間にか着いちゃって」私は謝罪したがこれは大嘘で、彼女の不意を突きたいキリエが、祀島くんに連絡の遑《いとま》を与えないため競歩のように先を急いだのだった。

「いいのよ。私も外出してなくてラッキーだった。本当にこういう仕事に興味が？　職場を見てがっかりしたでしょう。ときどき誤解してる人がいるけど、煌《きら》びやかさとはまったく無縁の仕事よ。体力もいるし」

「頭じゃなくて？」

「頭より体力。それから精神力かな。とにかくタフじゃないと」

「トラブルも多いんでしょうね、人間関係とか」キリエがずけずけと問う。

「もちろん」彼女は素直に頷いた。悪意に対するアンテナが鈍感なようだ。「トラブルはいくらでもあるわよ、こういう世界は。そういえば先日ね、私の担当していた作家さんが誰かに殺されたの」

「岩下瑞穂！」キリエが身を乗り出す。「一冊だけ読んだことがある。世紀末なんとか。大っ嫌いだけど」

彼女は複雑な表情で、「私が担当したのよね」

「本当に殺人？　テレビでは事故の可能性もあるって」

「殺人。間違いなく。だって今のところ判っているかぎりでは、彼女と最後に会った人間は私なの、次作の打合せで。だから事情聴取を受けたんだけど、警察の人たちもはっきり殺人って」

「誰が殺したんだろ」

「恨んでいた誰かでしょうね」

「恨まれてたんだ」

彼女は口許でだけ微笑した。

「恨んでた人、多いの？」キリエはしつこく問い直した。

「――みたい」

「勤野さんも嫌いだった？」

聞いているほうが冷汗が出る。

彼女も返答に窮しているようだったが、やがてはっきりと、「嫌いだったわね。もしかしたら私が犯人かも」

こほ、と祀島くんが空咳をした。それが妙に響いた。

キリエが明るい声で、「あたし、おなか空いたな。みんな空かない？　勤野さん、一緒になにか食べませんか」

勤野さんは腕時計を見た。「まだ五時にもなってないけど――まあいいか、いま腹ごしらえしとくのも手ね。何を食べたい？」

「ピザ」小声だが、鋭かった。口許はうすら笑っている。「デリバリーのピザ取って、ここで食べよう」

勤野さんは眼を見開いた。しかしキリエ同様、どこか微笑んでもいた。「わるいけど苦手なの。チーズが食べられないのよ、子供の頃から」

勤野さんは私たちを外に連れ出し、近くの古風な甘味屋に案内してくれた。

本当に忙しい人のようで、運ばれてきた蜜豆を脇目も振らずに食べきり、お茶を飲み、もう仕事に戻らないと、と全員の勘定をすませて店を出ていった。しかし微笑を絶やさないからだろうか、過剰に慌ただしかったり、角張った雰囲気はなかった。ふだん社会人として難のある人を見慣れている私は、ほとんど感動さえ覚えていた。温和で、真摯《しんし》で、機転が利く。押し付けがましさもない。すっと入り込んできて必要な仕事をこなし、立ち去ったあとに仄《ほの》かな芳香を残すような人だ。どこへでも強引に割り込んできて、そこらじゅう引っ掻きまわし、強烈な香水臭を残して去っていく不二子とは、同じ人類でありながら対極といえる。

「保護者、いなくなっちゃったね」

キリエが皮肉な口調で、「こんなオフィス街にまでうちのシスターが出没してたら、それこそ怪奇だな。でもありうる」

摩耶が頷き、「このあいだディズニーランドで捕まっちゃった子がいたもの」

「B組のな。制服着てたんだろ？　ばっかだよな」

「でも私、その気持ちわかる。中等部の頃って真面目に校則守るじゃない。高等部になっても、つい癖で制服で街に出たりしちゃうもの」

「私服でも飲食店に入るのびびって、おなか空いてるの我慢しちゃうとか」

「あるある」

「渋谷のセンター街や原宿の駅前は、毎週シスターの誰かが張ってるって」

「池袋も」

「地元吉祥寺、そして下北沢や自由が丘でも目撃例が」

「東京ドームのコンサートでも」

「じつは好きで行ってたりして。もはや下町でしぶく遊ぶしかないのかね、あたしたちは」

祀島くんは黙って笑っている。

私と摩耶がトイレに立つと、キリエも慌てて追いかけてきた。

「どうかな、勤野麻衣子」私に小声で訊ねる。

「キリエはどう思うの」

「わかんない」と彼女は慎重に云った。「怪しすぎて逆にわかんなくなっちゃった。もし犯人だとしたら、そうとうな神経だね。拍手喝采もんの嘘つき」

「嘘と感じたところって」

「ううん、どこも。ほとんどが嘘じゃない。そこが拍手喝采なんだ。巧い嘘ってのはそういうもんだよ。可能なかぎり、ぎりぎりのところまで、むしろ積極的に真実を語る。ただ一点、肝心な部分でだけ嘘をつく。真実の鎧《よろい》を着た嘘だ。滅多なことじゃばれない。かりに彼女が犯人だとして、その肝心な一点っていうのは」

「殺していない」

「そのとおり。その一点。彼女には岩下瑞穂を殺せたし、それなりの動機もある。でも動機と可能性だけじゃあ警察は彼女を逮捕できない。殺したことが立証されないかぎり、どんなに疑われても逮捕されることはない。ところで、なんでここで待ってんの」

「摩耶が入っちゃったもの」

「一室しかないのか」

私はドアノブの上の『使用中』表示を指し、「このノブが付いてて、むこうに便器がいっぱいあったら怪奇でしょ。複数のトイレを一度に使う人なんているはずない。取付けのミスなら話は別だけど」

間もなく『使用中』の表示が青い『空』の表示にかわった。ドアが開き、摩耶が申し訳なさそうに顔を出す。「ごめーん、つい鍵締めちゃってた。ふたりとも入れなかったね」

キリエと顔を見合わせた。開かれたドアのむこうにはまたドアが並んでいた。私たちは笑いだした。取付けミスだ。それにしても、感じのいい店だと思っていたのに、こういう部分を等閑《なおざり》にしてあるのは残念だ。費用をかけてドアやノブを取り換えないまでも、せめてテープを貼って鍵を効かなくするとか――

気づいてない？　莫迦なと思う一方、そうに違いないという気もした。店内の他のもろもろに対する配慮とのギャップが大きすぎる。トイレにこの種のノブという組合せが自然なものだから、なんとなく不便を感じながら具体的にはどこが変とも思い当たらず、何年、何十年と使い続けてきたのかもしれない。

席に戻ったのは私が最後だった。

椅子に掛けようとすると摩耶が、「求肥《ぎゅうひ》嫌いなの？」

「なんだっけ」

「だからこれ」彼女のスプーンには蜜豆の具が乗っている。白玉に似た紅白餅の、ピンクのほうだ。口に運びながら、「私ね、じつはこれがいちばん好き」

「私も」

彼女は口を手で押さえ、「取ってあったのね」

「いま食べたの私の？」

「ごめんなさい。もう一個はキリエが食べちゃった。これだけ選《よ》って残してあるから、きっと食べられないんだと思って」

がっくりと腰を落した。椅子が大きな音を立てた。祀島くんは笑っている。

「わるい」とキリエが合掌しながら、やはり顔は笑っている。「おばちゃんが器をさげにきたんだ。よろしいですかって云うもんだから、慌ててふたりで食べちゃった」

「最後の楽しみに残してあったのに」

「こんど一緒に食べるときは、あたしの求肥の一つを提供しよう」

「私のも」

私はそのまま沈黙した。

「彩子、泣くな」

「もう一つ注文する？　奢るわよ」

キリエと摩耶が本気で心配しはじめたので、思索を中断して笑顔を向けた。「いいのいいの。もう気にしてない」

考えをまとめあげるには、もうすこし時間がかかる。でも間違いない。さっき一瞬、私は殺人者の心理をかいま見ていた。

†

「食事の当番なら代わんないわよ」という不機嫌な老猫のような声が、

「第一発見者に会いたいんだけど」と私が云うや、

「一時間後？　二時間後？」とオペラの歌姫めいた。

「そんな突然、大丈夫なの？」

「住所知ってるもん」

「そういう問題かな」

「一般市民に遠慮はいらないの。だって私、刑事だから。いまどこなの？　迎えにいってあげる」

「もうじき神田駅にキリエたちと――」と云いながら後ろを見ると、いつの間にか祀島くんしかいない。私は受話器を押さえ、「残りは？」

「あれ。さっきまでいたんだけど」

公約どおり私たちを置いて消えたらしい。キリエが一緒のつもりだったので調子が狂った。

祀島くんには同行してもらうべきだろうか。わからなくなった。「とにかく来て。神田」

「せめて四谷あたりまで出ない？　こっちもパトカーぶっ飛ばしてけば、ちょうどその辺で落ちあえる感じじゃない」

「プール号で来てよ」不二子のボルボの愛称だ。まっ青な、左右も後ろも天井もまるで切り落したように直線的なステーションワゴンで、水槽みたい、飛び込んで泳ぎたい、などとふたりで云っているうち、それで通じるようになった。不二子には変な車道楽があって、これまで乗ってきたどの車も、あまり若い女性が運転しそうにない武骨なものばかりだ。車内が狭いのは耐えがたいらしい。

「速度に限界があるから、それだと新宿」

「わかった、新宿まで電車で行くから」

「競争ね」

「競争じゃない。危ない運転しないでよ」

「大丈夫、大丈夫。だって私、刑事なんだから」

電話を切ってテレフォンカードを抜く。

「第一発見者？　岩下瑞穂殺害事件の？」

「ごめんなさい」と彼に謝った。キリエが去ってなお続けようとしているのだから、間違いなく私自身も探偵ごっこを面白がっているのだ。以前だって今回だって、私は厭だ厭だと云いながら本気で事件から逃げようとはしていない。正義感でも職業意識でもなく、ただ無責任かつ貪欲な好奇心のために、大人の世界を掻きまわそうとしている。「私たち、嘘をついてました。本当は誰も出版社に入りたがってなんかいない」

「桐江さんが会いたがったんでしょう、岩下瑞穂殺害事件の参考人に」

思えばあの尋問ぶりに、疑念をいだくなというのが無理だ。「会社に行ったのはキリエがそう——。でも私や摩耶も、成行きとはいえ犯人当てをゲームみたいに」

彼は駅の方向に歩きはじめた。私はその横を、すこし距離を保って歩いた。

「重苦しく考えることないよ」

「そうかな。うーん、そうかなあ」

「探求という行為がゲーム性を帯びてしまうのは仕方ないんだ、僕らの脳がそういう仕組みなんだから。現実をありのままに認識するような器用な真似は、僕らの脳にはできない。考えてみて。僕らが他人の話を聞いていて『そんな莫迦な』と感じるのは、その話が納得しやすい『物語』から大きく逸脱しているときだよね。そこに解釈の光を当てて、誰もが納得しうる『物語』を照らし上げるのは、脳にとって快楽だし、僕らが生きていくためには必要なことでもあるんだ。赤ん坊は絵本に人の顔を探すのが大好きでしょう。でも彼らが見つけているのは現実の顔ではなく、顔として納得しやすい図像に過ぎない。いうなれば顔という『物語』だ。純粋無垢の象徴である赤ん坊からして『物語』を見出すゲームをおこなっている、つまり人間にとって必要不可欠な行動だということだよ。だからそれを楽しんでしまったからといって、自分を卑下する必要なんかどこにもない。残酷な現実を、しゃちほこ張ってしか見られなかったら、どんなに強靭な精神もいつかは毀《こわ》れてしまうよ。吾魚さんは自分が、岩下さんの死を弄《もてあそ》んでいると感じるのかな」

「そんなつもりはないけれど、結局は他人事に首を突っ込んで、憶測や思い込みをまき散らしているだけじゃないかとは」

「真相を云い当てることもあるでしょう」

「ん――場合によっては、そのとおりです、と犯人が云ってくれたりするかも。そうしたら私やキリエは周囲から誉められるかも。でも突き詰めて考えたら、自己満足のための悪趣味に過ぎないという気はしてる。しています」

「お葬式で号泣している人が、真に死を悼んでいるとは限らない。ただ混乱して叫んでるだけかもしれないし、帰り道にはけろりと故人を忘れて笑っているかもしれない。他人事だからこそ見えてくる『物語』もあるよ。それを人に伝えるのは恥ずかしいことでもなんでもないと僕は思うけど。まして私利私欲のためじゃないなら、とても貴い行為じゃないかな」

貴いとは思えない。でも、すこし気持ちが楽になった。

「すると都化研にも勤野さんに会うために？　でも新聞に彼女の名前は載らなかったような」

「あれは偶然。いえ謀略。姉が刑事なの。事件を担当していて」

「あのけば――」と彼は口を滑らせた。「素敵なお姉さん。なるほど」

「祀島くん、あの手紙ね」

「ローデシアン・リッジバック。もちろん憶えてる」

「本当？」

「でも残念ながら、その前にいた吾魚さんの姿が思い出せないんだな。横浜のアンモナイトのときは気づいたよ。ちょっと時間がかかったけど」

「だって私が声かけたから」

彼は頭を掻いて、「どうも人よりその周囲に目が行ってしまう。しょっちゅう失敗してるんだ。名前を聞いても、顔や服装より足許の草なんかと繋げて憶えてしまうから、ほかの場所で会うともうわからない。吾魚さんは、比較的すぐに憶えられたけどね。耳の形が綺麗だなあと思って」

思わず耳たぶに触れる。「――そうかなあ」

「とてもアンモナイト的というか、驚いたことにアンモナイトの隔壁《かくへき》そっくりの線まであるんだよね。自分で気づいてた？」

プール号の助手席にはセーター姿の庚午さんがいた。発車後、私たちのいる後部座席を覗きこんで、「彩子さんも隅に置けないなあ」

「本当はキリエたちも一緒だったんだけど」

「やることだけはしっかりとやってるからねえ、最近の子は。ルピナスにでも通わせとけば安心かと思いきや、親がちょっと海外に出掛けてる隙にこれだもの。ついてけないわよ、まったく」

「彩子さんとはもう長いんですか」

「生まれたときから知ってるわよ。妹だもん」

「吾魚さんに訊いたんじゃありません。後ろの彼にです」

「いいえ」と祀島くんは答えた。「学校も学年も同じですけど、会話するようになったのは最近です。警察の方ですか」

「私の後輩」

「上司です。庚午といいます」

「祀島です。刑事さんって、みんなよれたスーツを着てるんだと思ってました。テレビの影響ですね」

「たまには着ますし、よれもしますけどね、事件が重なると」

「云っとくけど、私は洋服がよれてたことなんて一度もないわよ」

「だって吾魚さん、帰っちゃうんだもの」

「ところで、今から遺体の発見者に会いにいくってうかがいましたけど」

「やっぱり喋っちゃってるんだ、彩子さん」

「ごめんなさい。黙っていられる状況じゃ」

「なんて、協力さえしてもらえるならぜんぜんいいんですけどね。もう犯人の目星はついてるんでしょう？」

「一応は。もちろん確信の持てない部分も――だから発見者にも会っときたいと思って」

「凄いんだね」祀島くんが目を細める。「警察に頼りにされてるんだ」

「というか」このふたりの刑事が特殊なだけだ。

「彩子さんの凄いとこはですね、たとえ現場を見ず、関係者にも会わなくとも、独自の視点から推理をはたらかせて、ずばり犯人を云い当ててしまうとこなんです」

「安楽椅子探偵だ」

「やる気のない探偵？」

「ないんですか」と庚午さん。

「わかんない。ただ怖いものは苦手だし」

「でも犯罪は赦《ゆる》せないと」

「赦しますよ、基本的に。自分にさえ危害が及ばないなら」

「困るなあ刑事の妹が。ともかく、じきに真相が明らかになると」

「だといいですね」

「他人事《たにん》みたいに」

「他人事ですけど」

――目黒駅に程近い、簡素な外観のマンションだった。庚午さんが地図を確認する。街灯に照らされた壁のタイルが、奇妙にあかるく、車窓から間近に見えた。「間違いないですね。この四階です」

不二子がルームミラーに手を伸ばす。何を始めるのかと思ったら、鏡を自分に向けて髪の乱れを直しはじめた。「庚午くん、おとなしくここで待っててね」

「そうなんですか」

「磯谷章次って独身でしょ。こういう美女が独りで訪ねていけば、つい気を許して隠し事についても口を滑らせてしまうに違いないという作戦なんだけど、その目は何。文句でも？」

「ありませんが、彩子さんは」

「彩子もいたか。まあルピナスの制服着てるし、脇のマスコット役ということで」

「行く前に訊いておきたいことが」庚午さんの肩を叩いて後ろを向かせる。「磯谷さん、フリーの編集者ですよね。作家のあいだでの評判は——そんなことまでは調べてない？」

「調べてますよ。関係者の動機はぜんぶ洗うつもりで足を棒にしましたからね。あれだけの色男でいて、悔しいことに編集者としての評判も上々です。いやそれ以上だな。彼が担当だから書いてるんだという作家も少なくなかったですね。仕事熱心で、礼儀正しく、編集センスも抜群。まあ存在自体が厭味ってやつですか」

「時間には？　厳しい人？」

「時間にですか。正直、そこまでは」と云った直後、庚午さんは大声で、「そうか！」

「うるさい」と不二子。

——エントランスでエレヴェータを待っているとき云った。「手紙、どこにやったの？」

「なんのことよ」

「しらばっくれて。私の手紙、すり替えたでしょ。嘘ついても駄目だよ、祀島くんに見せてもらったんだから。三枚めだけすり替えてあった。私の字に似せてあったけど、お姉ちゃんの字だった」

「じゃあ私が犯人かもね。ほら来た」

エレヴェータのドアが開き、私は中に押し込まれた。

「で、だとしたら」

「返して」

「今更じゃない」

「今更でも返して。祀島くんに渡すから」

「また書けば」

「そんな簡単に」

「たかが便箋一枚」

「一箇月もかけて書いたのに。心をこめて一字一字。持ってるなら返してよ」

「持ってるもんなら返してあげたい」

「捨てたんだ」

「さあ」

「本当にひどいことするんだから、お姉ちゃんは」これまで及ぼされてきた数々の危害がまとめて胸に甦ってきて、腹立たしさですこし涙ぐんだ。「私が中一のとき、憶えてる?」

「忘れた」

「私の学校の水着、自分の紺のハイレグと入れ替えたでしょ。あのときの恥ずかしさ」

「やめなさいって。あの手紙なら捨ててないから」

ドアが開いた。通路の人影に、ふたりして沈黙する。薄手のコートを羽織った小柄な女性だった。後ろ向きに、コートの衿を立てようとしている。

「閉めて」と囁く。

不二子の指はすでに「閉」のボタンを押していた。ドアが閉じていく。女性がふり返る――いったん上の階にあがってから、また四階に下りた。女性の姿は消えていた。

「本当に勤野？　こっち見られたかしらね」

「わかんない。微妙」

「でも私、彼女と話したことないんだった。訪ねてったときも庚午くんに任せっきりで、ずっと後ろでたばこ喫《す》ってた」

「しっかり印象づけてると思う。私のほうがちょっとまずいの。きょうこの恰好で職場を訪ねた。事件とは無関係なふりして」

「それで神田」不二子の足が止まる。表示板に「磯谷」と手書きされている。「ここの前だったよね。別れてなかったんだ。ふたりで共謀して岩下瑞穂を？」

私は返事しなかった。

「鳴らすわよ」と確認しつつ、不二子の指はすでにインターフォンのボタンを押している。

はい、と不機嫌そうな応答があった。

「警察だって云っちゃっていいかな」

「あ、はいはい、ただいま」インターフォンからの声が急に丁寧になる。

「ふしぎ。聞えたみたい」

「ボタン押してりゃ聞えます」

ドアが開き、テレビで見たとおりのあの顔が現れた。

「吾魚です。こないだは遅くまでご苦労さま」

「いえ、刑事さんこそ」目をまるくして私を見ている。刑事の背後からセーラー服が現れたら愕きもするだろう。

「この子だったら気にしないで。私の妹。秘書代わり」

「ともかくどうぞ」

「あ、ここで」スリッパを並べようとする磯谷さんを引き留める。

「そうなの」上がろうとしていた不二子は不満げにまた靴を履いた。私の背中を押して、「あとは秘書から」

なんなんだこのふたりは、と磯谷さんが眉をひそめる。

「この人の妹で、彩子といいます」

「サイコ？　本当に？」磯谷さんは笑った。その一瞬の笑顔で彼の印象はがらりと変わった。上の前歯のまん中がすこし空いていたのだ。とり澄ましたような二枚目が、悪戯小僧《いたずら》の本性をかいま見せた瞬間だった。背後に見えるリビングは、男性のひとり暮しにしてはきれいに片づいている。壁にはびっしりと本棚が並んでいる。彼の服装は簡素だった。ジーンズに、袖口の擦り切れたワークシャツ。右手に赤のサインペンが握られているのに気づいて、

「お仕事中だったんですか」

「起きてるときは、ほとんど仕事をしてるような感じです。フリーの宿命ですよ」

「でもさっき、ここから人が」

「編集仲間の——きっとご存知ですね、教創社の勤野という、もともと高校の同級生です。瑞穂と交際しはじめる以前、長く付き合ってました。がっくりきてないか、覗きにきてくれたんです。別れたといっても仕事上の付き合いは今もありますから」ざっくばらんな話しぶりで、何かを隠そうとしている気配はない。相手をリラックスさせる天性の持ち主だとも感じた。岩下瑞穂さんというのはずいぶん極端な人だったようだが、この人なら彼女の恋人でいられたというのもわかる。

「立ち入った質問ですみません——岩下さんとはいつ頃から、どういうきっかけで、その」

「男女の付き合いが始まったのは半年前です。それまでは作家と編集者の仲でしかなかったんですが、僕が勤野と喧嘩別れしてしまったことがきっかけになったような感じで。今から考えると可笑しいんですが、その麻衣子との喧嘩の原因というのが、ほかでもない瑞穂だったんですね。さきごろ出版された瑞穂の対談集、ご存知ですか」

「いいえ。あ、表紙だけ」

「あの本を僕が手掛けはじめた時期でした。瑞穂はイメージ戦略などにも神経をつかう人間でしたから、編集も気を抜けなくて、朝から晩まで瑞穂瑞穂で頭がいっぱいだったんです。勤野の前でも、口を開けば瑞穂の話ばかりで、それが彼女の誤解を呼んだんですね。ふと気づいたとき、僕の前にもう勤野の姿はなく、そして代わりに瑞穂がいた——というのが僕の実感です。なんていい加減な男だろうと呆れられるかもしれませんが」

「いいえ」

「本当に?」

「ちょっと」

彼ははにかみ笑いをした。それから記憶を慎重に辿《たど》るように、「まだ現実感がないですね。自分で瑞穂の遺体を見つけて、葬儀にも出て——でもまったく現実感がない。今しも電話が鳴って彼女の声がして、原稿が進まない言い訳や、このさき十年は実現しそうもない超大作の構想や」

そのとき部屋の中で電話が鳴りはじめ、彼はぎょっとしたようにふり返った。リビングに戻って壁のコードレスフォンを取る。「はい——どうしたの。忘れもの?——ああ、刑事さんだよ。と、その妹さん。まだ玄関に——なんだ、そうなのか——わかった、伝えとく」

また玄関に出てきた。「勤野でした。お知合いでしたか」

「一度、都化研で」

「ああ、化石の。姿を見掛けたけど挨拶しそびれたので、よろしく伝えてくれと」

「そうですか」すこし悲しい気分で頷く。「最後に一つ確認なんですけど。磯谷さんはとても時間に厳しい方ですよね」

彼は目をまるくした。「誰からそれを?」

私は咄嗟《とっさ》に、「その、ある作家の方から」

「驚いたな。人から指摘されたのは今が初めてです。もともとルーズな人間なんですよ。それゆえの失敗が重なったものだから、去年一念発起して、仕事のときだけは遅刻をしないよう、腕時計という腕時計をぜんぶ五分進めたんです。さらにその五分前に約束の場所に到着する。二段構えです」

「すると目的地には、いつも十分前に?」

「いえ五分前です。五分前までは、つまり自分の時計でちょうど約束の時刻になるまでは、近くに待機してるんです。作家の自宅を訪ねるときなど、さすがに十分前では早すぎますからね。しかし驚いたなあ。自分からは誰にも話してないんですよ、そんなこと。見る人は見てくれてるんですね」

「岩下さんとお会いになるときも、いつも五分前でしたか?」

「仕事のときは必ず。僕も彼女も仕事は仕事として、むしろほかと組んでいるとき以上に相手にはシビアに接してましたから。もっともプライベートで会うときはいい加減でした。プライベートでは時計をしないんです。今は仕事中だったから、ほら」と左腕のGショックを私に見せる。

「遺体を発見されたとき、その時計は?」

「してました。仕事での訪問でしたから」

私は頭をさげた。「どうもありがとうございました」

「もういいんですか」彼は意外そうに不二子を見た。

不二子も驚いたように、「もういいの?」

私はふたりに頷き返した。「充分です」

磯谷さんはほっと小さく息をついた。また前歯の隙間を見せ、「正直云って、やっぱり疑われたと思って連行される覚悟を決めかけてました。僕と瑞穂の関係について、いろいろと勘ぐる声があったのは知ってましたし——でも実際のところ、世間の普通の恋人同士とどこ一つとして変わりなかったんです。瑞穂は作家としては傲慢なところもありましたが、恋人としてはむしろ献身的でした。可愛い人でしたよ」

私は彼にお礼を述べて、外に出た。

ドアが閉まると不二子が、「何を調べにきたの?」

「あとで話す」とだけ答えておいた。

地上に向かうエレヴェータの中で、呑み込んだきりになっていた質問を思い出した。「手紙、捨ててないならどこにあるの」

「まだ云ってる。なんてしつこい餓鬼《がき》かしら」

「どこにあるの」

「心配しないでもちゃんと取ってあるわよ」

「だからどこに」

不二子は私を睨みつけ、そっぽを向いて面倒くさげに、「課の掲示板」

青ざめた。「冗談でしょ？」

「庚午くんに訊いてみたら。好評よ」

プール号に戻ると、庚午さんは後ろの席に移動し、室内灯の下で祀島くんと頭を寄せ合っていた。事件の資料を見直しているようだ。手紙について騒ぎたてられる雰囲気ではなかった。

不二子がドアを開け、「なに男同士でいちゃついてんのよ」

「つまんない冗談はやめてください。いま祀島くんがとんでもない大発見をしたとこなんだから」

「どんなどんな？」不二子は運転席に、私も助手席に飛び込んで、共に座席に膝をつく。

「この写真です」祀島くんが持っていた写真をこちらに向ける。凶器の置物が写った一枚だった。血痕が付いた王子様、素知らぬ顔のお姫様。

「人形ではなく、後ろの壁に注目してください」

「化石？」

「化石は無い。大理石っぽいけどこの壁は化粧合板だよ。見てもらいたいのは壁に映った人形の影」

壁の薄い影を確認する。人形の背よりやや低く、互いに重なり合いながら、一体につき、三つ——いや四つ。

「幾つもあるでしょう。このことから光源が複数であることがわかります。といっても影の方向はほぼ一定だから、きっとシャンデリアがさがってるんでしょう。より重要な点は——吾魚さん、気づいた？」

「気づかない」不二子と声を揃える。

祀島くんは可笑しそうに、「呼び分けを考えないと」

「下の名前で呼びましょうか。フージコちゃーん」庚午さんがルパン三世の真似をする。

不二子は黙殺した。「より重要な点って？」

祀島くんは写真の影の頭の高さに、指ですっと線を引いた。「影の位置、高いと思いませんか？　光源が天井にあるにもかかわらず」

Ⅳ　王子の身の丈

古ぼけた感じのするマンションだった。間取りはゆったりしているが、天井がすこし低いのか圧迫感がある。もちろん天井以上に、このLDKからドア一つ隔てた場所で数日前殺人があったという事実が私の精神を圧迫しているのだ。こうして坐っているソファ、眼前のテーブル、その上の灰皿、絨毯、カーテン、飾り棚、鏡――すべてが岩下瑞穂の遺品だ。

祀島くんの発見を呪った。まずはふたりだけで話をしたいと云ったのは私だが、この場所でとは想像だにしなかった。不二子と庚午さんは明らかに悪乗りしていた。冗談だろうと思っていたら、本当に私だけを置いて出ていってしまった。

不二子から借りた腕時計を見る。来ていい頃だ、どちらも。どちらも計算どおりのタイミングで来てくれると助かる。私の話術だけでもたせるのは大変だし、逆のケースも嬉しくない。やはり料理は温かいうちが美味しい――緊張のしすぎで思考がだらけはじめた頃、インターフォンのシグナルが鳴った。壁の受話器を取って返事する。

「彩子さん？　勤野です」

私は時計を確かめた。ちょうど八時半。私の持ち時間は三十分だ。

玄関に入ってきた勤野さんは、他の靴が無いことに気づいたようで、「あら章次くんは？」

「いえ、磯谷さんは呼んでません」

「でもここの鍵を持ってるの彼だけでしょ」

「警察から借りたんです」

彼女は目をまるくして、「そういえばあなたのお姉さん——そうなの。なんだ。てっきり章次くんとあなたが意気投合して、私と三人で真相究明しようというんだと思ってた」

ふたたびインターフォンが鳴った。勤野さんがドアをふり返る。私はまた靴を履いた。「私が頼んだんです」

「何を？」

答えずにドアを開けた。赤いジャケットを着、帽子をかぶった配達人の姿が現れた。「お待たせしました。シアーズ・ピザです」

代金を払いながら、これは警察から回収せねばと決意する。この演出は庚午さんの発案なのだ。「領収証ください」

「すみません、それはご注文のとき云っていただかないと」

庚午さん個人から取ろう。

箱をダイニングテーブルに運んで、勤野さんに椅子を勧める。「待ってたらおなかが空いちゃって。一緒に食べようと思って頼んどいたんです。どうぞ」

彼女は表情を曇らせた。「云わなかったかしら。チーズが食べられないのよ」

あ、と白々しく驚く。「ごめんなさい。勤野さんというとなぜかピザのイメージ――そうかキリエとの会話で」

「昼間ね」

「逆でしたね。チーズが好きなんじゃなくて食べられないんでした。勘違い。大失敗。でも一切れくらいなら平気でしょう？　せめて一切れくらい食べてください。私だけじゃ、とても食べきれないから」まるでキリエのようにずけずけと喋れてしまう自分に、内心、驚いていた。とにかく時間がないのだ。

勤野さんはピザの箱から顔を背けがちに坐った。箱の蓋を開ける。温かいチーズの匂いがテーブルのまわりを満たした。

「唐辛子かけますか」

「いいえ」

「じゃあ私もいらない。勤野さん、どうぞおさきに。年功序列」

「若い人からおさきに」

「そうですか？　じゃあ」一切れを取り、囓りついた。チーズが長い糸を引く。「まだ熱い。美味しい。勤野さんもどうぞ」

私は実際におなかが空いていたので、本当に美味しいと感じて思わずそう発したのだが、彼女の表情は悲壮だった。やがて覚悟を決めたらしく、小さめな一切れに両手を伸ばした。じっと見つめる。顔を近づけていく。口を開き、目を閉じる。

「勤野さん、無理しなくていいです」自分のピザを箱に戻し、ハンカチで手を拭う。

勤野さんもほっとしたように箱に戻した。「ごめんなさい。やっぱり食べられない」

「本当にチーズが嫌いなんですね」

「匂いが駄目なの。子供の頃は苦労したわ、給食で」

「大変だったでしょう、岩下さんの机のピザ。たとえ一切れでも」

彼女は表情を崩さない。「そういえば机にピザの箱があったんですって？　質問しにきた刑事さんに見たかって訊かれたわ。打合せのときそんなもの見当らなかったけど」

「でしょうね」

「後ろの女性、まさかこの人も刑事？　なんて思ってたの。彩子さんのお姉さんだったのね。章次くんから聞いた。凄い偶然」

「ちっとも。だって私が都化研に行ったの、姉がそう仕向けたからなんです。私が勤野さんと会えるように」

「私を犯人と疑って？」

「まあそんなとこです」

「じゃあ、きょう会社に来たのも」

「同じ目的です」

「結論は出た？」

「出ました」

「犯人だった？」

「犯人でした」

彼女は笑った。立ち上がり、「ちょっとバルコニーに出ない？　チーズの匂いがつらくて。ここのバルコニーから見る夜景は絶品よ。せっかく来て見ずに帰る手はないわ」

私の返事を待たず彼女はリビングを横切り、硝子戸を開いて外に出ていった。私も黙って従った。五階建てのマンションの五階だ。さして高所とは云えない。たいした眺望は期待してなかった。

外に出て、わあ、と感嘆の声をあげた。フェンスに両肘を乗せる。たしかに一見に値する夜景だった。美しい夜景というと満天の星空が地上に降りてきたようなものを想像しがちだが、そういう派手で維持費のかかりそうな景色ではない。眼下は井の頭公園なのだ。昏《くら》い海のように見える。木々の葉のざわめきが漣《さざなみ》めいて聞える。かなたに街あかりが対岸のように広がっている。遠ざかるほど明るい。景色を眺めながらバルコニーの端まで移動した。バルコニーの側面には可愛らしい飾り格子のようなフェンスがあった。

「気をつけて。取付けがいい加減だから」凭《もた》れかかろうとする私に勤野さんは警告した。

フェンスを手で揺すってみた。云うとおり、ぐらぐらと大きく動く。

「装飾性を優先したのか、下の二箇所でしか接合されてないの。しかも老朽化してるから、そのうちきっと事故が起きると思うわ」自分で危ないと云っておきながら、私の退路を塞ぐように近づいてきた。広いバルコニーではない。そのうえ彼女が立っている位置にはエアコンの大きな室外機が据えられていて、人ひとりが通れる幅しかない。通せんぼをされたかたちだ。後ろは取付けのわるいフェンス。角部屋だから先に部屋はない。足が震えはじめた。いま彼女が軀をぶつけてきたら——私は転落する。五階から地上へ。

「話を続けましょう」部屋のあかりが彼女を背後から照らし、表情はよく見えない。「なぜ彩子さんは私が犯人だと？」

「私が——」と云いかけて、唾を飲んだ。咽がからからで声にならなかったのだ。「私が勤野さんを犯人だと思う理由は、まず、あなたが生きてる岩下瑞穂さんに会った最後の人間だからです」

「いま知られているかぎりの話でしょう。本当に最後に会ったのは彼女を殺した犯人だもの」

「はい、あくまでわかっているかぎりの話です。それでいいんです。教創社の人たちにわかるかぎり最後の人間。そのことが重要なんです」

「意味がわからないわ」

「もう一つ、推理の根拠が。これは勤野さんの知らない事実です。私も姉が刑事じゃなかったら知りようのなかった、きっと想像もしなかったであろう、意外な事実です」

「期待を持たせるわね」

「机の上のピザのことです。食べてなかったんです、岩下さんは」

反応を待った。言葉はない。沈黙させた。

私は調子づき、次第に口が滑らかになった。「検視の結果です。彼女はピザなんて一切れも、一口も食べてなかったんです。箱は空っぽなのに。誰が食べたんでしょう」

「犯人？」

「そう。ほかに考えられません。空き箱が机の上に残っていて、岩下さんは食べてない。ピザの空き箱を机に置いておくのが好きだなんて人、ちょっと考えられませんし、お客さんに出したにしても仕事机でというのは不自然です。犯人が食べたとしか考えられないんです。なぜ食べたんでしょう」

「私に訊かれても」

「答えにくいですよね。私が説明します。じつはきょう勤野さんに連れていってもらった、あの甘味屋で気づいたんです。蜜豆、とても美味しかったです。ごちそうさま」

「どういたしまして」

「あそこで気づいたんです。求肥ってありますよね、紅白のお餅みたいなの。私、あれが好きで最後に残しておいたんです。そしたら席を外しているうちに友達が食べちゃったんですよね。なぜでしょうか」

「食べ残し、と思ったから」

「そうです。まさかこれから食べるんだとは思わなかったんです。全体の半分くらいが器に残っていたなら、これから食べるのかもしれないと思ったでしょう。でも底に求肥が残っていただけだったから、彼女らはそれを食べ残しだと勘違いした。ここまでいいですか？」

「続きを」

「机の上のピザに話を戻します。犯罪者は現場になるべく自分の痕跡を残したくないはずなのに、岩下さんを殺した犯人はピザを食べてしまった。ふしぎです。ふしぎですよね？　でも逆を考えるとふしぎでもなんでもなくなります。ピザを残しておくと証拠に繋がると考えたから、それを食べてしまった。これなら自然です。ではピザを残しておくと証拠に繋がる犯人とはどんな犯人でしょう？　云っときますけど運んできたピザ屋さんというのは不正解です。だったら箱を残しておくはずないですし、だいいちそれ、前日のピザだったそうですから」

びくっと彼女が大きく反応したのを見て、私は内心、ほっとしていた。本当に自分の推理に確信をいだけたのは、その段にきてようやくだったのだ。

勤野さんは平静を装いなおし、「じゃあわからない。いないんじゃない？　そんな人」

「いるんです。条件付きでですけど、一人だけいるんです。ちょっとした勘違いを起こした場合の勤野さん、あなたです。蜜豆の話の意味、本当はもうわかってますよね。それと同じです。岩下さんのピザも箱の中にすこししか入ってなかったんです。たぶん一切れだけでしょう。二切れだと微妙です。私、姉とふたり暮しだからわかるんですけど、食事をつくるの面倒だから夕食はピザ二切れずつなんてありがちですから。だからきっと一切れ。そのピザを、あなたは岩下さんの食べ残しか、食べかけだと勘違いした。まさかこれから、いただきますって夕食が始まるところだとは想像しなかった。そこで無理して岩下さんの代わりに食事を続けたんです。だって食べきっててもらわないと困りますから。食べてる途中で殺したこと、わかっちゃいますもんね、警察に。

殺害されたのが夕食の最中で、しかも献立はデリバリーのピザ。こんなに時間帯を特定しやすい状況ってないですよね。ピザ屋さんに届けた時刻を問い合わせれば、それから数十分のあいだに殺されたんだと想像がつきます。そして勤野さんは、まさにその時間帯に吉祥寺にいた。でも本当はそんなことに気をつかう必要なかったんですよ。だってそれ前日のピザだったんだから。岩下さん、きっとキッチンのどこかに置いてたんですよ。それを思い出して仕事の合間に机の上に持ってきて、これから食事を始めようとしていたところだった。勤野さん、きっと一度も自分でピザのデリバリー頼んで食べたことなんてないだろうから、見た目だけではまず、どのくらい時間の経ったピザかなんてわかんないですよね。私はすぐにわかりますけど」腕時計に視線を走らせる。あと三分。追い詰めないと。「当日の勤野さんの行動を順を追ってお話しします、私の想像を交《まじ》えながら」

彼女はうんざりしたように、「どうぞ」

「あの日――十一月十一日の夕方、あなたは岩下さんとの打合せを終えると、いったん彼女のマンションを出て吉祥寺駅に向かいました。そして駅前のカフェテリアで食事をとった。そのとき岩下さんを殺すことを思いついたのか、最初からぜんぶ計画的だったのか、それは私にはわかりません。とにかくあなたは彼女のマンションへと引き返しました。インターフォン越しに名前を告げて岩下さんにドアを開けさせ、玄関に入る。帰れと云って背を向けられたのか、中へどうぞと云われたところだったのかもわかりませんが、あなたは向こうをむいた彼女の頭を、そばに飾ってあった硝子の置物で殴り、殺害しました。そして部屋にあがる。死亡推定時刻を混乱させるため、翌日になって暖房が効きはじめるようエアコンのタイマーをセットしました。コントローラからエアコンに指令を送ったあと、偽装の内容がわからないようコントローラをバッグにしまい込みます。これは会社から自宅への帰りがけか、翌日にでも処分したんでしょう。

ところがそこであなたは、すべてを台無しにしかねない、とても迷惑な物体を彼女の机に見つけます。ピザです。たった一切れのピザ。あなたはこう考えて焦ります。自分が帰ったあとに注文して、今まで食べていたに違いない。これが残っていると、自分が吉祥寺にいるあいだに犯行があったことが警察にばれてしまう。彼女に恨みのあるあなたには不利な状況です。でもその一切れさえ消してしまえば、岩下さんは食事のあとに殺されたということになります。犯行時刻はまた特定できなくなる。一切れのピザ、どうやって消しましょう？　ポリ袋を求めて部屋を物色する？　危険です。どんな証拠を残してしまうか。箱ごと持ち出す？　もっと危険。胃に入れちゃう以上に手早くて安全な方法があるでしょうか。食べている途中で時間の経ったピザだと気づいて、でも残すわけにもいかなくて仕方なく最後まで食べちゃったのかと思ってたんだけど、さっきのあなたの反応を見ると前日のものとは気づいてなかったみたいですね。まあ焦ってたら味なんてわかんないでしょうし。

あとはマンションを出て駅へと急ぐだけです。部屋のドアはオートロックですから、翌日、合鍵を持った磯谷さんが訪ねてくるまで遺体は発見されません。かりにほかの誰かが訪ねてきても、留守か寝ているかだと思って帰ってしまうでしょう。もちろん警察はあなたにも疑いの目を向けますけど、なかなかあなたを犯人とは断定できません。材料がないんです。だってあなたは必要最低限のことしかしてないから。ピザを食べたことを除けばですけどね。姉の上司の話だと、完全犯罪とか目指そうとする人って、自分は犯人じゃありません、自分じゃありませんよって、さんざん自分の痕跡を残していくんだそうです。だからその一つでも反証できたら尻尾を摑める。でもあなたの場合、正反対でしょう？　あなたかもしれない、でもほかの誰でもふしぎじゃない。それで犯行を否認されたら警察はお手上げだって。日頃の嘘のつき方からしてそうですよね」

「嘘？　私の？」

「キリエが——一緒に会社にうかがった細長い子です。彼女が云ってたんだけど、もし犯人だとしたら拍手喝采もんの嘘つきだって。岩下さんを嫌ってたことも、自分が彼女に最後に会った人間であることも、むしろ積極的に見せておいて、でも私じゃないけど、とぎりぎりの一点でだけ嘘をつく。磯谷さんのマンションの前で会ったときだってそうですよね。わざわざあとで彼のところに電話をかけて、本当は私たちだと気づいてたと正直に云っておいて、でも『挨拶しそびれた』と目立たないように嘘を混ぜる。本当は逃げ出したくせに」

「余計な疑いをかけられたくなかったの、彼と会っていたことで」

「怒んないでください。私、責めてるつもりはないですから。頭いいなあって感心してるんです。嘘、嘘、嘘で一つの世界をつくっちゃうより、ずっと楽だし、ばれにくいですよね。頭がよくなきゃできないけど」

「誉め言葉だとしたらありがとう。でもあなたは世界をつくっちゃうほうのタイプね」

「そう。これまでの私の話、ぜんぶ空想だと云われても仕方ないんですよね」

「具体的な証拠は見つけたの？　たとえば、私が処分したとかいうコントローラとか」

「証拠は」また腕時計に目を走らせる。九時三分——嘘。過ぎてる！

「ないみたいね」彼女は私との距離を縮めた。

「あります」慌てて答える。

「教えて。どんな証拠？」

「もうじき——」無意識に後ずさる。背中がフェンスに触れる。フェンスは無抵抗に、ゆらりと角度を変えた。なぜ、まだ——下からは見えないんだろうか。

「危ないわよ、それ以上退がると」彼女の手が伸びてくる。私は傍らの壁に爪をたてた。

インターフォンのシグナルが聞えた。勤野さんは用心ぶかく訊ねる。「今度は？」

息をつき、しかし壁には爪をたてたまま、「私の持ち時間は終了です。本当は自首を説得したかったんですけど」

「お姉さん？」

「その上司も、それから祀島くんも」

またインターフォンが鳴る。

「出ていかないと、今度はあなたを殺したとでも騒がれそう」彼女はリビングに入っていった。

背中が冷汗で湿っていることに気づく。硝子戸とカーテンを閉じていると、勤野さんがリビングに戻ってきた。続いて不二子、庚午さん、そして祀島くん。比較的暢気《のんき》な表情でいるところを見ると、やはりバルコニーは車窓から死角だったようだ。なにも起きはしなかったのだし、私の思い過しかもしれないし、とりあえず胸にしまっておいて語るまいと決めた。

「どうでした?」庚午さんが近づいてきて囁く。

遅い! と眉をひそめて口を動かす。

「早めですよ。心配でつい」彼は私に自分の時計を見せた。ちょうど九時。

不二子の時計は九時五分。私は不二子を摑まえてそれを突き返した。「大事なときに狂った時計貸さないでよ」

「忘れてた。磯谷章次のあれ、いいアイデアだと思って進めといたんだった」

勤野さんはソファに掛け、庚午さんと向き合った。私との対話はかえって彼女を開き直らせたようで、その顔には微笑が戻っている。想像と決めつけられて抵抗できない脆弱《ぜいじゃく》さを、たしかに私の推理ははらんでいる。私に指摘できたのは犯行時の勤野さんの心理だけだ。彼女のただ一点の虚言は、ほぼ無瑕《むきず》の状態でいる——殺したかった。殺せた。でも殺していない。

「すみませんね、大勢でおしかけちゃって」

「私の住居ではありませんから」

「ごもっとも。彩子さんとのお話、どうでした?」

「クリエイティヴな才能に満ちたお嬢さんですね。想像力がとても逞《たくま》しい」

「洞察力ですよ。いや直感力というのかな。彼女の頭の中は僕も一度は覗いてみたいんですよ。パズルを並べているような感じらしいです。繋がっちゃった、と自分でも驚くとか。一対一であなたと話したいというのは彼女自身の希望でした。ただ警察の立場として、あまりその身を危険に曝《さら》すこともできないもんですから、三十分だけにしてもらったんです」

勤野さんは可笑しそうに、「危険？　私との対話がどうして」

「殺人犯だとしたら、やはり危険人物と判断せざるをえないんですよね、ほら立場上。ちなみにピザは召し上がりましたか？　あの演出は僕の発案なんですが」

「頭の中を覗いてみたい人ってたしかにいるものですね。優秀な日本の警察が少女の空想をそうも重視しているというのも、意外で面白かったわ。知らないことってたくさんありますね」

「納得していただけなかったみたいですね、彩子さんの話には」

「すこしも」

「我々にはじゅうぶん納得できたんですけど」

「ご勝手に」

庚午さんは芝居がかった調子で、「仕方がない。では証拠をお見せしましょうか」

「見せてください。あるのなら。云っておきますけど、誰かが食べて失せてしまったピザや、誰かがどこかに捨ててしまったリモコンでは困りますから。それとも最近の警察は無いものも証拠と？」

「認めません。大丈夫、ちゃんとあるんです。あなたの残した立派な証拠が、このマンションに」庚午さんは立ち上がり、椅子の背後で俯きがちにしていた祀島くんと並んだ。「彼から話してもらいましょう。発見したのは彼ですから」

「祀島くんが」と、さすがの勤野さんも驚きを露わにした。

「僕から？　そうなんですか。ええと、そうですね、まず――ねえ勤野さん」彼はソファの間の低いテーブルを指差し、「気づいてました？　直角石」

化石か。なんで俯いているのかと思っていたら。

彼女は笑って、「気づくもなにも、その直角石が、化石に興味を持ちはじめたきっかけ」

「あのう――はい」思わず手を上げて話に加わる。「直角石って、石？　石の化石？」

「違うわ。オウムガイの先祖みたいな生物。よね？」

「そうです」祀島くんが頷き返す。

庚午さんは眉をひそめ、この連中は、という表情でいる。不二子は、どうでもいいけど早く終わってくれないかしら、という顔でいる。

「僕は事件のことを詳しく知りませんし、警察でもないから、基本的には誰が犯人であっても構わないという立場です。ただ気づいたことをお話しするだけです。たいした発見ではありませんが、結果的に勤野さんの立場を不利にしちゃうかもしれない。でも悪気はないですから」

祀島くんは飄々《ひょうひょう》と前置きしながら、全員を玄関へ導いた。自分の靴をつっかけて、「犯人はこの辺から岩下瑞穂さんを殴ったんですよね」

「そうです。細かな状況からも、現場はここに間違いありません」

彼は靴箱の上の人形――とり残されたお姫様に手を伸ばした。王子のほうはもちろん警察にある。「けっこう重いな。凶器はこの対《つい》の人形ですね」

「そう。王子の人形です」

「大きさは同じくらいですか？」

「ほぼ同じです。高さ約七十センチ」

「殴ったのは頭のほうで？　それとも台座のほうで？」

「頭です。被害者の傷とぴったり一致しています」

「こんな感じで持って、殴ったことになりますね」祀島くんは人形の足許を、バットを握るように両手で持って胸の前に構えた。「台座が重いから、これより上を持っては殴れないですね。勤野さん、ちょっと実験に付き合ってください」

勤野さんは不快げに、「私じゃないと駄目なの？」

「駄目なんです。すみません、靴を履いてこっちに」

彼女は息をつき、靴を履いた。

祀島くんが人形を押しつける。「持って。もっと台座の近くを――そう。握ってる部分より下が重いと殴れないですから。あ、僕にはぶつけないでください」

「誰を殴ればいいの」

「誰も殴らない。真似だけ」

「どっち向きに？」

「みんなのいる方向に、ただ振りかぶって下ろすだけでいいんです」

彼女は云われたとおりにした。祀島くんや周囲の物にぶつけないよう、きょろきょろと注意を払いながら、肩の上に人形を振りかぶる。前方に振り下ろす。人形の頭部が弧を描く。そのさまに私は息をのんだ。

「おっと」重さに負けて彼女が人形を取り落しそうになるのを、祀島くんが進み出て受けとめる。「どうもありがとう。庚午さん、今の殴り方は正しいですか」

「傷の付き方からいって、それしかありえないでしょう」

「今度は僕がやってみます」

「私にぶつけないでよ」

「大丈夫。ところで僕の身長は百七十八センチなんですけど、第一発見者の――」

「磯谷章次」勤野さんが答える。

「彼の身長、ご存知ですか？」

「君より高いわ。百八十三」彼女は祀島くんの頭上に視線を送った。そのまま動かなくなった。

衝撃を受けたのは明らかだった。頬が青ざめていくのがはっきりと見てとれた。

「もうひとりの疑わしい――そっちの名前も忘れてしまいました。庚午さん」

「岩下さんの元アシスタント。松代稲子」

「その人の身長は？」

「女性にしては高いんだこれが。たぶん百七十二、三でしょう」

「じゃあ僕はふたりの中間ですね。さて、やってみます。このさきは危険な実験になりますから、見てて危ないと思ったところでストップをかけてください。いきますよ」

「ストップ」人形が振り上げられるより早く、勤野さんが震えがちに云った。「もういいわ、祀島くん」

「わかってもらえましたか」と彼は微笑んで返した。

「私の身長でぎりぎりなのね」

「そう。もっと大きな人だと絶対に人形がぶつかっちゃうんです、ここ」彼は頭上を指した。

「このエミーユ・ガレのシャンデリアに」

‡

全身の力が抜けてしまったように彼女は壁に背をつけた。オレンジ色のシェードを見上げて、虚ろに笑う。「なんで気づかなかったのかしらね、私も警察も」

祀島くんは人形を抱いたまま、「なぜか滅多に見上げないですよね、玄関の天井って。庚午さん、点けてみてください」

庚午さんがスイッチを入れると、アンティークの照明はほんのりとした黄色に輝いた。

「驚いて。私、何十回となくここに来てて、いま初めてこのシャンデリアに気づいた」

「ふしぎじゃないですよ。こういう古いランプは光量が乏《とぼ》しく、補助照明としてしか使いにくい。しかもマンションの玄関灯なんて点けなくったって生活できるから、普段は利用されてなかったんじゃないでしょうか。さらにこのシャンデリアには可哀相なことに、リビングとの間にもう一枚ドアがあります。室内からもほとんど見えないんですよね。玄関に立って真上を見るほかない」

「ああ、ドアの上っていちおう壁なのね。なんて三十年以上も生きてて今頃——なに云ってんだろう、私」

私も初めて意識したかもしれない。ドアの上というのはそれなりの面積の壁なのだ。ドアのすぐむこうの天井付近は、たとえドアが開いていても死角なのだ。

「刑事さん、たばこあります？」

「わるいけど、僕、喫わないんですよ」

「あるわよ」不二子が進み出てハンドバッグを開ける。

「軀にわるいですよ。やめたほうがいいですよ、ふたりとも」

「空気を読めない男って最低。あ、メンソールだけどいい？」

「大好き」勤野さんはたばこをくわえると不二子のライターから火を取り、ふうっと煙を吐いて、「刑事さん」

「私？」

「うん、吾魚さんのほう。そっちの朴念仁《ぼくねんじん》よりずっと話がわかりそう。瑞穂に恨みがあって、あの夜から翌日までのアリバイが不確かで、しかも私より背の低い人間、どのくらいいると思います？」

「恨んでる人間は多いんだけどねえ。何センチ？」

「百五十——にちょっと足りない」

「多くはないんじゃない？　今どきは」

勤野さんは頷いた。私に向かって、「彩子さんね、編集者より刑事か探偵に向いてる」

「厭です、そんな怖い仕事」

「じゃあ推理作家。殺人容疑者の折紙付き。いいキャッチコピーじゃない？　本当を云うとね、ピザの推理を聞いたときからギブアップの覚悟を決めていた。ただ告白のきっかけがつかめなくて。彩子さんの云うとおり、ほんと嘘つきなのよ。自分でも厭になる。いったんついた嘘をつき続けるのが子供の頃からの習《なら》い性《しょう》で、すっかり身に染みついちゃってるの」

「勤野さん——優しすぎるのかも。優しい人って他人を傷つけないために、つい嘘をついちゃいますよね。それがきっと習慣のように。勤野さんって本当は、ほかの人のことばっかり考えてる。特に磯谷さん」

彼女の眼がはっと見開かれる。

私は続けた。「勤野さん、磯谷さんにだけは疑いがかからないよう予防線を張りましたね？　エアコンのコントローラをいじったとき。違いますか。本当は磯谷さんに罪をなすりつけてしまうのがいちばん簡単だったはず。あなたの頭だったら確実にそうする方法はいくらでも考えつけた。もしピザのことに気づかなかったら私も彼を犯人と考えたろうし、ピザのことに気づいたあとも、彼が共犯者だという考えをなかなか打ち消せずにいました」

不二子が勤野さんにとも私にともつかない調子で、「じっさい磯谷章次も共犯なんじゃないの？」

勤野さんはかぶりを振った。「違うわ」

「本当に？」

「違うでしょう」と庚午さんが口を挟む。「もし彼女が実行犯で磯谷章次が共犯者なら、遺体の発見をもっとさきに延ばしたと思いますよ。発見が遅れれば遅れるほど遺体の死亡時刻は絞れなくなり、二者にとって有利な条件がふえるんです」

「そうか――アリバイがいい加減でもよくなるもんね」

「犯行が可能な人間も増します。彼女の云うとおり単独の犯行だと思いますよ」

私は庚午さんに頷き、「なぜ共犯説を無視しにくかったかといったら、それは勤野さんがタイマーを完璧にセットできたから。遺体の発見時刻を予測して五分と誤差のない時刻にセットできた。庚午さんは神業と云ってましたけど、でも本当は神業でもなんでもなかったんです。だって彼女は二つのタイマーを利用できた」

「二つ？」と不二子。「一つはエアコンよね。もう一つは――」

「磯谷さん。彼が仕事の予定に関して正確無比なタイマーであること、そう心掛けていたことを、勤野さんは知っていた。彼は誰にも云っていなかったけど、勤野さんは気づいていた。そうですね？」彼女の眼を見る。

彼女は細く煙を吐いて、「気づくわよ。だって私、恋人だったんだもん。ほかの誰も気づかないことにも、まっさきに気づくの、彼のことなら」

「岩下さんは磯谷さんと、午後七時三十分に約束してたんですね。だから彼は七時二十五分にここにやって来た」

「瑞穂って、章次くんとの予定をいちいち私に教えるの。そうしてないと自分の幸福を確認できなかったみたい」

「彼に疑いがかからないようにする予防線ってのが、よくわかんないんだけど」と不二子。

「異常な室温。この時期だともう、肌寒いときに部屋を暖房するのはふしぎなことじゃないでしょう。もし勤野さんが、遺体の発見のとき室温が、たとえば二十五度くらいになってるようエアコンをセットしておけば、磯谷さんの目にも警察の目にも不自然な状況ではなかったはず。庚午さん、それだと死亡推定時刻はどのくらいになります？」

「僕は法医学のほうは——まあ十二日の朝って感じじゃないですか」

「となると疑わしいのは？」

「磯谷章次でしょう。独身で、フリーで、自宅で作業してることの多い彼が、誰よりも自由がききますし、アリバイもない」

「勤野さん、コントローラを操作している途中でそのことに気づいちゃったんだと思う。それで、これは偽装ですよ、と簡単にばれるような非常識な室温にセットした。その代わり偽装の詳細まではばれないよう、コントローラを持ち去った。そうですね？」

彼女は吐息まじりに笑った。「見てたの？　超能力？」

「勤野さんが指摘されたとおりです。たぶん想像力が逞しいの。訊いていいですか、なんで、殺しちゃったんですか」

「べつに殺す気はなかった。というか本当は殴る気もなかった。かっとなって、気がついたら殴ってて、瑞穂は動かなくなってた。簡単に死んじゃうのね、人って」

「衝動的だったんですね」

「まったく衝動的。編集ミスを口汚く罵られてね。そのあと独りで食事しながら、なんで私、長いことあんな人の家来のようにしてきて、恋人も盗られて、それでも我慢し続けなくちゃいけないんだろうってしみじみと——一度、ぴしっと云い返してやるべきだと決意して、またマンションに戻ったの。瑞穂も驚いたわよね。ドアを開けたら、私が血相変えて立ってるんだから。『お話があります』と私が云ったら、彼女も怖かったんでしょうね、話を聞きもせずに、恩を仇《あだ》で返すような真似をするとか、上に苦情を云って解雇させてやるとか、出版業界で生きられなくしてやるとか、呪詛《じゅそ》のように。聞きながら、田舎の両親の顔を思い泛《うか》べていた——私、ずっと自慢の娘だったから。ずっと優等生だったから。気がついたら手には人形。瑞穂は倒れてた。そのあとも彩子さんの想像どおり。社には早く戻らなきゃいけないし、ぜんぶ咄嗟の判断でやったこと。計画的だった部分は一つもないわ。ピザを食べたのが大失敗だったと聞いても驚きもしない。それにしても美味しくなかった。あんな美味しくない食事ったらない。もうたくさん。本当にもう、たくさん」

「自暴自棄にならず、はっきりと主張したほうがいいですよ、衝動的で、無計画だったこと」

「ありがとう。肝に銘じとく」それから彼女は祀島くんに顔を向け、「残念だけど、もう会えないかも。都化研の人たちにも。どうかよろしく伝えといて」

「なんで？」と彼は訊ね返した。「松本さんも久世さんも謎の老人も、それに僕も、何年でも何十年でも続けるつもりですよ、街に化石って無数にあるんだから。またいつでも来てください。歓迎します」

勤野さんは咳きこみ、口許を押さえた。「むせた」

†

「また彩子にやられた」と頬杖をつく。翌日の教室だ。自分の知らないところで事件が解決してしまったと知って、キリエは機嫌がわるい。「彩子って昼行灯《ひるあんどん》のくせしてさ、美味しいとこだけ最後にもってく」

「決め手になったのは祀島くんの推理だよ」

「祀島のはいい。そういうのは観察であって推理とはいわない。あたしが悔しいのはさ、彩子のピザのそれって、聞いてみるとなんてことないというか、誰でも気づくことだったような気がするところなんだな」

「じゃあキリエが解決すればよかったのに」

「次はそうする。あたしがいただく」

「それがいいよ。私はもう二度とお姉ちゃんの策謀には乗らない。庚午さんにも、次になにかあったらキリエに個人的に相談するよう云っとくから」

彼女はなぜかびっくりしたような顔をして、「やめろって。ウドだって厭がるよ」

「キリエ？」眼のまわりが赤くなっているような——嘘、まさか。

「わかんない。教えて」十円玉をちゃらちゃらと机に落し続けていた摩耶が、ギブアップして私の肩を叩く。手品の謎に挑んでいたのだ。

「私、自分ではできないんだよ」

「でも種は見えたんでしょう？」

「たぶん、それしかないと思うんだけど」

「勿体ぶらずに教えて。練習して彼を驚かすから」

「どこの彼？　いつの間に？」

「今はいないってば。次の彼って意味よお」キリエと顔を見合わせたが、摩耶は奇異なことを云ったという意識もないらしい。「相手の指の間から滑り込ませるのかと思ったんだけど——そんな器用なことできないわよね？　特別なコインとか？」

「特別といえば特別かなあ。摩耶、もう一枚十円持ってる？」

「待って——あった。はい」机に二枚の十円玉が並ぶ。

「それが答。通り抜ける前の銅貨と通り抜けた後の銅貨。ちょっと特別な、しかも真新しいコインだから、幾つもあるわけないと錯覚してしまうというのもポイントかな。握手する左手の指の間にまえもって銅貨を挟んどくの。握手をするときは掌に空間を残して、上からぱんって叩いた拍子に銅貨が飛び出してくるようにしておく」

「手の甲に置いた銅貨は?」

「そこはまだわからない。自分の袖の中に落すのかとも思ったんだけど、あのとき久世さん、腕捲りしてたんだよね」

「ふうん」摩耶は興味を失いかけたようすで、「どっちにしてもインチキか」

「手品はぜんぶインチキだよ」

突然の背後からの声に、私は椅子から転げ落ちかけた。

「インチキじゃなかったらそれは魔法。コインを消す方法は幾つもあるんだけど。ちょっとこれ貸して」祀島くんは机の十円玉の一方に手を伸ばした。「吾魚さんがそこまで見破ってるなら、残りを教えても罪はないかな。久世さんのやり方はユニークだよ。上の手を離す瞬間、甲のコインを宙に浮かせて相手の頭上に弾き飛ばしちゃうんだ。それをむこう側にいる相棒が受け取る」

あのとき私の後ろにいたのは——「祀島くん?」

彼の左手が私の左手を摑んで握りしめる。びっくりした。

「僕のやり方はこう」私の手の甲に十円玉を置き、右手を重ねる。両手で私の手を包んだまま、「今朝がた、勤野さんから電話があったよ。いろいろと気をつかってくれてありがとうって。そう吾魚さんに伝えてほしいって」

「そ、そ、そうですか」

「通り抜けたかな、そろそろ」

「まだまだ」

「ぜんぜんじゃない?」

キリエが、摩耶が、茶々をいれる。祀島くんは小首をかしげた。

第二話　ようこそ雪の館へ

青い薔薇は実在する、さまざまな色で。

I　青薔薇談義

不二子《ふじこ》はルームランプを点け、地図を指で辿《たど》った。「うん――間違いない。あれが今夜の宿。みんなお疲れさま」

私は眉をひそめた。降りしきる雪のむこう、ヘッドライトに照らされて闇にぼんやりと泛《うか》びあがった白亜の洋館が、不二子の云うとおり温泉旅館だとは信じがたかった。

「やけに洋風じゃないか」と私の右でキリエが、

「旅館というよりホテルね」と左で摩耶《まや》が声をあげる。

キリエも疑っている。摩耶は単純に喜んでいるようだ。

「僕、見てきます」助手席の祀島《しじま》くんが上着をかかえてドアを開ける。「懐中電灯を」

不二子が放る。彼は取り落した。

「彩子《さいこ》は」と摩耶が私の顔を見た。

つい条件反射で、「行ってくる」

「やめときなって。寒いし」迷惑顔で云うキリエの膝を乗り越え、私は不二子の愛車プール号の後部座席を降りた。肺まで凍りつきそうな冷気に咳きこみそうになる。二月も間もなく終るキリエがダウンジャケットを投げつけてきた。「彩子の、トランクだろ。着てきな」

「ありがと」とドアを閉めた。上着に袖を通すと面白いほどぶかぶかだった。キリエは私より十センチも背が高い。

祀島くんはヘッドライトのあかりのなかに立ち止まり、私を待っていた。白い世界を背景にしたそのさまは映画の一場面のようだった。私が新雪にブーツを埋めてもたついていると、戻ってきて手を伸べてくれた。余った袖で応じる。紳士だ。容姿も満点。しかし悲しいかな、女性にあまり興味がないかの気配がある。私にないだけだろうか。

「吾魚さん、ナウマン象は知ってるよね」

不二子がクラクションを鳴らす。冷やかしているのだ。車中からはいい雰囲気に見えるんだろう、たとえ話題がナウマン象でも。

雪の山道の、行き止まりだった。洋館の左右には重たげに雪をかぶった暗い林が迫っている。建物は予想外に大きく、車内からは目と鼻の先に見えていたというのに、歩くとだいぶ距離があった。

「野尻湖でよく化石が見つかるんだ。ここから近いよ。冬のあいだ、発電のために湖の水位が下がる。そこを春先に発掘するんだって」

「まえからふしぎだったんだけど、なんでナウマン象なんて名前なのかしら」

「最初に研究したのがナウマン博士だから」

「人の名前なんだ」

「エドムンド・ナウマンだよ。ほら、フォッサ・マグナ研究の」

フォッサ・マグナ――糸魚川《いといがわ》・静岡構造線――中学で習った知識が断片的に頭に甦ったが、下手に口に出すと恥をかきそうなので黙っていた。

「看板はないな。やっぱり道を間違えたね」彼が建物を照らして云う。

たとえ看板が出ていてもホテルには見えない。威容のわりに数少ない窓にぽつぽつと控えめなあかりが点り、庇《ひさし》から垂れさがったつららと厳《いか》めしい飾り格子を照らしている。二階建てのようだが二階の窓はずいぶん上方にある。そういった造りがいちいち土蔵か牢獄を思わせ、とても客商売をやっているふうではない。また民家にも見えない。規模や、白っぽい石造りであることから連想されるのは、古い建物を使い続けている図書館や美術館だが、余所者《よそもの》を拒むかのようなこの気配には、訪れた人の多くが廻れ右をするだろう。

二台の自動車が建物に寄り添い、雪の毛布をかぶっている。一台は雪国らしい4WD、もう一台は型の旧いセダン。こうした建物の玄関にしてはひっそりと、しかし勝手口にしては堂々と、中央に突き出した半円形の入口の前は、最低限の雪掻きがなされ、ちょうど一人が通れる幅の緩《ゆる》い下りになっていた。私たちは縦列になり雪の狭間《はざま》を下った。玄関灯は点いていない。

「絶対にここじゃないだろうけど、だとしても道を訊かなきゃ」祀島くんは手探りでノッカーを見つけ、何度か音をたてた。しばらく待ったが反応はない。ふたたび叩く。とつぜん青い光が私たちをつつんだ。暗いうちは気づかなかったのだが、ドアの両側にやや武骨な感じのするステンドグラスが配されていた。雪の結晶を組合わせたような図案だった。ドアの目の高さに薄く、覗き窓が開いた。

「どなた」と少年らしき声に問われた。

「こんな夜中にすみません。旅行者です。ここはおたふく荘ですか」

「違います」

祀島くんの吐息が白く輝く。「道を間違えたようです。正しい道をご存知じゃないですか」

「来た道を戻ってください」

「どこまで」

「県道まで。そしてもう一本南側の脇道を上がってください」

祀島くんは私の顔を見た。県道を逸れてから、すでに一キロか二キロは上がってきたはずだ。

「あなたがたが上がってきた道は私道です。それを最初まで戻ってください」

覗き窓は閉まった。次いであかりも消え、私たちはまた闇に放り出された。

――タイヤにチェーンを巻いたプール号を県道に向かって後戻りさせながら、不二子がしきりに言い訳する。「私のせいじゃないわよ。だって地図に載ってない道があるなんて、ふつう思わないじゃない」

誰も責めてなんかいないのだ。まっ暗な雪の九十九折《つづらおり》を下っていく緊張感で、ちょっとおかしくなっているんだろう。

「彩子がこの道が怪しいって云ったし」とうとう責任転嫁を始めた。

「云ってないよ。私、曲がるまえはずっと黙ってたよね？　ね？」両隣に確認する。

「黙ってた。ちなみにあたしも」とキリエ。

「私も」と摩耶。

「祀島くんが云ったんだっけ」不二子が助手席を見る。

「いいえ」

「じゃあ私の科白《せりふ》？」

「はい」

女性ばかりの車の中で祀島くんはすこし居心地がわるそうだ。なぜここに彼が混じっているのか、そのいきさつを私は知らない。もともとは不二子の旅行計画で、彼女は明言しないけれど男性とふたりで出掛けるつもりだったようなのだ。その相手に土壇場でキャンセルされたらしい。キリエちゃんたち、あさってから学校休めるかな、と私に訊ねてきた。

スキーできるんなら行く、とキリエは云った。キリエが行くんなら行く、と摩耶は云った。

スキー場は歩いても行ける距離にあった。一部屋だが広めの部屋をとってあったので、宿泊も問題ない——はずだった。ところがこの昼、吉祥寺駅近くの集合場所に車を乗りつけてみると、毛糸帽をかぶりスキー板を肩にしたキリエ、公園を散歩しにきたようなコート姿の摩耶のほかに、制服を着た祀島くんも立っていたのだ。午前は授業に出ていたのだろうか。

不二子も私も驚いたが、なんでいるの、とも問えない。まずは雪道に耐えられそうにない摩耶の華奢《きゃしゃ》なショートブーツをセール品のアウトドア靴に替えさせ（吉祥寺には靴店が多いのだ）、次いで祀島くんの暮らす団地に寄って彼の身支度を待ち、そんなことをしているうちみんなおなかが空いてしまったので、パーキングエリアでと考えていた食事を近くのファミリーレストランに繰り上げ、それからようやくプール号を関越自動車道に乗せることができた、と思うや激しい雪に見舞われ、高速を下りたら下りたで不二子が道に迷い続けて――

がくん、と車が大きく前後に揺れ、私は前のシートの間に飛び込みそうになった。カーヴの一つを乗り切った直後、不二子が急ブレーキを踏んだのだ。

「安全運転！」

「してるわよ！」裏返りそうな声で叫び返してきた。「突っ込んでほしかった？」

前方を見る。白い。

「雪崩《なだれ》？　変だな。気温はどんどん下がっているのに」祀島くんが冷静な声で云い、ドアを開けて出ていく。私たちも続いた。道を雪山が塞いでいる。

不二子が祀島くんに懐中電灯を放ったが、彼は取り落とした。拾って、山側の林を照らす。奇妙な方向をむいた杉の枝葉が闇に泛《うか》ぶ。「なるほど。あの老木が雪の重みで倒れたのか。その振動で斜面の新雪が流れてきたんだ。命拾いしましたね、僕たち」

†

錠の廻る音がした。私たちはドアを押して玄関になだれこんだ。摩耶が、くちん、くちん、くちん、とたて続けにくしゃみする。三十分近くも玄関の前で待たされていたのだ。無理もない。さきに待たせると云ってくれれば、車で待機していたのに。

「ごめんなさいね、ご迷惑でしょう」不二子が殊勝に頭をさげる。

少年は真顔で頷いた。「たいへん迷惑です」

不二子は笑みを泛べたまま、横の私にしか聞えないよう、くそ餓鬼《がき》、と呟いた。

「居間にご案内します。靴の雪は落してください」

床に鞄を置き靴紐をほどきかけていたキリエが、顔を上げ、「土足でいいの?」

少年は自分の足許を指した。柔らかそうなベージュのスウェード靴を履いている。

白っぽい人——奇妙な形容だが、実際にそのとおりなのだ。白シャツに淡いラベンダー色のセーターを重ねている。ズボンも白に近い灰色。服装のみならず、顔にかかった長い前髪は銅貨のような色だし、肌も男性とは思えないほど白い。整っているけど地味な、口調そのままに酷薄そうな容貌だった。歳は十八、九と見えた。

赤絨緞が敷かれた通路はすぐさま、上下に鉄の補強板が渡された頑丈そうな両開きのドアにぶつかった。廊下は左右に伸びている。少年はふと思いついたように、口髭よろしく左右に張った真鍮《しんちゅう》のノブを下げ、ドアを押そうとした。動かない。

「まだ籠《こ》もっているのか」彼は独り言を云い、廊下を右に進んだ。

え、と祀島くんが呟いた。ドアとその横の窓とをふしぎそうにふり返っている。

透明な硝子《がらす》と雪が積もった飾り格子の向こうに、闇を舞う粉雪が見える。意外に奥行のない建物だと思ったが、窓に近づいてみると離れた場所にもあかりが灯っていた。この建物の続きだろうか。どういう構造なんだろう。

祀島くんがさっとドアの前に戻っていき、少年がやったようにノブを下げる。ドアは動かなかった、押しても、引いても。彼は小首をかしげながら私たちを追ってきた。

「どうぞ」廊下の右手に現れたドアを少年が開ける。

先頭きって暖かな室内に入っていった不二子が、ぎゃあああ、と下品な悲鳴をあげた。私たちはまとめて室内に押し入り、そして一様に頬を弛《ゆる》めた。不二子は、全身に斑点のある大きな白犬から熱烈な歓待を受けていた。彼女の胸に前肢をかけ、懸命に顔を舐めようとしている。

「ポチ、スィット」少年が鋭く云うと、犬は我に返ったようにお坐りをした。よく訓練されている。

「びっくりした。何が来たかと思った」

「ダルメシアンは陽気だから」祀島くんが犬を擁護する。そう、ダルメシアンだ、『一〇一匹わんちゃん』の。

「よく見たら可愛いじゃないの」そう云いながら不二子は近づこうとはしない。子供の頃、近所の犬に噛まれたことがあるのだ。

ポチはなごり惜しげに、一人一人に顔を近づけては鼻を動かした。私とキリエはその頭を撫でた。摩耶は迷惑そうに身を退《ひ》いた。彼女も苦手なようだ。

少年は居間と云ったけれど、私たち庶民の基準では立派な応接室だった。濃緑色の地に細かな柄の入った高価そうな絨緞、微妙に色合いをずらした猫足のソファ・セット、壁ぎわには大きな振子時計やチェストや扉付きの書棚が、素っ気ないほど間隔を空けて置いてある。暖炉もある。ただし火の代わりに大きなガスヒーターがすっぽり埋められていた。マントルピースの上に小さな、鍵盤のない、ただ二枚の六角形の板を蛇腹《じゃばら》でつないだだけのようなアコーディオンが置いてある。その下で女性がロッキングチェアを揺らしていた。肘掛けに飲み物のグラスを置いて手で支えているが、うとうととしかけていたらしく、びっくりしたような顔でこちらを見ていた。

艶《つや》やかなおかっぱ頭は若々しいけれど、ハイネックのワンピースに、手編みふうのニットヴェストと大きなショールという西洋の老人めいた服装と、それに不釣り合いな舞台化粧ばりのメイクのせいで、まったく年齢不詳な人物だった。やがて私たちに興味を失ったように白っぽい飲み物をぐいっと干し、グラスを氷だけにした。立ち上がってマントルピースに置かれた罎《びん》に手を伸ばす。椅子に縮こまっているときの印象よりずっと大柄な人だった。

グラスに飲み物が注がれ、からからと廻されるさまに私は目を瞠《みは》った。錯覚でなければ、注がれた瞬間、飲み物は透き通った檸檬《れもん》色だった。ところが彼女がグラスを動かすうち、それが見る見る白っぽく不透明に変わっていったのだ。私は他のみんなの顔を見た。気づいていたのは祀島くんだけだった。

「ペルノーだね。アニスの種のリキュール」と彼は私に耳打ちした。「水に反応して白くなる」

「祀島くん、飲んだことあるの?」

彼は当然のことのように、「あるよ。なんで?」

「お客さんです。一晩だけ」少年が女性に云う。

「そう」おかっぱの女性は嗄《しゃが》れ声《ごえ》で答えた。声も年齢不詳だ。

「飲みすぎだよ」

「ほっといて」彼女はまた椅子に身を沈めた。

少年に勧められて、私たちはソファの思い思いの位置に腰をおろした。少年もテーブルの下から予備の椅子を引き出したが、それに掛けることなく、「いま食事を用意させます。簡単なものしか出来ませんが。それまでなにかお飲み物でも」

予想外の申し出に不二子が目を輝かせ、「スクリュードライバー」

「カクテルは無理です。ワインか、スコッチか、あるいは紅茶か」

「じゃあ高いワイン」

「値段は知りません。ほかの皆さんは?」

「あたしも高いワイン」とキリエ。

少年の唇が、この餓鬼、と動くのを私は見た。キリエが、どっちが、と答えたのも見た。

「皆さん、ワインでいいですね」彼はきっぱりと云い、返事を待たずにドアに向かったが、ふとドアの前でふり返って、「自己紹介しておきましょう。天竺桂聖《たぶのきひじり》といいます。あちらは伊勢《いせ》崎静子《ざきしずこ》さん、詩人の」

詩人の、と云われてもそんな名は聞いたこともない。しかし天竺桂という変わった苗字には、全員がはっとなった。私にしても字面が即座にうかんだほどだ。「天竺桂——天竺桂雅《みやび》さんの?」

私の問いに少年はあっさりと頷き、「それは姉です。そのうち顔を出すでしょう」

私たちは顔を見合わせた。芸能界に疎《うと》い私が幾つも作品を挙げられる超有名作詞家、その住居だったのだ、この屋敷は。

私たちもそれぞれに名を告げた。

「みんな高校生? でもそう見えない人が一名」

不二子は憤然と、「悪かったわね。私は公務員よ」

「気をつけたほうがいいよ。刑事だぜ」

天竺桂少年もロッキングチェアの無名詩人も、キリエの言葉にぎょっとした顔をした。参ったか、と不二子が腕組みする。

「やあん、もう」と摩耶が色っぽい声をあげた。ソファの横に坐りこんだポチに鼻先を押しつけられ身をよじっている。気に入られたようだ。

聖さんが部屋を出ていくと、待ち構えていたように時計が鳴った。大きな音に私たちは身を竦《すく》めた。ぼーん、ぼーん、ぼーん——と十二回。

聖さんが運んできた赤ワインをちびちびと舐めながら、しばらくを居間で過ごした。ちびちびではなくがぶがぶだった人たちもいて、それは不二子とキリエだ。私と摩耶が飲みきれなかったぶんもこのふたりが飲み干した。

祀島くんはワインよりもそれが注がれたグラスに興味を示していた。「ボヘミアじゃないですね。ひょっとして日本の切子ですか?」

「さあ。姉に訊いてみないと」

聖さん、詩人の伊勢崎さん、そして未だ姿を現さない天竺桂雅。この館には三人きりしかいないんだろうか。聖さんはさっき食事をつくらせると云っていたが、つくってくれているのは雅さんなんだろうか。時計がぼーんと零時半を報じた。伊勢崎さんが急に腰をあげた。

「寝るわ」彼女はアコーディオンを小脇にかかえ、反対の手には酒罎とグラスを持って、よろよろと部屋を出ていった。楽器は部屋の飾りではなく彼女の所持品らしい。

大きな音をたてて閉じたドアを、横目に見ながらキリエが、「ここに住んでんの?」

「このところ滞在しています。姉の友人で」

「年寄りなの? 若いの?」

聖さんは苦笑まじりに、「見た目よりは若い。姉の一つ下かな」

「お姉さん、幾つ」

「二十八」

「げーっ」不二子が唇を歪める。「じゃあ二十七? 私とも同じじゃない。大ショック」

「むこうもそう云うかも」

時計が一時を打った。

「さすがに準備できたでしょう」聖さんが立ち上がる。「通廊は寒いから上着をきて行かれたほうがいい。そのあと寝室にご案内しますから、鞄も」

ポチを残して部屋を出た。廊下を右方向に進み、突当りで左に折れてドアのない別の廊下を進む。窓の前を通るたび私は外の闇に目を凝らしていた。居間での聖さんの説明やそういった自分自身での観察から、しだいに館の構造が呑み込めてきた。向き合った二つの建物の両端同士を、二本の二階建て廊下が結んでいるらしいのだ。上から見るとロの字形ということになる。私たちは坂道をぐにゃぐにゃと北上してこの館に行き当たった。つまり玄関や居間があった建物は方角でいうと南側にあたる。これからはそちらを「南館」、もう一つを「北館」と呼ぶことにする。廊下はそれぞれ「東通廊」「西通廊」と表現する。聖さんがそう呼んでいたからだ。

食堂は北館にあった。私たちは東通廊を通ってそこに至った。西通廊は降りしきる雪の先におぼろげに影が見えただけだったが、館全体が左右対称形なのはなんとなく想像がついた。北館の廊下にも窓が並び、たびたび中庭が目に入るようになっていた。部屋と廊下の位置関係が、南館とは逆転している。南館の廊下は北向き、北館の廊下は南向きで、つまりこの館は南北にも線対称構造だということになる。きっとこの館の主役は中庭なのだ。南北館の廊下と東西の通廊が廻廊を形づくり、庭を眺めながら一周できるようになっているのだろう。

北館の室内は一日じゅう陽が当たらないのかと思うと寒々しいが、物を保管したりには都合がいいのかもしれない。学校でもたとえば図書館の窓など、本の日焼けを防ぐため、ことさら北向きに付けてある。裏玄関に繋がっているらしいT字形の分岐が北館の廊下にもあった。しかしその向かいに、聖さんが南館で開こうとしたようなドアは存在しなかった。もし西通廊がいま通ってきた東通廊と同等の造りだとしたら、あの両開きのドアは、中庭への唯一の出入口ということになる。

窓に嵌め込まれた格子は、どれも玄関のステンドグラスと同じ雪の結晶のデザインだった。庭には何があるのだろうと窓の一つに顔を近づけていたら、後ろから肩をつかまれた。驚いてふり返る。キリエだった。

「ここだって」と親指で後ろを示す。

聖さんがドアを開けて待っていた。ほかはもう部屋の中にいる。私たちも入った。そこで館の四人めの住人と出会った。


「これだけ?」遠慮という言葉を知らないキリエが、目をまるくして訊ねる。

「そうそう、これだけなんですよ。材料がないじゃないんですが、どれも使い途が決まっちゃってるんで。パンだけはいっぱいありますから、いくらでもお代わりしてください」

「お代わりして、そのおかずは? パン?」

はっはっは、と青年は大声で笑った。皮肉が通じていない。キリエの不満ももっともで、食堂に用意されていたのは残りものと思われるスープと温めたフランスパンだけだった。一時間もかかる料理と期待していただけに、私もおおいに落胆した。簡単なものと聖さんが云っているのに勝手に想像を膨らませたのが悪いのだが。

食堂は広いがきわめて簡素だった。大きな長方形のテーブルに椅子が十脚ほど。部屋の隅には料理の本が並んだ扉付きの本棚。壁のあちこちに風景を描いた銅版画が掛かっている。

青年は似合わないエプロンを外し、聖さんの対《むか》いに腰をおろした。「書生」だと自己紹介した。いまどき大作文芸映画以外では聞かない肩書だが、要するに雅さんのアシスタントと館のハウスキーパーを兼ねているということだろう。二十歳をすこし出たくらいの髪型も服装もこざっぱりした都会風の青年だ。なんだか面白いくらいに館にそぐわない。聖さんの近くにいると、古い彫像とその横で記念写真を撮っている観光客のようだ。

「東京からみえたとか。まだ名前を申しあげていませんでしたね。杉迫青児《すぎさこせいじ》です」

え、と祀島くんが驚いた顔をした。また何かに気づいたようだ。

「すぎさこ、せいじ、といいます」聞えなかったと思ったらしく青年は繰り返した。「僕は横浜なんですよ。ここに来てもう三年になりますけど。もともとは天竺桂先生とこちらの聖さんのお祖父さんのお住まいで、人手に渡っていたのを、三年前、天竺桂先生が買い戻されたんです。もう四十年からここに建っていますから土地の人間には雪屋敷なんて呼ばれて有名なんですが、よそから来られた方はよく宿への道と間違えて上がってこられる」

「道の入口に立札でも置いといたら」と不二子。

「そうも考えたんですが、もし雪屋敷なんて札を立てようもんなら、余計に観光客が上がってくるだろうし、天竺桂と立てれば、ここがあの天竺桂雅の住まいか、と見物人が集まるでしょう。偽の名札を立てたら、本当にここに用のある人が迷ってしまいます」

「なるほど。有名人ならではの苦労」

「テレビで顔を知られてますとね、そりゃあいろいろとあります」

「美人だし、雰囲気あるしね。私もなんか憧れるものがある」

有名人の悪口を云うのが生きがいの不二子にこういう科白《せりふ》を吐かせてしまう、天竺桂雅のオーラは凄い。知的で清楚なイメージが世の女性から強く支持されている。クラスの女子がインタビュー記事を貪《むさぼ》るように読んでいるのを見たことがある。売れっ子の美人作詞家というだけでそうはいかないものだ。ところがその不二子の言葉を聞いた杉迫さんが、これまでとは違う顔を覗かせたのを私は見た。一瞬、まるで自分の師匠を嘲《あざけ》るような笑みを泛《うか》べたのだ。

「マスコミ受けは抜群にいい。それに天才です。『青薔薇苑』という作品集、ご存知ですか」

私たちは首をかしげた。祀島くんまでも。

「品紺社《ひんこんしゃ》という零細出版社から七年前に出たきりの本だから、一般には知られていません。先生のデビュー作です。曲のない歌詞集と云いますか、当時先生は学生で、詞は書きためていたけれど曲をつけてくれる人がいなかったんですね。そこで歌詞だけでも世に出してしまえと出版社をまわりにまわって出版に漕《こ》ぎつけたとか」

「あら、意外と積極的」

「天竺桂先生は積極的な方ですよ。私は中学時代に『青薔薇苑』を読んだんです。大ショックでした。その頃から詩を書いてたんですが、これは詩をやめるか、この人に弟子入りするしかないと思いまして」

「弟子入りにしたのね」

「簡単にはいきませんでしたよ。出版社宛に手紙を出し続け、お返事も何度かいただいたけれど、むろん弟子入りは断わられました。当然ですよね、こちらは中学生だし、先生もまだ大学在学中だったんですから。そうこうするうち本格的な作詞活動を開始され、その後の活躍ぶりはご存知のとおり、久保銀子の〈情熱蜃気楼〉やザ・カルキの〈カルキノス〉で音楽界の寵児《ちょうじ》に――私にしてみれば遙か天上の人になってしまったんです。すべてを諦めかけました」

「更正するチャンスだったのに」

はっはっは、と杉迫さんは笑った。本当に皮肉の通じない人だ。「ところが三年前、大学浪人してるとき、とつぜん先生からお手紙をいただきましてね、こっちに仕事場を構えるんで、もし料理が得意なら書生として置いてあげてもいいという内容だったんです。一も二もなく飛びつきました。料理は好きでしたしね。NHKの『ひとりでできるもん』、ぜんぶビデオに録ってましたから」

「けったいな奴」キリエはやけくそのようにパンを頰張っている。

私は隣を向き、「祀島くん、青薔薇って――」

「ないよ。黄や赤と違って、花の青というのはとても複雑なメカニズムで発色してるんだ。具体的に云うと、アントシアニン類と有機酸、金属などが複雑に結合して――」

「ないとも、あるとも云えます」聖さんが口を挟んだ。

祀島くんは彼を見返し、「ライラックタイムやブルームーンのことですか」

「よくご存知だ。ほかにもマゼンタ、プレリュード、ショッキングブルー、スターリングシルヴァー、グレイパール、近年日本で作出されたオンディーナ――薔薇づくりの世界では、どれも紛《まぎ》れもなく青薔薇です。ブルー系は香りも独特なんです」

「でも実際の花色は灰色に近かったり、くすんだピンクだったり。要するに花弁のアントシアニンのうち、赤く発色するシアニジンがあまり機能していない状態ですよね。薔薇が矢車菊《やぐるまぎく》や露草《つゆくさ》のように鮮やかな青を発するためには、そういう植物が持っているような独特のシアニジンとフラボンが、マグネシウムやアルミニウムなどの金属と錯体《さくたい》を形成する必要がある。そんなに都合のいい突然変異が起きる可能性は、ゼロに近い。他の可能性というと赤紫のデルフィニジンを中心としたコピグメンテーションですが、このデルフィニジンも薔薇の花弁にはない。お手上げです。blue rose という表現が意味するとおり『ありえない』花としておくのが妥当じゃないですか」

「べつに矢車菊や露草をつくっているんではありませんから。青薔薇の花弁は、霞《かす》んで暮れかけた空のような色です。それでも好条件下で咲きたての花は、青いとしか形容のしようがない。花が開くにつれピンクがかってきますけどね」

「やはりpHにも影響されるんでしょうか。ヴィルシュテッターのpH説——液胞《えきほう》のpH値によってアントシアニン類が赤や紫や青に変移するという説は、現在ではほとんど顧《かえり》みられませんが」

「土はもちろん関係するでしょう。しかし単純にpHの問題とも思えません。うちの青薔薇はちゃんと薄青いですよ、とりわけ夕暮れ時。人間の眼の構造上、夕刻のほうが青味が強まって見えるんだそうです。ご覧に入れたかった。暖かい時期に来られればよかった」

「よく育ちますね。気温が低すぎはしませんか」

「枯れるものは枯れます。祖父の頃から生き残っているものが、結局はよく咲きます」

「中庭にアーチらしいものが見えましたが、あれは？」

「ブルームーン」

「クライマーもあるんですか。ずっとハイブリッド・ティだけだと思ってました。驚いた」

驚いたはこっちの科白だ。祀島くん、私たちの連れなんだから、ちゃんと私たちの言葉で喋ってほしい。

「きゃっ」ドア近くに坐っていた摩耶が悲鳴をあげて、椅子から転げ落ちた。

「ポ――こら！」聖さんが摩耶の足許にいたものに飛びつき、ドアのほうに引きずっていく。

彼の脚の間で白い尻尾がぱたぱたと動いていた。居間に残してきたはずなのに。「食堂に入ってきちゃ駄目だ。廊下に出ろ」

聖さんはポチをドアの横の壁に押しつけるようにした。犬は消えた。壁に吸い込まれたように。

「狆《ちん》くぐりですね」祀島くんがまたわからないことを云う。

聖さんは立ち上がり、顔だけ半分ふり返って、「すみません。祖父がやはり犬を飼っていたもので、あちこち自由に出入りできるようになってるんです」

足許の壁を靴で示す。ドアと同じ濃緑色に塗られた、三〇センチ四方くらいの板が、ポチがくぐった余韻でまだ揺れている。居間のドアの横にも同じような板があった。通風口か何かだと思っていたら、犬用のドアだったとは。

「その大きさでよくポチが通れますね。小さすぎませんか」

「祖父が飼っていたのはポメラニアンでしたからね。でもポチも器用にくぐります。犬は肩幅がありませんから、頭と前足さえ通ればなんとかなるようです。今夜は僕の部屋に閉じこめておきますよ。あとのことは杉迫さんにお訊ねください。では明日」聖さんはドアの向こうに姿を消した。さあ来い、とポチに指示する声が聞えた。

「さてと、食後のお茶でも淹れてきましょう」杉迫さんも厨房に向かいかけたが、思い出したように、「あ、ところで道ですけど、明日の朝一番に役場に連絡して、人手とブルドーザーを寄越《よこ》してもらいます。私たちも困りますからね。それからお休みになる部屋ですが、いま伊勢崎さんがおいでになっていて来客用の寝室が一つ塞がってるんですよ。もう一つの寝室に予備のベッドを出しますから、申し訳ないけれど女性の皆さん、二人で一つのベッドを使っていただけませんか。男性は私の部屋か、聖さんのお部屋か」

「居間のソファで充分ですよ、僕は」

唐突に、ぎゃはは、とキリエが笑い声をあげた。摩耶がなにかを耳打ちしたようだ。

「書生さん、ひひ、お茶の前に、ちょっとこの子に厨房貸してやって。三分でいいから」

「どうしたんですか」

「犬に驚いて転んだ拍子に、ジーパンのお尻が裂けちゃったって。着替えさせてやってよ」

摩耶はまっ赤になって俯いている。私も失笑した。そのタイトなホワイトジーンズ姿に感心して、キリエとこっそり、おなかが苦しくないのかな、などと評していたのだ。

「いいですよ。でも物に勝手に触らないで」杉迫さんは椅子に戻った。

ボストンバッグをかかえ蟹歩きで厨房に入っていった摩耶は、やがて学校指定のトレーニングウェアに身をつつんで戻ってきた。規則が厳しい学校に通う人間の悲しさ、本来は学外でも制服の着用が義務づけられているものだから、私服というものをあまり持っていないのだ。

――お茶のあと、祀島くんひとりを食堂に残し、杉迫さんに案内されて客用寝室に向かっていた私たちは、ついにこの館の主、天竺桂雅と遭遇した。北館と東通廊の連結部にある螺旋《らせん》状の階段を上がっていると、

「杉迫くん」と下から柔らかな女性の声が聞えた。

「あ、先生」

私たちはわれさきにと手摺《てすり》に寄って下を覗いた。天竺桂雅は青い光沢のあるワンピースに白い透かし編みのカーディガンを羽織った姿で、階段の真下にいた。暗い廊下の赤い絨緞を背景に、彼女はあたかも全身から淡い光を放っているようだった。弟の聖さんを凌《しの》いでその存在は白かった――白という色さえ持たないかに見えた。枯葉色の髪は以前テレビで見たときよりずっと長く、胸のあたりまで達していた。

「お客さま?」

杉迫さんは階段を下りながら、「間違って上ってこられたんです。引き返そうとなさったら、今度は雪崩れてて通れなかったとか」

「まあ大変。どこが」

「九十九折の下だそうです。木が倒れて林の雪が流れただけみたいですから、明日じゅうになんとか復旧できるでしょう。朝、役場に電話してみます」

「そう。お願いね」雅さんは杉迫さんに頷きかけ、それから私たちの顔を順に見上げた。「仕事場に詰めていたもので、ご挨拶が遅れました。天竺桂雅です。広いばかりで空っぽな家なのですからなんのおもてなしも出来ませんが、せめて今夜は暖かくしてお休みください」

「はい」不二子の返事は上擦《うわず》っていた。緊張している。

「杉迫くん、ベッドが足りないんじゃないの。なんだったら私の部屋も使っていただいて。私はもう、ずっと仕事場にいますから」

「いえいえ、そんな」不二子が両手を振る。「寝かせてさえいただければ、もうどこだっていいんです。招かれざる客ですから」

「よろしいんですか。ではごゆっくり。なにかご不自由がありましたら、遠慮なく杉迫さんか弟に申しつけてください。弟にはもう？」

「お会いしました」

「犬にもね」とキリエ。

「そうですか」雅さんは会釈をして階段を離れていった。青いスカートの揺れるさまが私に、杉迫さんが口にした作品集の題を想起させた。青薔薇苑——。

「私、雅さんの部屋で寝たかった」

「莫迦だな。あんなん社交辞令だよ」

「サイン貰っとけばよかった」

「明日で充分だろ。出ていくときで」

摩耶とキリエがひそひそ声で云い交わしている。階段を上りきったとき、遠くで時計が、ぼーん、ぼーん、と二度鳴った。通廊は予想どおり二階建てで、二階にもまた、中庭が見下ろせるよう窓が並んでいた。

‡

摩耶は天竺桂雅のサインを貰えなかった。翌朝七時頃、雪に埋もれた中庭に、杉迫さんが彼女の遺体を発見したのだ。しかし遺体の様子を語る以前に、夜のあいだに私が見聞きしたことを語っておく必要がある。私たちはただ朝まで眠っていたわけではなかった。

Ⅱ　女主人の薄荷茶

夢のなか、私と祀島くんは姉弟だった。私のほうが彼より年上という設定は、起きている頭で考えるとやや奇妙な気がする。たしかに私の誕生日のほうがすこし早いのだが、ふだん思っている以上に、深層では強く意識しているのかもしれない。

ふたりが住んでいるのはこの館。つまり雅さん聖さんの姉弟に成り代わっている。浮世離れした館で、私と弟の龍彦《たつひこ》は静かで退屈な日々を送っている。そしてその暮しに満足している。ちなみに龍彦は掃除と洗濯が大好きで、料理の腕も本職裸足。病弱で低血圧な姉（現実の私は悲しいほど頑健だが）のため、毎朝ベッドまで朝食を運んでくれる。メニューはトーストに半熟卵にオレンジジュース、と云いたいところだが、なぜか朝から親子丼。寝るまえに食べたかった物が出てきてしまった。

私はまだ微睡《まどろ》みのなかにいる。ベッドサイドの親子丼のかおりに薄目を開けると、湯気のむこうには龍彦の笑顔。

「姉さん、おはよう。いいお天気だよ。親子丼にのせた海苔もほら、まだぱりぱりしてる」

「おはよう、龍彦。でもまだ眠い」

「親子丼が冷めてしまうよ。かしわは名古屋コーチン、卵は産地直送、十個で三九〇円のを使ったんだ。消費税別だよ」

「じゃあ食べさせて。卵のとこ」私は口を開けた。

「何をさ」龍彦が冷笑する。「いつまでも寝惚《ねぼ》けてんじゃないって」

「え？」

「なにがたつひこーだよ。不気味な奴」

べつの方向から、くすくすという鈴を転がすような笑い。

「彩子、起きろ」

冷水を浴びせられたようなショックに、撥《は》ね起きる。キリエと摩耶が小悪魔めいた薄ら笑いを泛《うか》べ、私を見下ろしていた。

「食べさせてー、たつひこーだとお」

「私——云ってた？」

「食欲と色欲が一緒くたんなった夢みられるなんてさ、ほんと羨《うらや》ましいよ」

「ね、ふたりのときって名前で呼びあってるの？」

ぶるぶるぶると頭を振って、「まさかまさか」

「そこまで発展してるのかと思っちゃった」

「発展もなにも、相手は祀島だぜ。なあ」

私は唇を尖らせた。

「あたしたち眠れなくてさ」キリエは肩越しに折り畳み式の予備ベッドを指した。杉迫さんがクローゼットから出して組み立ててくれたものだ。「あれ駄目だよ。拷問具だ」

「テーブルみたいに固いの」

「いま何時？」

キリエは腕時計を見て、「まだ三時過ぎ」

「えええ、じゃあ一時間も寝てない」

「あたしたちなんて一睡もしてないぜ」

一緒に寝ているはずの不二子のことを思い出した。見返すと——熟睡。天井に向かって口を開け、かー、こー、と鼾《いびき》をかいている。長時間の運転で疲れているのはわかるが、ちょっと他人には見せられない姿だ。すでにキリエも摩耶も見ているけれど。同行予定者にキャンセルされたのは、この寝顔のせいかもしれない。

「それにしても姉妹だな。寝顔がそっくり」

衝撃を受けた。「似てる？」

摩耶がまたくすくすと笑う。

「寝言云わないだけ姉さんのがましか。そんなことより彩子、探険しようぜ探険。ぜったい面白い物があると思うんだよね。どうせ二度と来ることないんだし、いい経験だよ」

「ほら、旅の恥はかき捨て」

「魚心あれば水心」

「そんな、親切に泊めてもらってるのに」

「失礼な真似はできないって？」

「できるけど」

今はキリエも私も、摩耶と同じく学校指定のトレーニングウェアを着こんでいる。それに上着を羽織って、客用寝室を出た。

ちなみにウェアは紺色のポリエステルジャージーだ。上は頭から被って着るタイプで、シンプルなデザインにしてくれればいいものを、どういうファッション感覚なのか強引に小さなセーラー衿が付いている。下は裾に絞りのない、びろんとしたズボン。横に水色のラインが二本入っている。補強だろうか。なぜ二本？　こういう中途半端な感覚ってどうかと思う。

電灯はあえてともさなかったが、目が慣れてくると窓やドアの位置くらいはわかった。私たちにあてがわれた寝室は北館の二階にある。私たちは跫音《あしおと》を忍ばせ、まずはその廊下を西へと進んだ。食堂のある北館の一階は、南館をそのまま南北逆にしたような感じだったが、この二階にも構造上の違いは見られない。絨緞の色も同じだった。住人でさえ自分がどのフロアにいるのかわからなくなりはしないかと心配になる。

ドアを見つけるたびキリエがノブに手を掛けている。今のところ動いたのは、杉迫さんから教えられたトイレのドアのみだ。

「鍵屋敷だ。鍵だらけ」キリエが小声で、うんざりしたように云う。

一部屋も覗けないまま北館の西端にまで至った。探険どころか、ただ廻廊を一周するだけに終ってしまいそうな予感がする。

私はふと思い出し、「そういえば祀島くんを誘ったの、誰なの」

「あたしじゃないぜ」

「彩子じゃないの？」

「私、キリエと摩耶にしか話してないよ」

「そうだったの」摩耶は驚いた声で、「集合時間の連絡のとき、ＯＫなら電話しといてってキリエに云われたから、私、彼に電話しちゃった」

「莫迦だな、彩子に返事しろって意味に決まってるだろ」

「彩子、キリエ、私と来たら、次は祀島くんだと思ったの」

「なんて伝えたんだ」

「明日の十二時半、東急インの前に集合って」

「旅行だって話は？」

「彩子が話してると思ったから、私からはなにも。わあ、じゃあ祀島くん、どこに連れていかれるか知らずにあそこに立ってたのね」

キリエが押し殺した笑いを洩らす。「なんで制服だよと思ってたら、そういうことか。じゃああいつさ、鞄、学校に置きっぱなしなんじゃないの」

「なぜスキー担いでるのって、キリエに訊いてたわね。キリエ、滑るためだよって」

「長野で、とも教えときゃよかった」

「どうしよう。こんな所にまで連れてこられて、祀島くん、内心は怒ってるんじゃないかな」

「大丈夫、きっと化石のことしか考えてない」キリエは冗談のつもりだろうが、あるていど当たっている。

「お姉ちゃん、きっと私が誘ったと思ってるよ。勘違いして祀島くんに変なこと云わなきゃいいけど。私、誤解されてしまう」

「これまでは理解されてきたのか。安心しな、どうせ彩子のことなんか理科室の人体模型くらいにしか思ってない。姉さんから変なこと吹き込まれたって、観察テーマが増えるだけだ」

「なんかそれ、究極にひどい」

「いいじゃんか、愛される模型になれば。きっとあいつにも好きな模型と嫌いな模型くらいはあると思うね。プラモになってて自分で組み立てられたりしたら最高。即、結婚してくれるぜ」

私は黙りこんだ。

「明日の晩——もう今日か、今夜は温泉に泊まれるわよね」

「そう願いたい。あんなしみったれた飯はもう食いたくない」

「旅館で、祀島くんはどこで寝るのかしら」

「別の部屋を取るしかないだろ」

思わず割って入る。「いまさら取れないよ。この時期で、温泉で、スキー場のそばでしょう、お姉ちゃんもキャンセル待ってようやくだったって。それを無駄にするのが厭で、私たちが誘われたんだもん」

「五人で雑魚《ざこ》寝か。あたしはいいけどさ」

「やだあ、ちゃんとしたネグリジェ持ってくればよかった」

西通廊を南に進んでいる。東西二つの通廊はまったく同じ造りだ。やはりこの館は東西も対称になっている。そして南北にもほぼ対称。方向感覚が逆転し、東通廊を北に向かっているような気がしてくる。窓から中庭に目を凝らしてみても雪のちらつきしか確認できない。やがて雪まで錯覚のような気がしてきた。

「どうする、祀島の様子でも見にいこうか」南西の階段の上でキリエが提案する。

賛同した。あと未踏なのは南館の二階だけだが、これまでの結果から見て面白いことは期待できそうにない。どこかの部屋が覗けたところで、食堂や客用寝室と同じく素っ気ないだけのような気がする。雅さんが「広いばかりで空っぽな家」と云っていたけれど本当にそうなんだと思う。

居間にはあかりが点いたままだった。部屋の暖かさに、三人とも意味もなく頰を弛める。

祀島くんはセーターを着たままでおなかに毛布を掛け、ソファに横たわっていた。眠っているというより瞑想でもしているような顔つきだが、近づいても目を覚ます気配はない。

「あたし、こっちにすりゃよかったな。あのベッドよりずっと楽だよ」キリエが対いの一人掛けに腰をおろす。

私も隣の椅子に掛け、「お姉ちゃんと替わってもらえば。あの人、階段ででも寝られる人だから。こないだ飲んで帰ってきて、階段を這って上がろうとして力尽きて、そのまま寝ちゃってた。起こしても起きないからほっといたら、朝までそこで寝てたよ。顔に段がついてた」

とつぜん祀島くんが頭を起こした。

「アナグラム」と眼を閉じたまま呟き、また椅子に身を沈めた。

「寝言か」キリエは驚いて腰を浮かせている。「なんて云ったんだ。あなぐら？」

「私、見たことある、友達のお姉さんが劇団に入ってて、下北沢の小劇場で――」摩耶が云うと冗談なのか本気なのかわからない。

「そりゃアングラだ。あたしが思うには、こないだテレビでやってた広島名物の駅弁だね」

「穴子飯？　似てない」

「駄目か。それより、姉さんにベッド替わってもらえりゃ、あたしらは御《おん》の字だけど、そしたら彩子はどうする。石のベッドで寝られるかい？」

「そうか、どうしよう。ああもう、ここで寝ちゃいたい」

キリエの顔に奇妙な笑みが泛《うか》んだ。「失礼、野暮のきわみだった。そういうことだったら、あたしと摩耶は安心して部屋に戻るよ。ごゆっくり」

「ごゆっくり」摩耶も手を振る。

「いや、そんなつもりでは」

四時になったが時計は鳴らなかった。祀島くんのために杉迫さんが音を切ったのだろう。祀島くん自身が切ったのかもしれない。この人だったら振子時計どころか、からくり人形だって操作できるだろうし。あれから寝言はない。規則正しく寝息をたてている。私は肘掛けに頬杖をついて、うとうとしながら親子丼や穴子丼を妄想したり（おなか空いた）、正気に返って祀島くんの横顔を眺めたりを繰り返していた。

何度めかの微睡みのなか、私はドアの前に立っていた。聖さんが開けようとした、そのあと祀島くんも検分していた、両開きの大きなドア。館の主役たる中庭への、おそらく唯一の出入口。聖さんや祀島くんと同じく、私もレバー式のノブを下げ、ドアを押す――動かない。はたと、また目が覚めた。頭がはっきりしてくると、現実にも確かめてみずにはいられなくなった。

廊下に出た。闇に目が慣れるのを待ちながら、ゆっくりとあのドアへ進んでいく。前方に白っぽく立っている物が眼の中の残像ではなく、人影であることに私は不意に気づいた。

大きく息を吸い、「誰？」

「ごめんなさい、驚かせて」笑いまじりに答えてきた。雅さんの声だった。

影は廊下を横切り、照明のスイッチを入れた。その姿が明瞭になった。「お茶をきらしてしまったので中庭から出てきたら、居間のドアが開いたものですから、誰かしらと思って」

「中庭から――？」

「仕事場が建っているんですよ。二間だけの、家というより小屋ですね。アトリエと呼んでいますけど」

祀島くんの疑念とその解決に、一気に到達したと感じた。考えてもみたら鍵というのは家の内側から掛けるものだ。なのに中庭へのドアを聖さんは開けられなかった。そこに祀島くんは引っ掛かっていたのだ。しかしドアの向こうに雅さんの仕事場があるなら、奇妙な構造もふしぎではなくなる。仕事を邪魔されないため、あとから鍵を付けたのかもしれない。「中庭には青い薔薇があるとうかがいました。そういう景色を見ながら作詞なさるんですね」

「ええ、まあ――居間でお休みになってたの？」

「そうじゃないんです。あ、ひとりソファで寝てますけど気になさらないでください。寝心地いいみたいですから」

「ごめんなさいね、不自由をおかけして。もしよろしかったら、今からお茶でも一緒にいかがかしら」

「ぜひ」と反射的に答えた。摩耶が聞いたら、どんなにか羨ましがるだろう。

連れだって東通廊を進む。なんだか私、時計の逆にこの館をぐるぐる廻っている。雅さんがあかりを点けたものの、照明の数自体が少ないのでしょせん通廊は薄暗い。煌々としたあかりが似合う建物でもないけれど、暗がりから小動物でも飛び出してきそうな恐怖をしきりに感じていた。間近にした雅さんは、すらりと背の高いモデルのような人だった。美人だし本当にモデルとして通用するかもしれない。天はたまに二物を与える。

「詩のこととかよくわからないんですけど、ザ・カルキの曲の歌詞、とてもいいと思います。どれも天竺桂さんなんですよね」

「全部でもないわ。三分の一くらい」

「そうなんですか。ごめんなさい、私、ヒット曲しか知らないもんだから――あの、ああいう恋愛をうたった歌詞って、やっぱり実体験がもとになってるんですか。あ、こういう質問って失礼ですよね。ごめんなさい」

「そんなに何度も謝らなくても」

「ごめんなさい」

彼女は薄く笑って、「実体験ではないでしょう。ぜんぶ空想の世界だと思いますよ」

他人が書いたような口ぶりだ。作詞している自分と日常の自分とは別人ということかしら。

「カルキの次の曲も天竺桂さんが作詞なさるんですか？」

「さあ」彼女は首をかしげた。「私にもわからないのよ。弟次第と答えておきましょう。奇妙なことを云うと思われる？」

「――はい」

「今に意味がわかると思うわ。皆が知ることになる」

食堂には先客がいた。詩人の伊勢崎さんだ。栓の開いたワインの罎と飲みかけのグラスを前に、突っぷして眠っていた。あの檸檬色のお酒は飲み尽くしてしまったんだろうか。雅さんは困惑した表情を見せたが、やがて意を決したように彼女の隣に腰をおろした。

「このワイン、料理用なのに」と呟く。彼女の肩に触れ、「静子、起きて。ここじゃあ風邪をひくわ」

うう――と呻きながら伊勢崎さんは顔を上げた。お化粧がすっかり崩れ、居間で会ったときとは別人のようだった。すこし寝惚けているらしく、雅さんを見るとぎょっと驚いたような顔をした。

「静子、私よ」

伊勢崎さんは酔いを追い払うように頭を左右に振り、改めて雅さんの顔を見直した。「ああ――眠ってた」

「風邪をひくわ。部屋に戻ったほうがいいんじゃなくて」

彼女は長い息をつき、「そうね。戻って寝ることにする」

ワイングラスを摑み、水のように飲み干す。

「料理用よ」

「ほかが見つからなかったのよ。杉迫にペルノー買っとくように云っといて」

「わかった。でもほどほどにね」

彼女はせせら笑うように鼻を鳴らし、億劫げに立ち上がった。私の前を通り過ぎるときも、ふん、と小莫迦にしたように笑った。お酒くさかった。

「ああ、そうだ」とドアの前からふり返る。「セイに伝えといて。あんたたちの秘密を知っちゃったって」

雅さんは唖然とした表情で彼女を見つめた。

「でもあたしは口が固い。わるいようにはしなかったから安心してていい、ともね」

彼女が部屋から出ていくと、雅さんはグラスと罎を片づけながら悲嘆した。「彼女、才能は素晴しいんだけど」

彼女が厨房に入っているあいだ、私はテーブルに肘をつき、北側に開いた窓の、カーテンの間の闇を眺めながら黙考していた。雪はやんでいるようだった。

伊勢崎さんの捨て科白が気になった。「セイ」というのは聖さんだ。杉迫さんも青児で「セイ」がつくけど、彼のことは「杉迫」と苗字で呼んだ。聖さんと雅さんの秘密——作詞の予定を雅さんが「弟次第」と称するのと、なにか関係あるんだろうか。

雅さんがお盆を捧げて戻ってきた。「薄荷のお茶なんだけど大丈夫？」

頷いた。「雪、やみましたね」

彼女は窓を凝視した。そぞろな口調で、「明日は晴れるわね」

たぶん仕事の締切りのことでも考えているのだろうと思った。

彼女がお茶を注いでいるあいだに、私はお茶請けのビスケットを二枚とも食べてしまった。

彼女は微笑して自分の皿と取り替えた。すみません、と恐縮しながら私はそちらも食べてしまった。お茶は本当に薄荷だけを煮出したような強い香りと味で、舌が痺《しび》れて砂糖を入れないと飲めなかった。

「そろそろアトリエに戻らないと」一口か二口啜っただけで、彼女は席を立った。

「お忙しいんですか」

「ええ——急がないと。あなたはごゆっくり。食器はそのままで結構ですから。杉迫くんが片づけます」そしてお茶の缶を携えて食堂を出ていった。

独りになると静けさに圧迫された。廃墟にとり残されたようだった。それでも最後までお茶を飲み、云われたとおり食器はテーブルに残して、廊下に出た。雅さんは照明を灯したままにしていたが、歩いているうちに怖くなり、最後には走って客用寝室に戻った。

部屋を明るくしても誰も目を覚まさなかった。キリエと摩耶とは、不二子にベッドを替わってもらっていた。キリエがベッドから落ちかけていたので、肩を押して寝返りを打たせた。それから不二子の横にもぐり込んだ。キリエたちが云ったとおりベッドは固かったが、すこしは眠れそうだった。あかりは点けたままにしておいた。

†

私たちが階段を下りていくと、西通廊にはすでに祀島くんの姿があった。通廊のいちばん北側の窓を開き、格子に頭をつけて中庭を覗きこんでいた。

「この窓がいちばん近いんです」杉迫さんが青ざめた顔を私たちに向けて云う。彼の黒いセーターと色の濃いジーンズを見ながら、偶然こういう恰好なんだろうか、それとも弔意を表すために着替えてから客用寝室のドアをノックしたんだろうかと、場面にそぐわないことを考えていた。起こされたばかりで、まだ頭がぼうっとしていたのだ。

私だけは窓の手前で立ち止まった。上目遣いに外を見る。この位置からなら遺体は――見えない。朝の光が積雪をまばゆく照らしている。昨夜は気がつかなかったが中庭には意外と木が多い。ほとんどは葉を落して、代わりに雪が枝を飾っている。雪だけの起伏のように見えるのは、聖さんが云っていた薔薇の植込みだろう。雅さんのアトリエの、たっぷりと雪をいただいた三角屋根の端も見える。

「そこに遺体が。ポチが寄り添ってるでしょう」

杉迫さんの腕が外を示し、不二子とキリエが窓に顔を突っ込む。

「あららら」

「うおおお」

摩耶も窓に寄り、キリエの後ろで背伸びをしはじめた。皆の顔の方向からすると遺体はアトリエの前らしい。

杉迫さんは動転しきった口調で、「明け方、なにか吠えてるなとは思ったんですが」

「何時頃ですか」祀島くんが問う。

「五時か六時か――わからない。時計を見ずにまた寝てしまったんです。あのとき私がようすを見にきていたら」

「無駄でしょう。だって中庭には入れないんだから。入れないんでしょう?」

「あ、そうでした。無理です。ドアには閂《かんぬき》がかかってます。先生のアトリエがあるので内側から閉じられるようになっているんです」

「ドアは一つ?」

「今は一つです。以前はこのあたりが土間になっていて、中庭と外とが往き来できたんですが、先生が住まわれるようになり中庭にアトリエを建てたとき、外の人間が入り込まないように廊下を繋げたんです」

たしかにこのあたりの壁や絨緞は、いま進んできた北館の二階よりも色が新しい。

「ポチはどこから？」不二子が訊ねる。

杉迫さんは壁の下方を指した。通廊が始まっているあたりの中庭側の壁にも、例の犬ドアがあった。大きさも色もこれまでに見てきたドアと同じだ。

「犬だけは出入り自由なわけね。この廊下が建て増しなら、せめて新しいドアくらいポチのサイズにしてあげればよかったのに」

「あの大きさで器用にくぐれるんだから、同じでいいだろうということになりまして。あれでもそうとう隙間風が入りますから」

「どの窓にも全部、こういう鉄格子があるの？」

「一階も二階も、窓という窓に全部。だから昔は完全な中庭ではなくて、この廊下もその時代の造りを踏襲してるんです。いま入るためにはドアを打ち破るか、格子を切るか——それにしても先生、なんで自殺なんて」

「自殺じゃないですよ」祀島くんが強い調子で云う。「あそこ見えませんか？　遺体の後ろの壁に、なにか文字が書いてあるのが」

「血が飛び散ってるだけじゃないですか」

「いえ、文字ですね。漢字のようだけど、ここからじゃよく見えないな。ともかく自殺に血文字というのは変です。遺書を残す気があればまえもって書いておきますよね」

「でも——でも中庭には、誰も入れない」

「本当にそうなのか、確認の必要があるでしょうね」

どこか挑戦的な口調に、杉迫さんがぎょっとした顔をする。私も動悸を感じた。

雅さんの死が自殺でないとすれば——他殺だとすれば。犯人はこの館の住人である可能性が、圧倒的に高いのだ。聖さんか、伊勢崎さんか、杉迫さん。私たち五人には雅さんを殺害する動機がない。利益もない。外部からの侵入者が犯人だという線は、より考えにくい。夜半以降、自動車がこの館までの道を上ってくることはできなかった。その人物は、真夜中の、途中が雪崩れた雪道を、延々と徒歩で上ってきたうえで、入れないはずの中庭に侵入して雅さんを殺したことになる。

「ナイフのようなものが落ちてますけど、あれは」

杉迫さんは注意ぶかい調子で、「あの柄の色は、洋庖丁でしょう、ゾーリンゲンの。二、三日前から一本見当らないと思っていた」

「肩から下は血まみれだけど、顔は汚れていないようだから、たぶん総頸動脈《けいどうみゃく》を突いたか突かれたか——庖丁で自分の頸を突くなんて度胸がいるでしょうね」祀島くんは不二子を見た。

「そういうケースは多いんですか」

「頸動脈? さあ。物凄く珍しくもないけど、多くもないってとこじゃない? 時代劇の女性の自決場面を見てれば知識としてあるだろうし、それに最近は手首じゃなかなか死ねないってのも常識化してるから、奇妙とは云えないわよね」

「血文字のことは別にしても、双方がありうるわけですね。彼女が自分で中庭を閉めきって自殺したか、何者かが彼女の不意をつき頸を刺して殺し、あとで見せかけの密室をこしらえたか」

「館じゅうをまわって、窓でもドアでもどうぞご確認ください」杉迫さんは声を荒らげた。犯人扱いされていると感じたのだろう。「私はこの格子を切断します。こことここ、あそことあそこ、四本の肢が壁に鋲《びょう》留めされているだけだから、片側の二本を金鋸で切れば押し開けられるでしょう。時間がかかるでしょうから、そのあいだに全部の廊下を巡って、ほかに出入口がないか確認されるといい。もしあったら教えてください」

祀島くんは微笑し、「そうしましょう。ところでほかのおふたりは？　聖さんと伊勢崎さん」

「聖さんは外です。私が遺体を発見するまえに雪崩の様子を見に下りていかれました。彼は免許がないので歩いて、まあ散歩がてらとおっしゃって。伊勢崎さんは部屋でしょう。どんなにノックしても昼過ぎまでは起きてこられないと思いますよ、いつもそうだから。工具を取ってきます」

場を離れようとした杉迫さんに、摩耶が駆け寄り、その腕を摑んだ。「あの――いちばん近いトイレは」

口許を手で押さえ、額には脂汗を滲《にじ》ませている。杉迫さんの激しいノックで私たちが目を覚ましてから、まだ十分足らずだ。不二子だけは大急ぎで昼間の服に着替えたものの、他の三人は昨夜と同様の恰好で、朝食どころか水の一杯も飲んでいない。吐くものなんて胃のどこにもないはずだけど。

「こっちへ」杉迫さんが摩耶の手をとる。

祀島くんが不二子を見て、「ついていって」

不二子ははっと場を離れていくふたりを見た。そうだ、殺人者は杉迫さんかもしれないのだ。

「わかった」

不二子が彼らに追いつくのを確認した祀島くんは、次いでキリエと私に、「僕らは窓の一つ一つを、格子が外れてないか確認しよう。それからドアも。あ、さきに着替える？」

「べつにこのままでいいよ」キリエはさっそく隣の窓に向かった。

——窓硝子を開け、鉄の飾り格子のあちこちを押して、固定を確かめる。硝子を反対に寄せ、また格子を確認して、閉める。単純な作業を祀島くんとキリエは交互に、黙々とこなしていく。血まみれの遺体のイメージにすっかり臆している——そのうえ摩耶の反応を見てしまった——私は、おろおろとふたりに付き纏《まと》うばかりだ。

西通廊の、中庭に面した十二の窓を点検しおえ、南館の窓にかかった。疑わしい窓はまだ一つもない。格子の模様は細かく、隙間には腕の一本も通らない。格子の端と壁の隙間も五センチほどしかない。なんら収穫を得られぬまま、私たちは例のドアの前に至った。

「入ってきたときも確認してたね」検分を始めた祀島くんに云う。

「うん。そして開かなかった。でも今は——」彼は両手で二つのノブを押し下げ、戸の合わせ目を肩で押した。動かない。引いても動かない。びくともしない。「三度めの正直ならずか」

「三度め？」

「ゆうべ寝る前もこっそり確かめにきて、やっぱり開かなかった。だって変なドアでしょう。窓には鉄格子が付いてる。そしてその横のドアは、内側から自由に開閉できない。そんな構造になってる建物は世の中に一種類だけだよ。なんだと思う？」

「牢屋だ」とキリエ。

「そのとおり。でもここは牢獄じゃない。その証拠に玄関は内側から開閉できる。さっきの杉迫さんの説明はいちおう納得できたけどね。雅さんがここに住みはじめて中庭に仕事場を構えたことで、中庭の意味合いが昔とは変ってしまった。彼女の部屋になってしまった。とすればこちらが外。こちらから開閉できなくてもふしぎじゃない。ゆうべ聖さんがこのドアを確かめてたときも、それから僕が寝る前に確かめたとき——ちょうど二時半だったけど——そのときも雅さんが仕事中だったんだね」

私の目撃と一致する。「私は四時頃に会ってる、仕事場から出てきた雅さんに」

「どこで？」

口が滑ったと思ったが仕方がないので、「ここで。居間から出てきて」

「あたしたち、ちょいと屋敷んなか探険してたんだよ。居間にも侵入して祀島の寝言を聞いたりさ」

彼はばつわるそうに、「よく云ってるらしいんだ。なんて云ってた？」

「穴熊とか」

「アナグラム？」

「それだ」

「云われてみれば、夢のなかでそんなこと考えてたよ」

「なんなのさ」

「綴《つづ》り変えだよ。言葉遊び」

「夢のなかで？　ハッピーな奴」

祀島くんは肩を竦めた。「吾魚さん、そのあとは？　みんな何時まで彼女と」

「キリエと摩耶は会ってないの。私だけ。雅さんと一緒に食堂に行って、そしたら伊勢崎さんが酔い潰れて寝てたけど、彼女はすぐに部屋に帰っちゃって、それからふたりでお茶を飲んで、でも雅さんもじきに仕事場に戻って――結局、三十分も一緒にいなかったと思う」

「そのあいだに聖さんか杉迫さんに会った？」

「会わない」

「完璧」祀島くんはほくそ笑んだ。「居間に電話があったよね」

キリエと私は首をかしげた。

「いや、あるんだ。今のうちにこっそり警察に連絡しておこう」

口調から、彼がこれまでわざと警察への通報を云いださずにいたのだとわかった。杉迫さんを警戒してだろうか――。

「ほら、あるでしょう？」居間の暖炉の前から祀島くんがふり返る。たしかに電話機はマントルピースの上に堂々とあった。変わった色でも形でもない、古くさいダイヤル式の黒電話だ。幾度となく見てきた場所なのになぜ記憶にないのかと考えてみたら、昨夜は同じ場所にアコーディオンがあり、あのお酒の罎があり、そのうえまん前に伊勢崎さんがいた。彼女と酒罎とアコーディオンがいなくなってからは、それらがいなくなったあとというふうにしか見えていなかった。

祀島くんは受話器をとって耳にあてた。ダイヤルに指を伸ばそうとして——やめた。険《けわ》しい表情で受話器を突き出す。「切られてる」

杉迫さんは足許に工具箱を置き、軍手をはめた手に小ぶりな金鋸《かなのこ》を握り、盛大な音をたてて格子の足を削りはじめていた。ときどき火花が輝く。不二子と摩耶がすこし離れた場所から様子を見守っている。

「電話、不通になってましたよ」祀島くんが声をはりあげる。

杉迫さんは手を止めた。「は？　円が幾らですって？」

「電話です。通じなくなってました」

彼はきょとんとした顔で、「雪のせいでしょうか」

「お心当りがあるかと」

「まったく」と彼はかぶりを振ったが、その素っ気なさが嘘っぽくも感じられた。「弱りましたね。それじゃあ誰かが歩いて役所まで行かないと。ところで抜け穴は見つかりましたか」

「いえ。一階の窓はぜんぶ見ましたが、今のところ」

「でしょう。探すだけ無駄だと思いますよ」

祀島くんは返事することなく、吸い寄せられるように中庭への犬ドアに近づき、その前に跪《ひざまず》いた。ドアを押す。杉迫さんを見返し、嬉しそうな声で、「見つけましたよ」

「人は通れない」杉迫さんは頭を揺らした。

祀島くんが続いてとった行動は、私たちを驚かせた。絨緞に這いつくばり、ドアを頭で押したのだ。じりじりと身を進めていく。頸の付け根まですっぽりと壁に突っ込んだあと、また後退して頭を抜いた。犬のようにぶるぶると髪を振りながら立ち上がる。私たちを見回し、「中庭が見えました。ポチが雪を掘り広げてるんですね」

「ご苦労さま」と杉迫さんは小莫迦にした調子だ。「でも人が通り抜けられなければ出入口とは云えない」

祀島くんは驚いたように、「なぜ？　首さえ通れば殺害できるでしょう、館の中からでも」

Ⅲ　ダイイング・メッセージにルビ

二階の窓の確認には、祀島くんの指示で私とキリエと摩耶が行った。祀島くんは杉迫さんを監視していたいようだった。今度は逆に廻ろうとキリエが云いだし、北館の二階廊下から手をつけた。

「さっき大丈夫だった？　吐いたの？」摩耶に訊ねる。

「ちょっとだけ」と彼女は頬を赤らめた。なぜ摩耶だとこういう話題ですら可愛い？

キリエばかりが労働している。遺体はアトリエの西側だからと思い、あるていど東上したところで手伝おうと近づいたが、まだ見えるよ、と云われて飛び退いた。

「見えないとこにきたら教えて」

「いちいち報告してるより、独りで作業したほうが早い」

「でも二人して歩いてるだけなんて」

「吐かれるよりましだよ」

「ひどい」と摩耶がむくれる。

キリエはかえって調子づき、「摩耶ってほんと、幼稚園のときからぜんぜん進歩ないのな。憶えてるよ。幼稚園のとき弁当の時間、部屋に蟇蛙《がまがえる》が入ってきてさ、なぜか摩耶に飛びついてきた。その瞬間、あたしのスカートの上に吐いたんだ。あれが最初」

「云わないでよ」摩耶の声が泣き声に近づく。

「それが今じゃあミス・ルピナスだのと騒がれて、まさに隔世の感があるね」

「あれは写真部の人が勝手に」

「盗み撮りして文化祭で展示したって？　なんでカメラ目線で写ってんだ？」

「とつぜん名前を呼ばれて」

「相手がかっこよかったから、つい」

「違う」

「でもデートしたんだろ。この話って彩子知らないんだっけ？」

「キリエ、云わないで」

「そいつに誘われて観にいったのが、死霊のなんとかってスプラッタ・ホラーでさ」

「やめて」

「なんでそんな映画に」

「きゃあって抱きつかれたかったんだろ。まさか吐かれるとは思わなかった。で、それきりバイバイ」

「目の前で？」と思わず訊ねる。

摩耶はとうとう泣き出した。「ひどい――キリエも彩子もひどい」

「あ、ごめんね。悪気で訊いたんじゃなくて」

「謝るこたないって。どうせ嘘泣きなんだから」笑うキリエ。

「えーん」

「本当に泣いてる。涙出てる。キリエ、もうやめよう」

「涙なんか自由自在なんだって。話を戻すけど、一応さ、トイレに逃げようとはしたらしい」

「もう云わないでったら」

「でも間に合わなかった。相手の前を通るとき、その顔にどばっ」

「えーん、えーん」

「キリエ、やめようよ」

「それにしても自分でそういう映画に誘っといて、そんなことで怒って帰るような奴、莫迦だと思わないか。摩耶のこと人形だと思ってんだ」

「それは、そうかもしれないけど」

キリエは私に目配せし、摩耶に近づき、「あ、頭の横んとこ寝癖になってる」

「嘘」摩耶は顔を上げ、指で丁寧に髪をとかしはじめた。

——二階の廻廊にも不審な窓はなかった。ちょうど一周しおえたところで、階段を駆け上ってきた不二子に会う。

「鉄格子は?」

「もうちょっと」と不二子は答え、客用寝室に走り込んでいき、やがてケースに入ったカメラを手に戻ってきた。

「死体を？」キリエが訊ねる。

「そう。考えてみたら私、警察官じゃない。でもいつ所轄署《しょかつ》と連絡がつくかわからないし、ずっと遺体を放っとくわけにもいかないから、写真で現場を記録しとこうかなって」

「写真、欲しい。焼き増しして」

「キリエ」私が目をまるくすると、

「だってマニアに売れそうじゃん」

階下から響いていた鉄格子を削る音が、ぴーんという鋭い響きに変わった。静まった。

「切れた」

私たちは階段を下りた。杉迫さんが格子を押して外側に曲げていた。あるていど隙間が拡がったところで、彼は白いスニーカーを窓枠に掛けてその上に乗り、格子をさらに外側に押しやった。飛び降りる。いったん窓の向こうに姿を消し、やがてこちら向きに顔を出した。「カメラを」

「壊さないでね、高いんだから」小さなカメラを窓越しに渡して不二子が云ったが、それは嘘だ。通信販売でホットカーペットを買ったら、おまけに付いてきたカメラだ。あと毛玉取りも付いてきた。「壊したら弁償よ。高いのよ」

「僕も行きます」祀島くんが窓枠に手をかける。

「冗談じゃない」杉迫さんは厳しい声を発した。「他人の家だってこと、天竺桂先生の仕事場だってこと、忘れてもらっちゃ困ります。今は雪野原だけど、先生と聖さんが丹精してきた庭園なんだ。好き勝手に歩きまわられたら困る。あとでドアから案内しますよ」

それから彼は遺体を屋内に運び入れたのだが、私と摩耶は窓から離れていて、彼の様子も遺体のさまも観察していない。私たちが変わり果てた天竺桂雅と対面し、お別れを云えたのは、その午後、館を立ち去る間際のことだった。

ゆえに左に記す中庭や雅さんの寝室での模様は、私が直接見聞きしたのではなく、あとでキリエや祀島くんから聞かされたものだ。

‡

遺体は東通廊の窓から十五メートルほど先、山小屋風にしつらえられた彼女の仕事場――アトリエの、西の簷下《のきした》にあった。壁ぎわは雪の積もりが薄く、ぐるりと溝が掘ってあるようにも見える。彼女はそこに塡《はま》り込むように、軀の右側を下にして倒れていた。坐って壁に寄りかかっているうち、居眠りしてしまったみたいな姿勢だった。

ベージュ基調のワンピースと共布の上着が、彼女の最期のお洒落だった。私たちがゆうべ見たのとは違う服装だが、杉迫さんによればたいそうお気に入りの一着だったそうだ。しかしながら上着もその下のワンピースも、右の肩から袖、下は腰のあたりまで完全に変色し、遠目には赤いショールを掛けているかにも見えた。零下に近い気温の下で、衣服に染みた血液はあまり変色することなく鮮やかな色を残していた。血を吸った周囲の雪はピンクかオレンジ色の敷物にも見えた。

杉迫さんが、一歩、また一歩、雪を踏みしめてアトリエに近づく。壁の前に立つと彼は放心してしまったように、遺体と、それを護衛しているポチと、壁の血文字とを見比べていた。やがて腰をかがめて雪上の庖丁を取り上げようとした。

「触るな！」通廊の不二子が大声で制した。「早く写真撮って。何枚もね」

杉迫さんは頷き、立て続けに十枚ほど写真を撮った。それから皆の方を向いて、「アトリエの中、見てきます」

不二子、キリエ、祀島くんは、彼の姿を追って別の窓に移動した。

「犯人、中に隠れてたりして」キリエは冗談のつもりで云った。

不二子が真顔で見返してきた。可能性はあった。犯人がすでに中庭から脱出しているとは限らないのだ。

「杉迫くん！　やめたほうがいい」

不二子が声をあげたが、杉迫さんはすでに入口の前にいた。テラスに上がり、ドアを開けて入っていく。中はあかりが点いたままだ——。

みな固唾をのんで待った。やがて彼は何事もなかった風情で外に姿を現し、大きく手を振り、誰もいない、と合図した。それからふたたびアトリエの西にまわった。雅さんの亡骸《なきがら》の前に跪き、抱き起こして両腕でかかえ上げる。遺体はかなり硬直しているらしく、支え方が定まらずに難儀しているようすだったが、いったん立ち上がってからは、彼はしっかりした足取りで雪の上を南館に進んだ。

通廊の一団も南館に移動し、ドアの前で彼らの到着を待った。がたがたと閂を外す音がし、ドアの片方が庭の側に開く。私と摩耶は視線を床に落とした。

杉迫さんは遺体をかかえたまま、廊下を東に進んだ。ポチがあとを追う。血まみれの雅さんを舐めていたせいで顔や前肢が赤く汚れていた。

「この二階に先生の寝室がある。来て手伝ってください」

南東の階段を上って最初の部屋が雅さんの寝室だった。私と摩耶は階段の半ばに留まった。キリエが部屋のドアを開けようとしたが鍵が掛かっていた。不二子が遺体のスカートのポケットを探り、鍵束を見つけた。

「何するんだ！」と杉迫さんが怒鳴った。

「ごめん」

不二子は謝ったが、怒鳴られたのは彼女ではなかった。祀島くんだった。彼が雅さんの髪の毛を束にして摑み、ぐいぐいと引っぱっていたのだ。頭がどうかなっちゃったんじゃないか、とキリエは思ったそうだ。

「すみません。こっちが自毛なんですね」と祀島くんは謎の謝り方をし、顔を上げて、「ところで血文字、あれなんて書いてありました？」

杉迫さんは無視した。鍵が開かれ、遺体は彼女自身のベッドの上に運ばれた。忠実なポチが傍らに身を寄せて坐る。不二子がさっそく頸の傷口を念入りに検分しはじめた。気丈にふるまってはいたが緊張しているらしく、寒い部屋で額にうっすら汗をかいていたという。

傷口は右顎の下に何箇所かあった。いずれも刃物の先端での刺し傷に違いなく思われた。

「幾つもついてるということは、ためらい傷かしら。だとしたら自殺なんだけど」

「屋外で自刃というのは珍しくないですか」祀島くんが云った。

「――今は雪に埋もれていますが、先生のお気に入りの薔薇の植込みがあのそばに。季節がいいと、よくテラスから椅子を運んで眺めておられました」杉迫さんが答える。

「なるほど、いちおう説明になっているか。でもためらい傷とはかぎりませんよ。そういう知識が犯人にあればわざとつけるでしょうし」

不二子がふり返り、「もしかして君、けっこう性格わるい？」

「どうでしょう」

「警察、向いてるかもよ」

「人の顔、憶えるのが苦手なんですよね」

「じゃあ向いてない。ほかには外傷はないようね。あとで服の下も確認するけど」

「だいぶ硬直しているようですけど、死後何時間くらいと見るべきでしょう」

「死後硬直って個体差が大きいの。死んだ直後に硬直することもあるし一日かかることもあるって。だから私の見立てなんかじゃ、まったくあてになんないわね。たんに寒さで凍ってるだけって気もする。さて、男性には出てってもらわないと。杉迫さん、アルコールと柔らかい布を持ってきて。外傷の確認のついでに血を拭いてきれいにしてあげたいから」

「伊勢崎さんも呼んできてください」祀島くんが付け加える。「もしできるなら、ですけど」

杉迫さんは肩を上げて、「そっちは無理でしょう。本当に起きないんですよ。なんでしたら部屋までご案内しますから、ご自身でノックされるといいです」

「僕にも無理でしょうね、違う理由で」

「ノックのこつは手首のスナップです。スナップを利かせれば非力でも大きな音がでる」

「いえ、彼女が目を覚まさないからじゃなくて、部屋は空っぽだと思うからです」

「どういうことですか」

「伊勢崎さんは、もうここに来ているということです」

「どこに？」

祀島くんは杉迫さんを指した。

彼はぽかんと口を開けた。やがて不二子のほうを向き、「アルコールと布ですね。いま取ってきますよ。ああ、ついでにポチも洗ってやろう。ポチ、おいで」

ポチはベッドのそばを離れようとしなかった。杉迫さんはその首輪を摑んで引きずり、部屋を出ていった。

‡

私の視点に戻る。私と摩耶は階段で待つのをやめ、階下の居間に下りていた。三十分ほど経ち、廊下の気配にドアを開けると、皆が一列になり中庭に出ようとするところだった。

「血文字や足跡を見るの。彩子もおいで」最後尾にいた不二子が手招く。「何がどうなってんだか、あんたもちょっと推理してみてよ」

「祀島くんに任せる」

不二子は声を低めて、「駄目。あの子、たぶん激しく勘違いしてる。ともかく来なさいって。服従しないと逮捕するわよ」

「お姉ちゃんが推理すれば。プロなんだから」

「私に任せるの？　私が犯人決めていいの？　じゃあ彩子」

「私もいま推理した。お姉ちゃんだ」

ぐいっと腕を引っぱられた。「来なさい。京野さんもね。そして知恵を絞って真相究明に協力するの。私の評判がこっちでも上がればふたりとも嬉しいでしょう」

「私たちが究明して、なんでお姉ちゃんの評判が上がるの」

「どうせ私の手柄ってことになるんだもの。あんたたちは少女ＡＢＣ」

「悪いことしたわけじゃなし」

「実名報道されたい？　私はいいけど、礼拝堂のシーラカンスたちが新聞を見たら驚くわね。風邪で寝込んでるはずの生徒たちが、こーんな遠くにテレポートしてて」

『青』だった。

血でそう、はっきりと書かれている。読み方は「あお」ではなく「せい」だ。なぜわかるかというと、右側にわざわざ――

「ルビが振ってある」祀島くんが唖然として云う。

「ご丁寧に」とキリエが腕組みし、

「さすがプロというか」と不二子が頭を振る。

「でもなんで左右が逆なの？」

摩耶が云っているのはルビのことだ。『青』の字の右に書かれた、『せい』という振り仮名は、なぜか鏡文字になっていた。『せい』。『青』という字も左右対称だから、全体が鏡文字なのかもしれない。

杉迫さんが全員を見回し、「僕だって驚いています。神に誓って僕は殺していません。だいいち入れない場所でどうやって殺すんですか。先生、きっと意識が混濁してらしたんだ」

白く塗装された板壁から二メートルほど距離をおき、私たちは整列している。さらに足跡を踏み乱すわけにいかないので、これ以上は近づけない。杉迫さんは腹立たしげに足許の雪を蹴った。

「そうだ」祀島くんが手を打って、「こういう解釈はどうです？　雅さんは薄れかけた意識のなかで、杉迫さんと伊勢崎さんが同一人物であること、そしてそれが犯人であることを示そうとした。しかしそんな事情を文章で書いていては意識がもたない。だからまず伊勢崎静子の『静』の字だけを書こうとしたんだ」

「たしかに『静』の偏は『青』だわね」不二子が頷く。

「しかし急速に気が遠のいていく。『静』の一文字を書ききることすら覚束《おぼつか》ない。急いでその隣に『せいじ』と書こうとした。そして『せい』で力尽きた」

「なるほど。でもなんで鏡文字なの？」

「ああ、それは簡単。見た瞬間にわかりました。指先を後ろに向けて、肩越しに書いたからそうなったんですよ。右手で、右の肩越しに。そうやって字を書けば厭でも鏡文字になります」

「なる？」

「なります。それで正常な向きに書ける人は、よほど器用な人でしょうね」

全員が肩の上で指を躍らせる。

「本当だ、なるわね。たしかになる。ちょっと待った」

「はい」

「じゃあなんでルビが、ちゃんと右に来てるのよ？」

「ルビじゃなくて別の人名なんですよ」

「人名でもよ。さっき祀島くんが云った順番で書いたんだとしたら、旁《つくり》の代わりに書いた平仮名の『せい』は、左に来てなきゃおかしいじゃない」

「いや、それは」祀島くんはしばらく考えこんで、「まず旁の『争』を鏡文字にならない正しい位置に書こうとし、そこに『せい』と書いたからじゃないでしょうか」

「なんか騙されてる感じ」

「刑事さん、騙されないで」杉迫さんが懇願する。「そもそも、なんで僕が伊勢崎さんじゃないといけないんですか。その説明すらないような推理が、いったい意味を持ちますか」

「杉迫さんが伊勢崎さんなんじゃなくて、伊勢崎さんが杉迫さんなんです」

「どっちでもいい！　別人ですよ。別人に決まってるでしょう。僕はいまここにいる。彼女はいま部屋に鍵を掛けて眠っている。まったくの別人格です。何度云ったらわかるんだ」

「そこは私も納得がいかない。祀島くん、いったいなんだってそんなこと思いついたのよ」

「今から説明します」

　くちん、くちん、くちん、と摩耶がくしゃみした。

「寒いですね。なるべく手短に。まず一つには『組合せ』です。この館には四人の住人がいる。厳密には伊勢崎さんは住人ではありませんが、ひとまず住人と呼んでおくことにします。四人の住人が客の前に姿を現すとき、その組合せは」

「全部に力入れて喋んないでよ。どこが重要なのかわかんないじゃない」

「失礼。四人の住人が客の前に姿を現すとき、その組合せは十五通り考えられます。四人一度に現れる場合が一通り、三人で現れる場合が四通り、二人は六通り、そして各人単独で現れる場合が四通り。単独をふつう組合せとは云いませんから除外し、二人以上での現れ方は十一通り、と述べておきます。ところがこの館の住人の、二人以上での現れ方が、これまでたった四通りしかなかったことに、皆さん気づいていますか？　吾魚さんだけが見掛けた組合せも含め、たった四通りなんです。聖さんと伊勢崎さん、聖さんと杉迫さん、杉迫さんと雅さん、雅さんと伊勢崎さん——以上。三人以上で人前に現れてはいけないという家訓でもあるのかもしれませんが、それにしても特定の組合せがすっぽりと欠落している。聖さんと雅さん、杉迫さんと伊勢崎さん、この二つの組合せです。なぜこれらが、それから必ずこれらを含むことになる三人以上の組合せが、我々の前に現れてくれないのか、同じ家の中なのに。

現れられない、と僕は考えました。それなら納得がいく。つまり聖さんと雅さんは、そして杉迫さんと伊勢崎さんは、同じ人物であるという解釈です。この館には最初から二人の人間しかいなかったんです。そしてその一人が殺された。僕ら余所者に殺人をおかすメリットはありませんから、犯人はもう一人の住人ということになります。杉迫さんです」

全員が驚いて――いや呆れて反応できずにいる。祀島くんの云うことだからと思い、私など贔屓《ひいき》めに聞いてるのだが、はっきり云って今の彼は、ただの変な人と化している。

「聖さんを最初に見たとき、たいへん女性的な印象を受けました。伊勢崎さんを見たときは男性的な印象。失礼だけど、性別逆転屋敷だなと思いました。その後、食堂で杉迫さんに会った時点で、僕はこの仮説をいだくに至りました。いだかざるをえなかった。杉迫さんの名前が、伊勢崎さんの名前のアナグラムであることに気づいたからです」

「それは」杉迫さんがなにか云おうとし、思い直したように溜息をついた。

「アナグラムって」不二子が訊ねる。

「綴り換えです。いせざきしずこ、から二つの濁点をいったん外すと、い、せ、さ、き、し、す、こ、になります。並べ替えると、す、ぎ、さ、こ、せ、い、し、になりませんか？　任意の位置に濁点を戻せば、すぎさこせいじ」

キリエがしゃがんで雪の上に、い、せ、さ、き、し、す、こ、と書いた。

「す、き、さ、こ、せ、い、し。本当だ。なるよ」

これには驚いた。皆のまなざしが急に真剣になった。杉迫さんは肩を落している。

「人間の心理というのは面白いもので、たとえ悪いことをするにしても、自分の仕業だという署名を残したがるものです。虚栄心の一種の顕《あらわ》れでしょう。悪いことというのはむろん天竺桂雅さんの殺害計画です。杉迫さんは雅さんを殺害するにあたり、自分に嫌疑がかかりにくくするために二重の予防措置をとりました。一つは、自殺に見せかけるための密室をつくり出すこと。もう一つは、ほかに二人の架空の容疑者をつくり出すことです。聖さんと伊勢崎さんですね。そうしておけば、雅さんの死が自殺ではないとわかっても、杉迫さんが疑われる可能性は三分の一――いや、その架空の二人は事件の発覚と同時に館から消失してしまうのだから、嫌疑はますます彼らに向きます。我々ははっきりと彼らに会っていて、まさか存在しない人物だとは思わない。雅さんに弟なんていないことはすぐにわかるでしょうが、杉迫さんは弟と聞かされていたとでも証言すればいい。警察は幻の容疑者を追い続けるでしょう。

雅さんと杉迫さんの男装女装ごっこは、きっと以前からおこなわれていたんでしょう。なかなか板についてましたしね。ところがあるとき杉迫さんは雅さんに殺意をいだいた。そして思いついたのが、この大芝居のなかでの殺人だったんです。芝居には観客が必要ですが、折よく僕らがやってきた。彼はあたためてきた計画を実行に移しました。まず変身です。雅さんをそそのかして聖さんという架空の弟に、杉迫さん自身は伊勢崎さんという架空の女流詩人に変身して、我々を出迎えます。片方が巧みに我々を引きつけているあいだに、他方が消え、もう一つの姿になって現れる。思い出してみてください。これまでずっとその繰り返しだったでしょう？　そうやってあたかも四人の人間が館に住んでいるかのように見せかけておいて、我々が寝静まったあと、彼は雅さんを殺害しました。彼女が中庭の内側から閂を掛けているのを確かめてから、窓越しに彼女を呼び、云いくるめてポチ用の潜《くぐ》り戸《ど》から通廊を覗かせます。僅か三十センチ四方のトンネルですが、雅さんの小さな頭のほかに腕と小さなナイフくらいは通るでしょう。彼女の髪の毛を摑んでおいてナイフで彼女の喉を何度か突く。彼女は驚き、頭を抜いて必死にアトリエに逃げ込もうとしますが、この壁の前で力尽きました。これで密室の完成」

「あれは？」不二子が、まだ誰にも触れずにいる雪上の洋庖丁を顎で示す。「本当の凶器が小さなナイフなら、この偽の凶器はどうやってここに運んだの」

「殺害のときに自分の手に付いた血をなすりつけ、外から屋根に登ってその上からでも放ったんでしょう」

「いいコントロールね」

「そうですね。見事です」

「足跡は？　その推理だと、ポチのドアからここまで、雅さんの足跡と、それに血痕だって続いてなきゃいけない。頸動脈を傷つけられた直後の出血って物凄いはずよ」

「そこが犯人の運のよさです。逃げているあいだの流血は、ほとんど彼女の衣服が吸ってしまいました。喉を突いたときの潜り戸近くの血は、シャベルで雪を掻き込んで捨ててしまえばなくなります。それから足跡ですが、これまた都合よく、それを消してくれた存在がありました」

祀島くんは、血が混じりピンクになった雪の周囲をぐるりと指し示した。杉迫さんが雅さんをかかえたときいくぶん踏み乱してはいるが、無数の犬の足跡が確認できる。彼は指先を通廊の犬ドアにまで辷《すべ》らせ、「見てください。ポチの足跡が潜り戸まで幾つも重なっている。もともとポチがアトリエまで往き来しているルートなんです。雪が低くて歩きやすいので雅さんもここを通って逃げた。その上をまたポチが何度か通った」

「なるほど。じゃあこっちの足跡は、犯人に窓から呼ばれる前に付いたわけね」不二子がアトリエの壁ぎわを指す。遺体を運び出しにきたときの杉迫さんの足跡と併行して、明らかに女性とわかる細い靴跡がある。これもまたテラスから血文字の下まで続いているのだ。「自殺じゃないなら、朝っぱらから独りで何をやってたのかしら」

「それは」祀島くんは口籠った。

——足跡を細かく検分するにつれ、祀島くんの立場は微妙になった。ポチの足跡は、雅さんの足跡をかき消すほど何重にも重なってはいなかった。せいぜい一往復か二往復ぶんくらいに見えた。頸に致命傷を負った人がルートに血を落していないというのも、やはり不自然だ。

雪上に確認できた足跡は三種類だけだった。もちろん私たちが検分のときつけたぶんは除く。まず雅さんの足跡。南館のドアからアトリエまで——これは私とお茶を飲んだあと仕事に戻ったときのものだろう。そしてアトリエのテラスから遺体があった位置まで。以上の二つ。

ポチの足跡は、犬ドアから遺体の場所まで。およびその逆。これが数としてはいちばん多い。肢の数が二倍だから当然か。

そして杉迫さんの足跡。まず西通廊の窓の下から遺体の近くを経由して、テラスへ。テラスを下りてふたたび遺体の場所へ、そして南館のドアへ。以上だ。さすが男性の足跡でどれもくっきりと残っていた。

その後、アトリエにも入らせてもらった。中は二部屋に区切られており、手前の部屋には、机と椅子、書棚、仮眠用のソファベッド、整理戸棚、洋服簞笥《だんす》——館のほかの部屋と同様、値のはりそうな家具が、間隔を空けて整然と置いてあり——ただそれだけ。と私には見えた。彼女の生前の息づかいが、より雑然と保たれているような場所を想像していたのだ。奥には小さなキッチンがあり、その脇にはトイレとシャワー室があり、つまり何日でも籠って創作に専念できるようになっているらしいのだが、どこもあまり使われてきたようではなかった。トイレとシャワー室に関しては、彼女自身か、あるいは杉迫さんが極度に汚れを恐れてきたという可能性はあるが、少なくともキッチンがお湯を沸かすくらいにしか利用されてこなかったというのは一目でわかった。使われている台所というのは、絶対にこうじゃない。

「やっぱり外国製のシャンプーなんだ。もう使われないんだから貰ってっちゃおうか」シャワー室を覗いてきたキリエが軽口をたたく。杉迫さんに睨みつけられ、なんだよ、と睨み返す。

書棚や簞笥には触れるなと云われた。私たちも触れる気はなかった。結局、館の別の部屋に立ち入ったという事実が生じただけで、発見らしい発見は——いや一つあった。ドアの鍵だ。テラスに出ていくとき、ドアと接する柱の内側に、小型の閂錠が取り付けてあることに私は気づいていた。

また鍵――。

なんとなく変だなと思ったのだが、雪の上を渡って館に戻った途端、そんなことは頭から吹きとんでしまった。廊下にアコーディオンの音が流れていた。祀島くんが居間に飛び込んでいく。私たちもあとを追った。

アコーディオンを膝に置いた伊勢崎さんが、物憂げにロッキングチェアを揺すっていた。私たちを一瞥《いちべつ》して、「朝からぎこぎこうるさいったら、目が覚めちゃったわよ」

祀島くんの推理は崩壊した。

†

「予想以上の崩れ方ですね。我々だけでどうにかなるかと思ったんですが、とんだ見込み違いでした」聖さんがドアを開け、コートを脱ぎながら云う。

誰も言葉を返せずにいたが、やがて杉迫さんが観念したように進み出て、彼に耳打ちした。

「姉が？　冗談でしょう？」聖さんは笑った。

杉迫さんはかぶりを振った。

聖さんの頬から笑みが退いていく。「遺体はどこに」

「二階の寝室に。いま伊勢崎さんがお別れを」

聖さんは弾かれたように居間を出ていった。

杉迫さんは大きく息をつき、それから暖炉の前の祀島くんを見て、「これで無実が証明された。伊勢崎さんも聖さんも架空の人物ではない」

「そうですね、僕の間違いが証明されました」

「ついでに教えてあげましょう。杉迫青児というのはね、もともとは伊勢崎さんのペンネームです。それが気に入りまして、こう云っては失礼だけど一般に知られている名前でもないんで、譲っていただいたんです。僕の本名は、なんと云うか多少問題があって、少なくとも作品を発表するときには使えないものですから」

「平凡、ということですか」

「いえ。仕方がないのでお教えします、僕の本名は」杉迫さんは軽く咳払いをし、「郷ひろみです」

ぎゃははは、とキリエが笑った。

彼はきっと私たちのいるソファを睨み、「だから云いたくなかったんだ」

「それはなかなか、名乗りにくいお名前ですね」

「普段でもね。だから、まだプロじゃないけどペンネームで通しているんです」

「早く教えてくだされぱよかったのに」

「信じてもらえました？」

祀島くんは考えこんだ。

「二階を見てきます」杉迫さんは彼の返事を待たずに居間をあとにした。

一方の祀島くんは思案顔でドアの方を見つめていたが、ふと思いたったように、「僕、ちょっとまた中庭に」

「勝手に出ると杉迫さんに叱られるよ」私が云うと、

「さっき歩いたとこしか歩かないから」と彼は等閑《なおざり》な調子で答え、頭の後ろを掻きながらドアを開けた。また何かに気づいたのかもしれない。

「単独行動しないほうがいい。私も行く」と不二子がそれに続いた。

不二子と入れ違うように伊勢崎さんが居間に戻ってきた。ハンカチで目尻を押さえているけれど、お化粧はとっくに流れて頬に黒い筋がついている。

「あんな姿になっちゃって」彼女は呟きながらロッキングチェアに腰をおろした。絨緞からアコーディオンを拾い、膝の上でなぶりはじめる。

摩耶と小声で会話していたキリエが、「彩子、寝室に戻んない？ 摩耶がバナナチップス持ってるって。腹が減ってたまんないや」

「ちょっと待ってて」と立ち上がり伊勢崎さんの椅子に近づく。昨夜の食堂での彼女の言葉――彼女が摑んだという雅さんと聖さんの秘密とは、なんだろう。作詞の仕事について雅さんは「弟次第」と云っていたが――

「そういうの、なんていうんですか」彼女の小さなアコーディオンを指して訊ねる。

伊勢崎さんは私を見もせず、「アコーディオン」

それはわかっている。「そういうのもあるんですね」

「ないものは弾けないわよ」

あるていど覚悟はしていたが、この人と話すのは骨が折れそうだ。別の糸口を探した。「あの――杉迫青児って、伊勢崎さんのペンネームだったんだそうですね」

彼女はようやくこちらを直視した。頬が黒い筋に分割され、まるでひび割れているようだ。

「そうだけど、誰に聞いた？」

「さっき杉迫さんが。気に入って譲ってもらったと」

「譲った覚えなんてないわ。盗られたのよ。あの男が勝手に使ってんの。あたしから名前を貰ったと称して、名刺こさえて出版社をまわってね、今じゃあ杉迫っていったら、あっちのことになっちゃった。いいんだけどね、あたしはもう本名でしか作品を発表する気ないから」

「そんなことって許されるんですか」

「登録商標じゃないからね。名前には著作権もないし、法的には問題ないわね」

「伊勢崎さん、困りませんか」

「今はまだ。でもあの男がデビューでもしたら、別人だって知らない人はあたしの昔の作品まであの男の作品だと思うだろうし、知ってる人でもよっぽどあたしがその才能を買ってるんだと思うだろうね。あんたなんか知るはずないけど、こっちの狭い世界じゃね、あたし、天才と呼ばれてるんだ」彼女は苦笑した。「呼ばれてた――か。もう何年も書いてないもの。これでも昔は重宝されたんだ。天竺桂雅の最初の本だって、あたしの口利きがあったから出たようなもんだ」

「雅さんとはずっと、学生の頃から？」

「高校んときからね。文芸部の先輩後輩。年はむこうが上だけどあたしのほうが格上だった、公募入選の常連だったから。セイもその頃から知ってるよ。兎《うさぎ》か栗鼠《りす》みたいにいつもびくびくしてる子供で、姉の後ろに隠れてばかりいた」彼女はアコーディオンを鳴らした。私がこれまでに聴いてきた同じ名の楽器より、か細い、せつない響きがする。

「ゆうべ食堂でお会いしましたね」

「そうだっけ。ああ、あんただったっけ。若い子って区別がつかないわ」

「あのとき雅さんに云ったこと、憶えてらっしゃいます？」

「忘れた」

「セイに、あんたたちの秘密を知ったってと伝えといて──セイって聖さんのことですよね」

「へえ。そんなこと云ってた？」彼女は笑った。「秘密を教えてほしいの？　教えないわよ。教えたら秘密じゃなくなっちゃうじゃない」

私は声をひそめた。「作詞のことじゃないんですか」

彼女はびっくりした顔をした。「作詞？」

「本当は、これまで作詞をしてきたのは雅さんではなく聖さんなんじゃないですか？　そしてその事実を伊勢崎さんは知ってしまった」

彼女はにやりと笑って、「教えない」

──私たち三人は、伊勢崎さんに挨拶して廊下に出た。ちなみに挨拶は無視された。

「本当だったら、いまごろスキーなのに」キリエが背伸びをしながらぼやく。

「いつになったらここを下りられるのかしら」と摩耶は不安げだ。

「たぶん誰かがさ、歩いて役場に助けを求めにいくほかないんだろ。祀島に行かせよう」

「聖さんか杉迫さんが行ってくれるんじゃないの」

ふん、とキリエは鼻を鳴らした。「あてになるもんか。だいいち殺人犯かもしれないんだぜ、ふたりとも」

「ふたりのどちらかだとしたら、杉迫さんなんじゃない？　自分のお姉さんは殺さないわよね」

キリエが私を見て、「彩子、コメントは？」

「うちのお姉ちゃんが謎の変死を遂げたら、私のこと疑っていいよ」

「と申しておりますが」

摩耶は微笑して、「冗談はともかく、聖さんってべつに働いてるわけでもなさそうじゃない。働いてるとしても、お姉さんが有名な作詞家じゃなかったらこんなお屋敷にはとても住めないでしょう。金の卵を生む鵞鳥《がちょう》を殺すかしら」

「喉元にヒット曲のアイデアが詰まってると思ったのかも。人殺しだろうがそうじゃなかろうが、ああいう花束しょったような男は嫌いだね。あいつの部屋、ぜったい大きな鏡があるぜ。『君だけが友達だよ』とかさ、一生やってろ白泥鰌《しろどじょう》。どいつもこいつも気に食わない。杉迫のざざ虫もあの伊勢崎って虎魚《おこぜ》も、まとめて野尻湖に放流してやりたい」

「ざざ虫って何？」

「あとで祀島に訊けよ」キリエは階段に足を掛け、壁を蹴った。

白い壁面にくっきりと靴跡が残った。

「あ、やばい」と壁に手を伸ばし、静止する。靴跡を見つめたまま、「やっぱり自殺だよ。血文字がなんで鏡文字になってるかわかった。あれスタンプなんだ」

「スタンプって――芋判とか？」私が問う。

「もっと大きな、なんだろ、風船かな」彼女は顔を上げた。「とにかく中庭に。あたし、事件を解決しちゃったかもしれない」


快晴。

空が絵具で塗り潰したように青い。昨日とは打って変わって暖かい日になりそうだ。雪上の足跡は、朝になり私たちがつけたものからして、はや形を失いつつある。

アトリエの前で不二子がカメラを下向きに構えていた。足跡がすっかり消えてしまう前に写真に残すつもりのようだ。本来、そこまで気のまわる人じゃない。横で見ている祀島くんの入れ知恵だろう。

「彩子の姉さん」キリエが得意げな足取りで近づいていく。

「そこ駄目！　まだ撮ってないんだから」

「あ、踏んじゃった。ここ誰の足跡？」

「莫迦あ、雅さんの足跡なのに」

「ごめん。修正しようか？」しゃがみこむキリエ。

「いい、いい、現状で撮るからそのままに」不二子が駆ける。

「吾魚さん！」祀島くんの鋭い声が飛んだ。

不二子と私が同時に、「はいっ」

「お姉さんのほう。いまご自分で、杉迫さんの足跡を大量に潰したことに気づいてますか」

不二子はおそるおそる自分の足跡を見返して、「ひいぃ」

——壁の血文字の前で、キリエ教授の講義が始まった。

「必要なものは弓と矢。それから矢尻の代わりにする、たぶんゴムボールかなんか。最初は風船かなと思ったけど、考えてみたら風船じゃ駄目なんだ。きっと矢よりも後ろになびいちゃうから、うまくスタンプにならない。

いや、さきに自殺か他殺かってところから話しとこうか。結論、自殺。理由は、やっぱりどう考えてもこの中庭は密室だから。雪があるからね。もし雪がなきゃあ、ここは密室とはいえない。凄く身の軽い犯人で、外側から壁づたいに屋上に昇って、中庭にロープを垂らして降りてきた。そして逆をたどって逃げた、なんて推理も、雪さえなきゃあ成立するんだ。でも雪はある。ぴかぴかの新雪が。空中をふわふわ浮ぶことのできる人間じゃないかぎり足跡は残るんだ。だから結論は自殺」

「そういえばこのあいだテレビの公開番組で浮んでた人がいたわ。ヨガの行者だって」不二子が茶々を入れる。

キリエは余裕綽々《よゆうしゃくしゃく》に笑って、「そいつまだ日本にいるかな？　だとしたらそいつが犯人。

でもインド人を犯人にしちゃいけないんだよね。たしかオックスの十戒ってのがあって」

「オックスじゃなくてノックス」祀島くんが口を挟む。「オックスじゃあグループサウンズだ。赤毛のアイちゃんってキイボードの人がステージでよく失神してたグループ。それにロナルド・A・ノックスの十戒に出てくるのはインド人じゃなくて中国人だよ。探偵小説の基本ルールといわれてるけど、さすがに古くて、そういう細かいとこだけ抜き出すと現実離れしてるよね。東洋人が妖術で殺したなんて解決では読者は納得しないということらしいんだけど――」

「OK。それが古いってんなら、東洋人の妖術はありってことにしよう。祀島がいま目の前で飛んでくれたらね」

「そういう意味で云ったんじゃないよ」

「飛ばないな。ということでやっぱり自殺。小説でも、あたしが読んできたかぎりじゃ本当の本物の密室での殺人ってのは、結局は自殺だったたって解決なんだよね。たとえば有名な――」

「云っちゃ駄目だよ。まだ読んでない人もいるんだから」

「云いたいー。あたし、もし自分が余命幾許《よめいいくばく》もないってわかったら、推理小説という推理小説を読みまくって、犯人の名前を駅の伝言板に書き続けるね。たとえ地獄に堕ちても」

　キリエならやるだろう。

「というわけで自殺。とにかく自殺。密室である以上、自殺でしかありえないんだ。とするとこの血文字が問題になる。祀島が云ってたように、自殺する人間は血文字なんて遺さないよ。殺される人間だって残す奴は珍しい。でも推理小説に慣れたあたしたちの頭だと、血文字といえば被害者が殺人犯を示したんだと、すぐに短絡してしまう。この心理を利用したわけだね、犯人は」

「犯人？　自殺なんじゃないの？」と不二子。

「殺人犯じゃなくて血文字犯。詰まるところそれだけの事件なんだ。天竺桂雅が自殺した。その自殺を杉迫青児の殺人に見せかけて、積年の恨みを晴らそうとしたせこい奴がいた。勿体《もったい》ぶるのやだから、さっさと犯人を云うよ。伊勢崎静子。動機は、さっき彩子の前でうっかり口を滑らせてた。——な」

伊勢崎さんの会話の前半は、彼女にも聞えていたようだ。

「ペンネームを盗まれたこと？」

「そのとおり。で方法だけど、さっきも云ったとおりスタンプさ。たぶん使ったのはゴムボールだと思うね。ポチの玩具《おもちゃ》じゃないかな。あとで探してみよう。手順を追って説明するよ。まず早朝、伊勢崎が遺体を見つける。大酒飲みって妙に朝早く起きてきたりするじゃん、うちの親父がそうなんだけど、そのパターン。で、これは復讐に利用できると考えて、必要な道具を用意する。ゴムボールに弓矢、あと空気注ぎと瞬間接着剤、そんなとこかな」

「キリエちゃん、さっきから気になってるんだけど、なんでそこで弓矢が出てくるの？　一般家庭に転がっているとは思えないんだけど」

キリエは心外そうに、「こんなん一般家庭じゃないよ。鎧《よろい》兜《かぶと》一式あったって違和感なし。ほかにありえないんだもん。そりゃあどんな弓かは知らないよ。先祖伝来の凄いやつかもしれないし、あ、ひょっとしたらスキー板にロープでも張って代用したのかもしれない。なんでもいいの、一回きり使えればそれで用済みなんだから。矢だって何かで即席につくった代用品かもしれない。一度だけ飛べばそれでいいんだ。手順を説明するよ。まずボールの空気を抜いて潰す。そしてそこに血で文字を書く」

「自分の血？」

「そこポイント。これがちゃんと天竺桂雅の血なんだな。どうやって手に入れたか？　ここでポチの登場」

あ、と皆が口を開けた。

「ポチはすでに遺体を見つけ、そのそばに寄り添って傷を舐めたりしていた。とうぜん顔には血が付いてる。それを窓越しに呼んだんだ。ポチは通廊に入ってくる。ポチの顔に付いた血を指にとっては、潰れたボールに文字を書く。杉迫青児の『青』と、それが自分の名前の一部に見られないよう、念のためルビもね。それがスタンプ。字の真裏にあたる所に矢の先を接着する。この状態だと鉄格子の隅からなんとか通るだろ？」

「通るかしら」

「通るの。通るボールなの。そして矢羽のほうを手前に引き込んで、第一段階完了。次にボールに空気を注ぐ。ボールはすでにむこう側だよ。格子の隙間から空気注ぎのチューブを外に出して注ぐ。ボールがいくらか膨らんだら、矢をつがえてこの壁に向けて打つ。上下を正確にね。びゅうん——ぺたん。謎の血文字の出来上がり」

しばらくは誰も反論しなかった。自分の推理に夢中になっているキリエと、聞いている側との温度差がありすぎた。

祀島くんがしぶしぶの口調で沈黙をやぶる。「矢は？　落ちていなかったけど」

「ポチに回収させたんだ。犬ってそういうの拾ってくるじゃん」

「なるほど」彼はすこし考えこみ、「幾つか不自然な点があるよね。気づいてる？」

「弓の腕前が良すぎるって？　気づいてるよ。もちろんまぐれさ。まぐれでベストな位置に当たったの。でもまぐれが起きた可能性を無視はできないだろ」

「その点もだけど、あとポチの顔に付いてた血くらいで、こんなにべったりとしたスタンプが押せるのかという疑問や、かりに血の量は足りたとしても、そんな長い作業のあいだに血は乾かなかったのかという疑問もある」

「押せる分量があったし、乾かないくらいに手早くできたんだよ、たまたまね。そういう偶然性を無視しちゃいけない。どんな犯罪にも偶然の要素は絡むだろう？」

「また別の反証」祀島くんは壁を指した。「ちょっと見てみて。さっき吾魚さんのお姉さんと話してて、この『青』は鏡文字じゃないだろうってことになったんだ。下の『月』が切れぎれに書いてあるし撥ねもないから一見どっちともつかないけど、よく見ると字の重心が右側に寄っている。人間の視覚って脳の構造上、右側に重心を置いたほうが落ち着いて感じるんだ。これがもし裏返しに書かれた文字だとしたら、もっと左側が重たい字になっているはずだよ」

「それも、たまたまそうなっただけさ。だって慣れない変なもんに、しかも血なんかで書くんだもん。おかしな字にもなるさ」

「なるほど。じゃあもう一つ。今の桐江さんの主張だとこの血文字は、もともとは左右を正しく書かれた、漢字とそのルビってことになるよね。ではそれをスタンプのように捺《お》したとき、なぜルビが左側に来なかったんだろう」

「それは——忘れてたけど、きっと中途半端に気をつかったんだよ。伊勢崎のおばはんがふっか酔いの頭で」

「さらにもう一つ。矢ってね、廻転しながら飛ぶんだよ。廻転がないとうまく飛ばないんだ。桐江さんは上下を正確につがえて打つって云ったけど、的に届くまでに何廻転するか知れない。壁に当たった瞬間もそれまでの廻転で、字をなすりつけるような感じになるだろうね。とても漫画のように、びゅうん——ぺたん、とはいかないと思う」

キリエは云い返そうとして、思い直したらしく無言で両手を上げた。吐息まじりに、「祀島さ、ルピナスの花言葉、知ってるだろ」

「貪欲」

「もひとつ」

「空想。なるほど。ルピナスの名に恥じぬ独創的な推理ではあったね」

「だろ?」キリエは微笑した。

「ところで吾魚さん」祀島くんは私を手招き、「ちょっとこっち、アトリエの入口を見てもらいたいんだけど」

彼につき従ってテラスに上がる。他の三人もついてきた。

「ドアに鍵が付いてるのに気づいてた？」

「気づいてた」

「奇妙な感じがしない？」

「そういえば、見たとき何か思ったんだけど――忘れちゃった」

「まえ僕に話してくれたでしょう、甘味屋のトイレのドアが変だったって」

「あ、あ！」わかった。二重の鍵だ。そう、私はそれを変だと思ったんだった――なんて、人から指摘されて自分の疑問に気づく私。

祀島くんは他の三人をふり返り、「あるお店のトイレの話です。トイレの、それぞれの個室のドアには鍵が付いてますよね。正確には錠。でもその店ではそれだけじゃなく、おそらく取付けのときのドアの選び間違いで、トイレスペース自体への入口にも錠が付いていた。これでは不便です。さきに入った人が錠を締めてしまったら、個室が余っていてもあとの人が使えない。でもトイレのドアに錠という組合せが見た目に自然なものだから、誰もがどこか変だと感じながら、不便なままで使い続けてるらしい、という話でした」

「甘味屋な。摩耶があたしたちを締め出しちゃったんだ」

祀島くんはアトリエのドアと南館へのドアを交互に示しながら、「この中庭が、まさにそういう構造になってるんです。あちらに閂を掛けて、こちらのドア錠も閉めると、中庭が完全に死んだ空間になってしまう。もし中庭そのものが雅さんの仕事場であり、仕事中は人を入れたくないんだとすれば、むこうのドアの閂だけで事足ります。しかしこのアトリエのドアにも錠。錠があるということは、その外側に別の人間が居られるということでしょう。外側も自分だけのスペースだとしたらこのドアの錠は必要ない。あくまで原則ですけど」

「すっごい用心ぶかかったとかさ、あるいはたんに鍵が好きだったとかさ」

「そういうのは原則外。一般論として話を進めるね。どちらかが余計な間違った錠だとしたら、使用するとかえって不便だから、いつの間にかみんな使わなくなる。でも我々は館のドアの閂がちゃんと使われていたことを知っている。初めて館に入ってきたときからして、それは閉じられていました。ならばこちらの、アトリエのドア錠はふだん使われていないはず。そう思ってさっき確かめてみたんだけど、これが使いこまれてぴかぴかなんだ。真鍮って放っておくとすぐに曇るから、いつも人の手に触れられてる証拠。つまりどちらの鍵も使われている。あるいは使われていると、見せかけてある」

パズル——頭の中に、崩れてしまったジグソーパズルがある。とりわけ中心に、ぽっかりと大きくピースの欠けた空間があり、初め祀島くんがそこを埋める図をこしらえたものの、周囲とは繋がらなかった。そのあとキリエが埋めかけて、これも失敗した。

いま祀島くんがふたたび、空間にぽんと一つのピースを置いた。全員が見逃していた、こんなのもあったのかというピースだ。途端にただの空間が意味を持ち、置かれるべき残りのピースを暗示しはじめた。必要なピースはたぶん、私たちの手許に揃っている。

「祀島くん、中庭は本当は密室じゃなかったって云いたいの？」

不二子の問いに、彼ははっきりと頷いた。「話しながら、自分でも考えがまとまってきました。雅さんは門を使っていなかった。でも使っているように見せかける方法はあったんです。ごく単純なことでした。誰かが中庭に入って閉めてればいいんです。僕らが確認するときだけね。たぶん聖さんと杉迫さんが交代でその役割を担ってたんでしょう。この館の住人が一度に二人ずつしか現れなかった理由は、それだったんですよ」

「今朝も？」

「そうです」

「だって――あ」キリエと摩耶が驚嘆の声を発した。そして私も。絵が出来上がっていく。

「わかったでしょう？」

不二子が珍しく真剣な声で、「でもそれだけじゃあ――さっき祀島くん、夜中の二時半に門がかかってるのを確認したって云ってたでしょう？　関係ないと思って黙ってたんだけど、私、ちょうどその時刻に食堂で、聖くんと杉迫さんのふたりに会ってるのよ」

祀島くんは目を見開いた。「本当ですか」

彼女は頷き、「時刻も間違いないわよ。腕時計したままだったもん。彩子の鼾がうるさくて、その時刻まで眠れなくて」

「私、鼾なんてしない」

「歯ぎしりか。どっちでもいいじゃない。だから寝酒でも分けてもらえないかと思って、食堂に下りてったの」

「盗み飲みしようとしたんだ。泥棒だ」

「聞き捨てならないわね。国家権力を批判する気？」

地方公務員のくせに。「だってそんな時間に食堂に下りて――」

「いいじゃないの。結果としてはちゃんと人がいて、分けてもらえたんだから」

「やっぱりだ」

「食堂にはどのくらい居たんですか」

「ほんの二、三分。聖くんがスコッチをショットで出してくれて、それをかっと一気飲みして、おやすみなさーい。でも間違いなく二時半だった」

「とすると」キリエが腕組みする。「祀島の説が正しいとして、祀島が二時半にドアを確認したとき、閂を閉めていたのは、天竺桂雅本人――か、虎魚もとい伊勢崎静子」

「伊勢崎さんでしょう。絶対に雅さんではないよ。雅さんが閂を掛けて他の人を中庭から締め出していたとしたら、ダイイング・メッセージは加工されえなかった」

「どういうことだ？　わからん」

「出来た。わかっちゃった」私の小声に皆がふり向く。不二子の目撃談が、欠けていた重要なピースだった。絵が現れた、この閑寂な館に似つかわしく、精緻《せいち》で――奇妙な絵が。

聖さん、とそのとき摩耶が呟いた。南館をふり返っている。視線を辿ると、両開きのドアからすこし西側に離れた窓の飾り格子のむこうに、彼の白い顔があった。

Ⅳ　閉ざされた空間

「私はここで待ってる」不二子が後ずさる。「なんとなく見るに耐えない。正直――こういう重たい結論になるとは想像してなかったのよ。ピンチになったら呼んで」

キリエと摩耶もドアから離れた。

祀島くんがドアを開き、中に入っていく。私も、すこし躊躇《ちゅうちょ》したあと、つき従った。私しか知らなかった事実が推理の一つの根幹を成している。知らない顔はできない――そう頭では考えていたが本心であった確信はない。好奇心に強く背を押されただけかもしれない。

その部屋の主役はビリヤード台だった。台の上には赤玉が二つ、白玉が二つ。聖さんは台の縁に腰掛け、玉突き棒の先端を手入れしていた。あとでゲームが始まってみると、滑り止めのチョークを塗っていたのだとわかった。

祀島くんがこちらを向き、声をかけるように促す。聖さん、と私は呼びかけようとし、思い直してこう呼んだ。「天竺桂――雅さん」

聖さんはちらりと私を見て、「そっちは姉の名です」

「でも作詞家の天竺桂雅はあなたでしょう」

彼は軀をこちらに向けた。微笑んで、「いつわかりました？」

「聖さんが自分で教えてくれました」

「——僕が？　そんな話をした記憶はないけれど」

「明け方四時頃、食堂で。なぞなぞのような教え方だったけど、私がその意味を理解することを、聖さんは期待してたでしょう」

「会ってないですよ。誰かと勘違いしていませんか」

「いえ。中庭に通じるドアの前で会って一緒に食堂に行きました。聖さんの恰好は今とはぜんぜん違って、髪は長かったし、スカートも。あれは変装した聖さんだったんですね」これも大切なピース。祀島くんの推理は半分当たっていたのだ。

聖さんの咽から、くくと笑いが洩れた。「僕が姉に化けていた？　あなたはそれに騙されたと云うんですか」

「はい」

「莫迦莫迦しい。相手が本当の姉かどうかくらい、ちょっと話をすればわかりそうなものだ」

「わからなくて当然だったと思います。私たちは生きている雅さんには一度も会っていないんだから。私たちが会った雅さんは最初から聖さんだったんです。なぜそんな真似をしたか。もちろん、雅さんが生きているように見せかけるためです」

「生きているように。では姉は最初から死んでいたと？」

「雅さんは、ずっとアトリエの簷下《のきした》でした。私たちがこの館に足を踏み入れる前から、ずっと。聖さん、うちの姉が夜中に部屋の外を歩きまわっているのを見て、不安になって、私たちが勝手に中庭に出ないよう、あのドアの前で待ち構えていたんじゃないですか。雅さんはまだ生きていると印象づけるため、わざわざ彼女の恰好をして。そこに私が、居間から現れた。私と話しこむ危険をおかしたのは、その機を利用して彼女の自殺の動機を伝えるためです。これまで詞を作ってきたのは雅さんではなく聖さんであるということを。私、自力でそれを推察したつもりで、すっかりいい気になってました。伊勢崎さんが、『セイに伝えといて。あんたたちの秘密を知っちゃったって』と云ったのを聞いたときも、秘密というのはそのことだと思ったんです。そして『あんたたち』というのは雅さんと聖さんのことだと。でも今にして思えば、あれは聖さんひとりを指してたんですね。あの時の女装していた聖さんと、本当の聖さん。そして秘密とは――」言葉を途切らせた。本当はこう続けたかったのだが声が出なかった。あなたがお姉さんを殺したこと。

彼はかぶりを振って、「自殺の動機については、あなたがおっしゃるとおりだと思っています。いずれ明らかになることだから隠し立てはしません。詞を作ってきたのは僕です。最初の『青薔薇苑』という作品からして僕の書いたものです。姉はその売込み役。当時の僕は引っ込み思案で、とても自作を売り込めるような人間ではありませんでした。一方姉には、詩才はないが華があった。いっそ自分が書いたことにしてしまったほうが売り込めるのではと、姉は考えたんです。僕も賛同した。結果はご存知のとおり、数年でこの館を買い戻せるまでになりました。中庭のアトリエ、あれは僕の希望で建てさせたんです。創作に詰まったときの、一種の――避難場所とでも云いましょうか。姉があそこを使うのは取材と来客のときだけ。しかしあれを建てた頃からかな、役割分担が難しくなってきました。天竺桂雅は有名になりすぎてしまったんです。マスコミの前で演じている自分と現実とのギャップが、姉を苦しめはじめた。現実の姉は、有名作詞家のうわべを纏《まと》った、凡人だったから」

「苦しんできたのはあなたも同じでしょう」祀島くんがようやく声を発した。次はどう反駁《はんばく》しようかと弱っていた私は、助け舟に安堵した。「むしろ聖さん、あなたのほうが苦しかったんじゃないかな。雅さんという存在があるかぎり、その影でい続けなければいけないんですから。いや影なんてもんじゃない。あなたの云いようだと、あたかもあなたが黒幕のようで聞えがいいけれど、要するに作詞のための操り人形――お姉さんの玩具《おもちゃ》」

「失礼な云い方をしないでくれ。本気で怒りだしますよ」

「女装の巧みさ、あれはお姉さん仕込みでしょうか。今にして思えば女装してお姉さんそっくりの見目《みめ》を獲得したあなたほど、我々が信じてきた『天竺桂雅』に近い存在もない。作詞家天竺桂雅は、ご姉弟が融合した姿――これは一面における真理でしょう。しかしそれが可能なのはマスコミの前でだけです。たとえ姉弟であろうと、ふたりの人間が融合して生きるなど不可能だ。それぞれに確固とした自我がある。皮肉なことです。あなたはこの吾魚さんに、雅さんは自殺したと信ずるに足る、深刻な事情を伝えようとした。ところがそれはそのまま、あなたがお姉さんを殺害する動機でもあった」

「――僕が殺害した？　どうやって。中庭には誰も入れなかったはずだ。そう杉迫さんから聞きましたが」

「密室のつくり方についてはあとで。我々が、あなたがお姉さんを殺したと考える理由は、単純明快です。お姉さんが血文字で『せい』と書き遺していたから」

「僕の名前じゃない」

「伊勢崎さんはセイと呼んでるようですね。お姉さんもそうだったんでしょう」

「いえ、姉はちゃんと『ひじり』と呼んでましたよ。ほかの人たちに訊ねてみるといい」

「そういう呼び名があるのは事実ですね」

「そんなことを云ったら杉迫さんはまさに『せいじ』だし、『青』という字まで名前にある」

「なんで『青』の字のことを？　いつの間にご覧になったんですか」

「それも杉迫さんから。この目で確認したかったけど、あなたがたが壁の前に群れていて近寄りがたかったんで、あとにしようと思っていました。『青』という漢字の横に『せい』と仮名が振ってあるそうですね」

「鏡文字で」

「伊勢崎さんの名前にも『青』の部分がある」

「そうですね。でも漢字のほうは関係ないんです。だってあれは、あとで別の人が書き加えたものだから」

聖さんは大袈裟な調子で、「面白い。仮名に漢字を？　小学校のテストみたいに？」

「おかしな話ですけどね、でも実際にそうだったんです。最初に気づかなかったのは迂闊でした。一応、一つ一つの可能性を検証しときましょう。血文字の全体もしくは一部が雅さん自身によるものだというのは、彼女の右手が如実に証明しています。人差指の先に血と一緒にアトリエの外壁と同じ白い塗料が附着しているのは、寝室に安置したとき確認済みです。爪の間にもだいぶ入ってましたね。もちろん写真に残してもらいました。つまり単独あるいは複数の人物が勝手に遺体の背後に文字を記したのではないし、また、かねて文字が記されていた壁の前でたまたま彼女が亡くなったわけでもないということです。以上を前提に——

可能性その一、『せい』は『青』の振り仮名であり、両方とも雅さんが書いたという解釈。この場合、文字は両方とも鏡文字ということになります。彼女が苦しくて身をひねることさえできず、肩越しに書いた文字ということですね。だとすると振り仮名は向かって左側に来なきゃいけないのに、右側でした。これは変。

可能性その二、『青』の字を雅さんが書き、誰かが親切にルビを加えたという解釈。振り仮名を鏡文字にする必要がないので、これも変。

可能性その三、雅さんは『青』と『せい』とを並列させて書いたのだという解釈。つまり別別の人間の名前ということです。もし『青』が鏡文字だとすれば、これはありうる。『青児』か『静子』を書きかけて、意識を失う前に慌てて『せい』と書き加えた。よく見ると『青』は鏡文字ではないんですけどね、この判断については警察の鑑定を待ちましょう。そのとき筆跡も調べられて、あれが伊勢崎さんの字であることもわかるはずです」

聖さんがなにか云おうとしたが、祀島くんは手でそれを遮って、

「可能性その四、雅さんが『せい』と書き遺したあとに、何者かが『青』の字を加えたという

解釈。これがいちばん自然です。つまり『せい』という言葉の意味をぼかそうとしたわけですね。杉迫さんが自分で自分の名前を書くわけがないから、あなたが彼に罪を着せようとしたか、それとも伊勢崎さんがあなたを庇《かば》ったかのどちらかです。どちらにしてもあなたが犯人」

　聖さんは台の四つの玉をじっと見つめていたが、やがて思いついたように、窓ぎわの、玉突き棒が並んだスタンドの前に進んだ。なかの一本を選んで台越しに祀島くんに差し出す。「ちょっと遊びませんか」

「いいですよ」祀島くんは棒を受け取った。

テレビで見るビリヤード台と違って台に穴がない。玉も四つきりのようだ。

「どうぞ」

　聖さんに促され、祀島くんは棒の先にチョークを塗って赤玉の一つを突いた。突かれた玉は別の赤玉に当たり、その玉が白玉に当たった。玉の動きが止まると、今度は聖さんが白玉を打つ。別の白玉に当たり、その玉が赤い玉に当たる。そういうゲームらしい。退屈そうだ。

「『青』という字は、伊勢崎さんが書いたと云いましたね。なぜそう思われるのかな」

「だって杉迫さんじゃありません。あの人、僕をいちばん近い窓にまで案内しておいて、自殺だ自殺だって騒いでました。血文字の存在を知らなかったんですよ。昨夜の午前二時半、吾魚さんのお姉さんが食堂であなたと杉迫さんに会っていますが、ちょうどその最中、僕はあの中庭へのドアが閉じていることを確認してるんです。おそらく泥酔した伊勢崎さんが、気まぐれを起こして中庭に出て、門があるもんだからつい閉めてしまったんでしょう。そこで彼女は雅さんの遺体と血文字とを発見し、あなたを庇うため、また同時に杉迫さんを陥れるために『青』と書いた」

「しかし、僕が書いたという可能性も」

祀島くんは目をまるくして、「あなたなんですか。となるとお姉さんを殺しておいて、自分を示した血文字を利用して杉迫さんに罪を着せようとした、としか考えられなくなりますが」

「まさか」聖さんは何かを振り払うように玉を突いた。かっ、かっ、と鋭い音が部屋に響く。

「順番を間違えてしまった。君の番でしたね」

「気にしません」祀島くんが構える。

「かりに僕が犯人だとして」

祀島くんはそちらを見て、「はい、聞いてます」

「僕はどうやって中庭に入ったんだろう。どうやって足跡を残さずに姉を殺して、外に脱出したんですか。そこをうかがいたい」

祀島くんは棒の先を玉から離した。顔を上げて、「その質問にはすでに吾魚さんが答えています。伊勢崎さんにせよあなたにせよ、平気で足跡を残していたんです。でも雪が隠してしまった。犯行時刻そのものが、我々が思っていたよりずっと前だったんです。遺体は簷下《のきした》にあったため、事件の痕跡いっさいが隠れるには至りませんでしたが、この要素をもあなたは計算に取り込みました――いや取り込もうとした、予想だにしていなかった血文字以外」

「ならば姉の足跡も消えたはずだ。杉迫さんもあなたがたも見たんでしょう？　写真にも残したと聞いた」

「だから残っていたのはあなたの足跡なんです。雅さんの靴を履いた、聖さんの足跡。順を追って説明しましょう。我々がこの館を訪れたとき、雅さんはすでに頸《くび》を突かれて倒れていたんです、降りしきる雪のなかに。とうぜん足跡はいっさい残されません。あなたがたはそれを自殺として処理するつもりでいた。ところがそこに招かれざる客である我々がやって来た。頭のいいあなたは、僕らを自殺の証人に仕立てることを思いつきます。まず僕らを外に待たせておいて中庭を封印しました」

「封印？」

祀島くんは笑って、「これは傑作です。まったく意表をつかれました。思い出してみればヒントは幾つもあったんですけどね。杉迫さんが、西通廊の一部は新しくつくったもので、それ以前は中庭と外とを自由に往き来できたと云っていた。とすると中庭は、かつて館にとって外だったことになる。ドアの閂も館の内側にあったはずです」

「ええ、内側にありましたよ。でも改築して中庭を仕事場とした際、中庭から閉じられるように閂を外に移したんです」

「ではなぜアトリエのドアにも錠があるんですか。泥棒避《よ》け？　だとしたら館のほうが危ない。中庭から自由に出入りできてしまう。本当は閂は、昨夜までドアの内側にあったんじゃないですか」祀島くんは言葉を切り、聖さんの顔を見つめた。それからドアを指差して、「つい十五分前まで僕らは中庭にいました。ご存知ですね。窓からこっちを見てましたよね。じつを云うと僕ら、あれからまっすぐにこの部屋に来たわけじゃないんです。途中でドアを調べてたんです。ドアの、特に蝶番《ちょうつがい》のところ。それから下の絨緞」

聖さんはまた玉を突いた。「打たれないなら、このまま独りで続けますけど」

「あ、打ちます打ちます。これ、いいキューですね」

祀島くんはまた腰を曲げて棒を構えた。玉を突くと同時に、「驚きました。それまで僕は、内側から外側に、閂を移動させた跡ばかりを探していました。木を見て森を見ずとはこのことです。まさか二枚の戸を、蝶番ごと裏表入れ替えてあるとは。よく思いつきましたね」

聖さんは黙っている。ことさら無表情を保っているように見える。

「本来、内開きのドアだったんですね。考えてみたら玄関もそうだった。日本では珍しいけれど、これだけ広い屋敷ならふしぎじゃない。我々を外に待たせていたあいだ、杉迫さんとふたりでその作業をやってたんですね。伊勢崎さんとあなたがたの行動はちぐはぐで、とても申し合わせがあったとは思えない。ふたりで、彼女に気づかれないようにやったんでしょう。ドアを外し、左右を入れ替えて取り付け、内側になった元は外側の面をワックスで磨く。あとはあなたと杉迫さんが交代で中庭に出てさえいれば、見せかけの密室が出来上がります。
我々が最初にこの館に踏み入ったとき、中庭に出ていたのは杉迫さんです。そして今朝、遺体が発見された――と云いますか、彼がわざと僕らの目に遺体を触れさせたとき、閂を閉めて中庭に居たのは、聖さん、あなたです。あなたはずっとアトリエの中に居たんです。吾魚さんと食堂で話したあと、雪がやんだのを幸いにあなたは、雅さんの姿のままアトリエに入っていった。次に外に出て遺体の前まで足跡をつけた。そして遺体に積もった雪を払い、彼女に自分の履いていた靴を履かせ、自分は裸足かもしくは彼女の靴を履いて、またアトリエに戻る。そして変装をといて朝まで待ち続けました。あなたが遺体の前から戻ったときの足跡も、もちろん朝まで残っていました。でもそれは杉迫さんが消したんです。僕らの見ている前で、一歩一歩、踏み潰してね」

「――それから？　杉迫さんは姉をかかえて、この南館に帰ってきたんでしょう。僕はどうやってアトリエから脱出したんですか。もう足跡を踏み潰してくれる人はいない。それともさっき中庭で、僕の足跡を発見したとでも？」

祀島くんは頭を左右に揺らした。

聖さんは唇の端を上げ、「だとしたら、僕はまだアトリエに居なきゃいけない」

「簡単なトリックです。あなたと杉迫さんはアトリエで靴を取り替えたんです。お姉さんをかかえて帰ってきたとき、杉迫さんはすでにサイズの小さい、あなたの靴を履いていました。そして我々を二階へいざなう。そのあいだにあなたは、杉迫さんの靴で自分の靴の跡を踏み潰して館に戻った。それからこっそりと外に出ていき、しばらくしてなに食わぬ顔で館に舞い戻ってきた」

聖さんはまた玉を打った。打たれた白玉はほかのどの玉にも当たらずに、むなしく台の端から端を転がって、止まった。「絵空事だ。証拠がない」

「あります。おそらく杉迫さんの部屋に、一つだけサイズの違う靴が置いてあるはずです。白いスウェードの靴です。朝、なんで杉迫さんが白っぽい靴を履いているのかふしぎだったんです。全体に暗い服装をしているのに靴だけが浮いていた。あなたの靴の色に合わせていたんですね。雅さんの部屋で初めて彼の靴をじっくりと見て、それが白いスウェード靴だったので、ずっとそれを履いていたように思いこんでいましたが、この推理が正しければ、あれはアトリエで交換したあなたの靴です。彼の靴は白っぽいけど別の靴のはず」

「スニーカーだった。彼が窓から庭に出ていくとき、私、見ました」

祀島くんは私に頷き返し、「スウェード靴、あるいはすでにあなたの部屋に返っているかもしれませんね。でもほかの靴と見わけるのは簡単です。杉迫さんの大きな足を入れたまま雪に濡れたうえ、その後もたっぷり三十分は履き続けられていましたから、ひどく型が崩れているはずです。一日や二日じゃ元には戻りません」

聖さんが玉突き棒を振り上げた。祀島くんが殴られると思った私は、咄嗟にその背に飛びつき、引き寄せた。しかし聖さんが殴ったのは玉突き台だった。ぱしん、と破裂音をたてて棒は折れ曲がり、先端のゴムが外れて、天井に飛んだ。

憤怒《ふんぬ》とも悲哀ともつかない、昏い激情に満ちた目で、彼は私たちを見据えた。「それは密室工作の証拠だ。殺した証拠にはならない」

‡

祀島くんは落ち着き払ったようすで棒を台に置き、部屋の端の長椅子まで退がって、腰掛けた。こちらに目配せするので、私もその横に坐った。

聖さんに笑いかけて、「そうなんですよ。結局のところ殺人だと断ずる根拠というのが、血文字しかないんです。あとはドアにせよ靴にせよ、密室工作の証拠でしかない」

ふと視線を落して、彼の脚が小刻みに震えているのに気づく。やっぱり怖かったんだ。

「つまり、絵空事である可能性を認めるわけだね」

「認めます」

聖さんは拍子抜けしたように息をついた。折れた棒を床に放って、「あとは独りでどうぞ」

「もうちょっとあるんですけど」という、祀島くんの刑事コロンボめいた科白。

「作り話はもう結構」

「ある事実の決定的な証拠なんです。じつは僕ら、ドアの取付け以外にもう一つ、ここに来るまでに確認してきたことがあって——ポチに関することなんですけど」

聖さんは足を止めた。「うちの犬がなにか」

「ゆうべ食堂に入ってきましたよね。それをあなたは慌てて追い出した」

「ええ、さすがに食事をする場所ですから」

「ふしぎだなあと思ったんです。じゃあなんで狆くぐりを塞がないんだろうって。いつもはポチ、自由に出入りしてるんじゃないですか」

聖さんはすこし考えてから、「普段は厳格ではありません。でもお客がいれば話は別です」

「穿《うが》ちすぎだったか。でもポチを押さえて追い出したあと、聖さん、なにか気づいたことありませんでしたか。いやはっきりと云いましょう、洋服に、血が付いてませんでしたか。だから我々に背中を向けたまま、間もなく部屋を出ていかれたんだと思ったんですが」

「——血？」

「雅さんの血です。なんでそう思うかというとですね、今朝、ポチくん血まみれだったんですよ。もちろん雅さんのそばにいたからです。寄り添って傷を舐めたりしてたんでしょう。僕らの絵空事が正しい推理だとすれば、我々が食堂にいたあの時点で、雅さんはすでに血まみれで中庭に倒れていたはずです。ポチがそれを発見して聖さんに報せに来てもふしぎはないと思うんですね。そしてそのときポチの顔には、血が付いていた可能性が高い。聖さん、そのポチの姿を見て、慌てて僕らの目から隠したんじゃないですか。だとしたらこれは殺人の証拠とは云わないまでも、あなたが雅さんを見殺しにした証拠になる。ちなみにあのとき食堂にいなかったのは雅さんと伊勢崎さんですが、伊勢崎さんが寝ていた客用寝室に狆くぐりは付いてませんね。明らかに雅さんの血だと、あのときあなたにはわかったはずです」

「いったい何が決定的な証拠なんですか。ポチが証拠だとでも？」

「いえ、ポチはいったん洗われ、どこかに閉じ込められ、明け方また自由にされたんでしょうから、いまあの犬に付いてる血は証拠にもなんにもなりません。しかしあの午前一時過ぎの時点で、ポチの顔からほかの物に付いた血痕が見つかれば、これは見殺しの動かぬ証拠になります。あなたの洋服は駄目でしょう。あなたは頭がいいから、さきまわりして処分してしまったに決まっている。館の中の床や壁も駄目。朝になってからもポチは館じゅうを歩きまわっているから、いつ付いた血痕とも断言できません」

聖さんは大きく胸を動かした。「残念でしたね」

祀島くんは肩を竦め、「いえ、ほかに見つけましたから。あったんです、あの時間帯にしか移りえない血痕が」

「どこに」

祀島くんは私を見た。私は立ち上がり、聖さんを追い越してドアを開けた。「摩耶」

摩耶が進み出てきて、畳んでかかえていた物を差し出す。私はそれを広げながらふり返り、問題の箇所を祀島くんに、そして聖さんに向けた。

「京野さんのジーンズです。彼女は食堂ではポチの気配に驚いて転んだだけで、触れられはしなかったと云っていますが、それでもふくらはぎの横にこれだけ——一、二、三、四箇所、目に見えるだけで四箇所の血痕が付いていました。ちょうどポチが鼻先を下げてるくらいの高さですね。その髪の長い人が京野さんです。ご覧のとおりコートの下には学校指定のトレーニングウェアを着ている。いつその服装に着替えましたか?」

摩耶はキリエを見た。キリエは、自分で答えな、というふうに顎を動かした。

「昨夜、食堂にポチが現れたすぐあと——杉迫さんにお願いして、厨房の隅で着替えさせてもらいました」

「彼がお茶の準備をするまえですね。それからずっとその恰好?」

「うん」

「ちなみに脱いだあとのこれはどこに」

「ずっとバッグの中に」

「以後は穿《は》いていませんね」

「だってあのとき、お尻が破れちゃったから」

祀島くんは満足げに頷いて、「ということで、これは昨夜、食後のお茶が準備される以前に付いた血としか考えられないんです。そのとき雅さんが、犬にたっぷりと血が移るほどの深手を負っていたという証拠、そしてあなたがお姉さんを見殺しにしたという、動かぬ証拠です。ご理解いただけますね」

聖さんはいつしか項垂《うなだ》れている。

「警察に提出します。いちばん近い警察にしましょう」

祀島くんが立ち上がり、不二子を示す。私はジーンズを廊下の彼女に押しつけた。

「いま渡されても。私が保管するの？」

「当り前じゃない」

彼女はしぶしぶと受け取った。

祀島くんがさらに聖さんに喋りかけようとし、思い直したらしく、唇を閉じる。重い沈黙が私たちをつつんだ。誰も動かず、全員が館の一部になったようだった。

「何が悲しいと思います」聖さんが沈黙をやぶる。

その声色にはっとして、彼の横顔に目を凝らす。彼は泣いていた。

「姉を失ったこと？　いえ」彼は胸に手をあて、「姉は生き続けます、優しく美しい姿で。もう僕を束縛することも、命令することもない。現実の世界に姉がいないのは、すこしも寂しくはないんだ。この日が来るのを待ち望んでいましたよ。彼女を自分の手で天に送ったことも後悔していない。交通事故や病魔に奪われるくらいなら自分の手で――と、これも決めていましたから」

私たちは息をのんだ。彼は罪過を吐露した。

「悲しいのは――甘ったれた考えだというのはわかっていますが、僕はまさか、姉が自分を告発するとは思っていなかった。ただおとなしく殺されてくれるとどこか信じていたんです。可笑しいですか。姉の友達はみな僕をセイと呼びました。姉だけは『ひじり』と正しく、しかも呼び捨てにしていた。友達にはそうさせなかった。杉迫さんが僕を呼び捨てにしはじめたとき、激しく怒って『さん』づけに直させました。だから両親が亡くなってからは、僕を『ひじり』と呼んでいたのは姉だけです。僕も彼女に呼びかけるときは、ただ『みやび』と。他愛のないことだけれど、そういう、互いを所有し合っているかの絆《きずな》だけは、永久に続くと思っていたんです、どちらかが死んでも。姉が僕にとって特別なように、僕も姉にとって特別なはずだった。でも彼女は血文字を遺しました、『せい』と。最後の最後に僕を他人扱いした。いつまでも美しく、優しく、でも他人になってしまった。それが悲しい」

祀島くんが弾かれたように廊下に向かい、「『せい』のつく言葉、考えて」

私は驚きながら、咄嗟に、「星座」

不二子が、「生活指導」

キリエが、「清酒」

摩耶が、「聖書」

聖さんは摩耶を見た。部屋を出た。廊下を駆け、中庭へのドアを押し開き、外に飛び出す。私たちが追いつき、ふたたびアトリエの中に踏み入ったとき、彼は書棚から大きな本を引っぱり出していた。机に置き、頁を繰りはじめる。やがて作業を止めてこちらを向いた。

彼の手には封筒があった。「遺言のようです」

‡

富を手にしてしまった人が、万一の場合にそなえ遺言状を記していた――べつだん珍しい話じゃない。でも私には、雅さんが遠からぬ死を予感していた証左のように感じられてならなかった。弟に殺されるという、その死にざままで予見していたような気がした。遺言状の宛名は親戚の弁護士だった。封はされていなかったので私たちは中身を読んだ。

まず財産のこと。聖さんが二十歳になったら歌詞や書籍に関する権利も、館も、すべて聖さんに譲るつもりでいるけれど、もし自分がそれまでに死んでしまったら弁護士に管理してもらい、聖さんが二十歳になった時点で譲るとあった。そのさいマスコミに対して「天竺桂雅」の正体を公表するようにともあった。具体的な雑誌名やテレビ局、その担当者の名前まで明記してあった。彼女は「天竺桂雅」をやめるつもりでいた――。

遺言をまわし読みしたあと、私たちは長いあいだ言葉もなく、彼女がつくったらしい、椅子に掛かった不器用なキルティングや、窓の外の雪の絨緞や、その背景をなす青灰色をした館の壁を眺めていた。

「この聖書は」祀島くんが静けさを破り、机上の本を示して問う。

「この館に移ってしばらくして、姉が思いついたように買ってきたものです。クリスチャンでもないのに。大切な本だから見るなと云ってた。そのとき冗談めかして、ただし自分が死んだら読んでもいいと――それきり忘れていた」

「途切れそうな意識のなか、この遺言状のことをあなたに伝えようとして、あの血文字を書いたのかもしれませんね、お姉さんは。聖書の『聖』の字を書いてあなたの名前と一致するのを避けようとし、平仮名にしたのかも」

聖さんは無理やりのような笑顔を祀島くんに向け、「偶然の一致でしょう。偶然ですよ――いや最後の最後に、僕にクイズを出したのかもしれないな。姉にはそういう茶目っ気があるんです。あなたがた、たいそう翻弄されましたね」

昼間の光のなかでも、やはり聖さんという人は白っぽく、夢の住人のように存在感がない。今しも消えてしまいそうだ。

彼は最後に云った。「春になってまた来ても無駄ですよ。青薔薇なんて嘘なんだから。今は雪に隠れてるけど、荒れ果てた、何もない廃園なんだから」

それきり口を閉ざし、二度と私たちの前では喋らなかった。

杉迫さんの運転するパジェロが勢いよく雪の坂道を上ってくる。車は、伊勢崎さんの瑕《きず》と凹《へこ》みだらけのマツダの隣に辷り込んだ。

彼は窓を開いて、「もう作業が始まっていました。郵便の配達人が報せたようです。間もなく復旧するそうです」

不二子は心底ほっとした表情をした。「よかったあ、車残して帰る羽目になっちゃうかと思ってたわよ」

私たちは玄関に戻り、待機していた三人に結果を告げた。そして自分たちの鞄を提げた。

「行っちゃうんだね」館を出ようとする私たちを、嗄れ声が追いかけてきた。

ふり返って――全員が言葉を失った。私たちが去ろうとしているのを察し、よほど急いで部屋を出てきたものか、伊勢崎さんはまったくお化粧していなかったのだ。いや、それだけならこうも驚かない。すっぴんの彼女は、なんというか、素朴で――可愛かった！

玄関に入ってきた杉迫さんまで呆気にとられている。

「伊勢崎さん、その顔」

私の呟きに、彼女は恥ずかしそうに眉をひそめて、「あんまり見ないで。泣き続けてぐちゃぐちゃに崩れたから、いったん落して直そうとしてたんだよ」

「そのほうがいいです」

「莫迦云わないで」ふん、と彼女は鼻を鳴らした。

「聖くんとは話せた？」不二子が訊ねる。

「ドアの外からね。ぜんぶあんたたちに悟られて万事休したとさ。仕方ないじゃない、運命だよって云ってやった。祀島くん、彩子ちゃん、キリエちゃん、摩耶ちゃん――あんたたち、頭いいんだね」

彼女が自分たちの名を正確に把握していたことに私たちはたいへん驚いた。しかし考えてみれば言葉のエキスパートなのだし、血文字に別の意味を加えるような黒いウィットの持ち主でさえあるのだ。ただ飲んだくれている人ではないのだ。

「なんで私を外すかな」不二子が憤然とする。

「あんたの名前は忘れた」

「ああ、拳銃がここにあったら。いやそんなことより、彼、アトリエに籠らせといて大丈夫なの？　もしかしたら自責のあまり――」

「ありえない」伊勢崎さんは言下に否定した。「あの子はね、芯はタフなんだよ。自分でそれに気づいてれば、あんな莫迦なことはしなかった。タフな神経の持ち主じゃなかったら、なんで詩人の端くれを――天竺桂雅をやってこられたもんか。今頃はきっと、こういう状況でしか書けない新作でも書いてんのさ」

彼女は館の外まで私たちを見送りに来た。本質的には人懐《ひとなつ》こい人のようだ。

不二子が車に乗り込むと、運転席の窓を覗いて、「きっとあたしもなんかの罪になるんだよね。雅が中庭で殺されてるのを知りながら、ただ飲んだくれてたわけだし」

「それ以前に、僕を陥れようとしたのが問題です。犯罪です」背後で杉迫さんが腕をくむ。

「あんたに怒る資格なんかないの、このペンネーム泥棒が。密室工作の片棒担ぎが」

「ただ聖さんを助けたかったんです。亡くなった先生はどうしたって帰ってはこない。聖さんの才能を救いたかった。でもこういうのも罪になるんでしょうね」彼も運転席を覗きこんだ。

「杉迫くんは、どう考えても無罪放免とはいかないわね。罪状は聖くんの証言次第じゃない？伊勢崎さんのは微罪のうちだけど、裁判には間違いなく駆り出される。より話を大きくしたかったら、お互いを訴え合うっていう手もあるけど」

「なんで大きくしたいもんですか」

「あたしは大きくしてもいいわ。杉迫青児、返してもらいましょうか」

「楽しく泥仕合してね。でももし杉迫くんまで収監されたら、ポチの面倒はどうしようか」

「やっぱり実刑ですか」

「知らない」

「あたしがみるよ」伊勢崎さんが云う。「人間より動物のほうが好きなんだ。安心して」

不二子は頷いてエンジンをかけた。プール号が雪の坂道を下りはじめる。窓外に白く凍えた林を眺めながら私は、先刻、ようやく果たせた本物の雅さんとの対面を思い出していた。

ポチが護衛兵よろしく床にうずくまっている向こうに、死後硬直から脱しきれていない彼女は、寝相のわるい子供のように首をかしげて横たわっていた。頸には不二子の手で包帯が巻かれ、唇には紅がさしてあった。こんなに小さな人だったのかというのが、最初の正直な感想だ。しかしその面立ちに、私に薄荷のお茶を出してくれた生きた「雅さん」との、大きな差異を見出すのは難しかった。

おたふく荘は中途半端に鄙《ひな》びた、ロビィからして乱雑な感じのする宿で、食事もけっして美味しくはなかった。ただ温泉が広く、お湯もふんだんに溢れているのが救いだった。さすがのキリエもスキー場に出掛ける気力は残っていないというので、遊戯室で卓球をやって汗をかき、温泉に入り、また遊び、温泉に——を繰り返して過ごした。あまり損をしたという気はしなかった。

「お風呂に謎の老人がいたよ」遊戯室に戻ってきた祀島くんが、湿った前髪を掻き上げながら云う。

私はびっくりしてサーヴを忘れたまま、「謎の老人って、あの謎の老人？　なんでこんな場所に」

「温泉旅行でしょ。僕らもそうだし」

「——そうか。なんか話した？」

「お互いに、こんばんは、と」

「それだけ？」

「古い日本映画の話とか」

やはり都化研というのは、変わった人の集まりだと思う。

ところで祀島くんのための別室だが、私の予想どおり宿は満室、新たに確保するというのは無理な話だった。仕方ないから五人で雑魚寝、と不二子が決断をくだし、私はたいそうどきどきしていたが、じゃあ僕は縁側で、と事情を知らされた祀島くんは即座に答えた。その言葉どおり雪見障子の向こうで眠った。

——集合場所と同じホテル前が、解散の場所だった。どこでも適当に解散すればよさそうなものだが、とつぜん迎えに来たりすることが摩耶の両親にはあるというので、いちおう時刻と場所を決めておいたのだ。しかし歩道に摩耶の保護者の姿はなく、代わりに意外な人物が私たちを待ち構えていた。

「吾魚さん！」驚いてドアを開いた不二子に、彼は泣きそうな顔で叫んだ。

「なんで庚午《こうご》くんがここにいるの」

「吾魚さんを待ってたに決ってるじゃないですか」

「お迎え？　ご苦労」

「どこ行ってたんですか。ブルドッグ荘なんて旅館、長野のどこにもないじゃないですか」

「ブルドッグ荘？　そう云ったっけ。ソースみたいな名前って憶えてたから、きっとそれで間違えたんだ。本当はね、おたふく荘」

庚午さんはしゃがみこんで長身を縮こまらせた。うらめしげに、「長野の天竺桂邸を訪れた警察官、吾魚さんですよね」

「まあ。もう活躍の噂が伝わってるの」

「なに喜んでるんですか。所轄から苦情の嵐ですよ。警察官が立ち会っていながら、現場は保存してない、記録も報告もいっさいなし、しかもその警官自身が行方しれず。自首してきた容疑者がいたからよかったようなものの、そうじゃなかったら確実に減俸ですよ」

「記録ならあるわよ。私、ちゃんと現場を写真に撮ったもん」

「あるならあるで、フィルムを所轄署に提出しなきゃどうしょうもないでしょう」

「だって私たちのスナップも入ってるんだもん。東京に帰ってからと思ったのよ」

庚午さんはしゃがんだまま頭をかかえた。

「それより、なんで私たちがここに来るってわかったの？」

「桐江さんの親御さんに訊ねたんですよ。吾魚さんとこにかけても留守だし、あと電話帳に載ってるのはそこだけだったから」

「うちに電話を？」キリエの顔がかっと赤くなる。

「しました」

「うちの親と喋ったのか？」

「ええ」

「なんてことすんだよ、てめえ」彼女は庚午さんの背を膝蹴りした。

「なんで？　なんで？」

「——ちなみに白い色素は、植物に存在しない」彼らの騒ぎなどお構いなしで、祀島くんは車中での話を私に続けていた。「白く見えるのは細かな気泡だよ。海の泡が白く見えるのと同じ原理。だから白い花の液胞に色素を加えることにより、一時的にだったら何色の花だってつくることができる。アントシアニンも液胞中の物質なんだ。白薔薇を、青インクを溶かした水に差しておくと、花はじきに見事な青になる。その一瞬を切り取れば青薔薇には違いないね、聖さんは笑うだろうけど。彼の話が本当なら、夕暮れ時にはいっそう鮮やかだろう」

第三話　大女優の右手

伯爵夫人役の女優は、三分にもおよぶ長科白《ながぜりふ》を朗々と演じきった。往時の張りは失せているもののその声は厳粛《げんしゅく》な音楽のようで、客席には咳払い一つ生じなかった。

科白の最後のくだりは、舞台が暗転するきっかけにもなっていた。劇場内は闇につつまれ、その底にどさりという鈍い落下音が響いたが、観客の耳にそれは自然な演出として聞えた。精根尽き果てた夫人が、床へ倒れこむにふさわしい場面だったのだ。

客席に照明がともり、昨夜とは違うタイミングでの二十分休憩が始まると、ようやく観客の一部が異変に気づいて、憶測を囁き交わしはじめた。ところが次の幕が始まると、事態を正確に察していた人ほど、ふかく首をかしげる羽目になった。控えていたダブルキャストのもうひとり熊本《くまもと》　柊《ひいらぎ》が、倒れた野原鹿子《のはらかのこ》にそっくりの声色で伯爵夫人を演じ継いだからであり、そのうえ彼女の両手は、鹿子のトレードマークである優雅なレエスの手ぶくろに包まれていた。意図的に似せられた舞台化粧も手伝い、彼女は本当に鹿子にしか見えなかった。

本物の鹿子は休憩時間中に絶命し、楽屋《がくや》の控室で最期の眠りについていた。しかしサイレンを消した救急車が劇場の駐車場に到着し、救急隊がそこに走り込んできたとき、彼女の遺体は失せていた。

Ⅰ　M・Mの足

「というわけで太る」キリエが宣言した。テレビの悪影響だ。

「目から鱗《うろこ》が落ちたよ」

「変な鱗が飛び込んだんじゃないの」

「摩耶《まや》は番組を見なかったからそんなこと云えるんだ。昨夜まではあたしだってモンローなんか、親爺《おやじ》どもに媚び売って生きてたぬらりひょんとしか思わなかったさ」

昨深夜、マリリン・モンローの生涯を描いたドキュメンタリーを見たのだ。うちでも同じ番組がついていたけれど、姉の話し声がうるさくてナレーションはよく聞えなかった。次から次、画面に映しだされる古い写真や映像に、ただ、綺麗な人だったんだなあと感心していた。

「ぬらりひょんって何」

「ぬるぬるした妖怪」私が答えた。および、私の内心での姉の呼び名でもある。ちなみに昨夜の不二子の話題は、宿願だった独身キャリア組との合コンに参加できそうだというもの。きっと庚午《こうご》さんを脅しつけたんだろう。

「少女なんだよ。モンローは永遠の少女だった」

「だったら少女体型を維持しなきゃ。キリエの場合、少年体型だけど」

「わかってない。ぜーんぜんわかってない。モンローの少女性ってのは外見の話じゃないんだって。純真で、情熱的で、だけどいつも孤独で」

「外見の話を始めたのはキリエでしょ、一日五食とってでも太るだなんて」

「型から入ることも必要なんだ。健全な魂は健全な肉体にこそ宿る」

「太ったからって胸が大きくなるとは限らないのよ」

「嘘」キリエは私を見た。

「なんでこっち向くの」

「むかし太ってたって聞いた」

「太ってたのは小学校の時だから、胸がどうかなんてわかんないよ」

「キリエ知ってる？　一度太ってから痩せると胸が最初に落ちるの」

「嘘」

「こっち向いてもわかんないってば」

「キリエはたぶん気を抜くと痩せちゃう体質だから、一度無理して太ったりなんかしたら」

キリエは眉をひそめた。「地獄だ」

「死ぬまで暴食を続ける覚悟がないと」

「いや胸のことは二の次なんだ。聞いてくれ、あたしは」キリエが摩耶に詰め寄る。「まる顔になりたい」

「彩子《さいこ》に教えてもらって」

「これは肉ではなくて骨格です」

キリエは自分の顎を撫でながら、真顔で、「削るしかないか」

「整形？　ファンたちが泣くと思うよ」私は云った。キリエは下級生に人気がある。女子にばかりだけど。

「キリエの顎のことなんかどうでもいい」摩耶はプリントの上に鉛筆を放った。

「なんだと」

「ああ、わかんない。ｎってなんなのｎって」

キリエと私は放課後の教室で、摩耶が課題を終えるのを待っている。彼女は数学の宿題をすっかり忘れていた。血まみれ伯爵夫人の異名をとる数学教師は、宿題とはまた別のプリントを摩耶の机に置き、「こっちも全問正解してから帰ってね。明日まででも研究室で待ってますから」と笑った。伯爵夫人はたぶん本気だし、噂によればこの種のペナルティ課題が提出されたとき、彼女は類題を出して目の前で解くよう命じるのだそうだ。つまり誰かに解いてもらっても無意味だということ。

「どんな問題で悶絶《もんぜつ》してんだ」キリエが問う。

「ｎ進法の数式が 34＋57＝113 である場合、705＋364 は幾つになるか。この解とｎを答えよ」

「まだ一問めか。簡単じゃないか」キリエは数学が得意なのだ。

「じゃあ解いてよ」

「あたしが解いても仕方ないだろ」

「じゃあ解けるよう指導して」

「あ、あたしは教えるとかそういう親切な才能、ぜんぜんないから。祀島《しじま》が得意なんじゃないか。おーい祀島くーん」

「はい」という返事とともに、祀島くんが戸を開けて教室に入ってきたので、私たちは椅子から転げ落ちかけた。

「待ち構えてたのかよ」

「ちょっと吾魚《あうお》さんに用事があって」祀島くんは微笑した。「ちょうど教室の前まで来てたんだよ。吾魚さん、今からお茶の水まで付き合ってもらえないかな」

　ぴゅう、とキリエが器用に指笛をふく。

「新しい化石がどこかに？」

「残念ながら化石の話じゃないんだ。新しい事件。アルケオプテリクスのマスター、憶えてるよね、久世《くぜ》さん。一緒に彼の話を聞いてもらえないかと思って」

「密室殺人？」キリエはすでに腰を浮かせている。

「殺人ではない。人は亡くなったけど自然死だよ。新聞やテレビでも報道された有名な死」

「勿体《もったい》ぶるなよ」

「僕もまだ詳しく知らないんだ。俳優の野原鹿子に関することだよ」

「手套《しゅとう》の麗人。『琉璃玉《るりだま》の耳輪』の舞台で死んだんだ。まだ先週だよな」

「正確には楽屋に運ばれてから亡くなったんだけど、その死の顛末にじつは報道されていない部分がある、とまでは電話で聞いた。あの、僕、吾魚さんを連れに来たんだけど」

「一心同体なんだよ、あたしと彩子は。あたしが聞けば彩子に伝わるの」

「キリエ」と口の前に人差指をたてる。「しばらく静かにしてくれてたら、もっとよく伝わるから」

「なんだと」

「祀島くん、そもそも久世さんって、野原鹿子となにか関係が?」

「遠縁にあたるんだって。僕も初耳だった」

へえ、と感心する。喫茶アルケオプテリクスは、都市化石研究会、略して都化研の溜まり場だ。私は一度しか行ったことはないが、マスターの久世さんはのっけから手品を披露してくれたこともあり、印象ぶかい。

野原鹿子という女優は、私たちの世代にとって華やかりし存在ではなかった。舞台公演のCMなどで名前だけはやたらと耳にするけれど、テレビドラマにもバラエティ番組にも顔を出すわけじゃない。その死が報道されるまで、戦前から子役として活躍していたことも、美人女優として名を馳《は》せていた時代の「手套の麗人」という異名も、私は知らなかった。しかし報道に挟み込まれるフィルムのなかの若き日の彼女には、マリリン・モンローとはまた違う、凜《りん》とした美しさがあった。

「久世さんの話を聞くだけでいいの?」

「いいよ、とりあえずは」祀島くんは意味ありげに微笑した。

「もう一つ質問。報道されていない部分は、流血や暴力を含みますか」

「それはまだ僕も」と彼は云いかけ、思い直したように、「嘘はいけないね。野原鹿子が倒れたのが、心筋梗塞によるショックからというのは間違いない。彼女は運び込まれた控室で息をひきとり、いったんそこに安置されていた。鹿子の役は、控えていた熊本柊がそっくりに演じ継いだ。鹿子が周囲に胸苦しさを訴えていたので、役柄をダブルキャストにし出演日を半分にして負担を減らし、万一にそなえて鹿子の出演日にも熊本柊が控えるように手配されてたんだ。交替に気づいた観客は少なかったらしい。若い頃から老け役が得意な人だよね。『琉璃玉の耳輪』の桜小路《さくらこうじ》伯爵夫人は六十代の鹿子からすれば若い役柄で、それを不自然と感じさせない演技力が評判でもあったんだけど、『六十代が演じている伯爵夫人』を急場で演じて見せた四十代の熊本柊は、もしかしたら鹿子以上に凄い役者なのかもしれない」

「伯爵夫人、伯爵夫人、うるさい」摩耶が呟く。

祀島くんは気づいていない。「舞台は続いている。救急隊が裏口から劇場に入ってきた。ところが控室に安置されているはずの鹿子の遺体が見当らない。消えていた」

「ほんとは生きてたとか」

「間違いなく亡くなっていたと、これは何人もが証言してる。仮死状態だった可能性も皆無《かいむ》ではないけれどね」

私はテレビで見た葬儀の光景を思い出しながら、「そのまま行方不明？　だとしたらお葬式の棺は空っぽ？」

祀島くんはかぶりを振った。「遺体はけっきょく劇場内で見つかったんだ。終演後、付人の女性が観客用の女子トイレの個室に腰掛けた——というか腰掛けさせられた鹿子を発見した。それだけならよかったんだけど」

「どこがいいんだ。立派なミステリじゃんか」

「つまり、このさきがちょっと血腥《ちなまぐさ》い。女子トイレの遺体には右手が無かった。手首から先がすっぱりと切断されていた。とうぜん床は血の海。そういう事件」

私は顔をしかめ、キリエはさっそく腰をあげた。私の鞄を摑んで、投げるように押しつけてきた。「彩子、行くよ」

「嘘、みんな行っちゃうの」摩耶が泣き顔をつくる。

「五分なら待つ」

「無理だってば」

「どんな問題をやってるの。急ぎ?」祀島くんが摩耶の手許《てもと》を覗きこむ。「p進法か」

「n進法って書いてあるけど。nってなんなの」

「物を数えるのに使える記号の数、かな。ゼロの概念を前提とした場合の」

摩耶はいっそう泣き顔になった。「この人呼んだの誰」

祀島くんはお構いなしに、「京野《きようの》さん、インドで生まれたゼロが広まる以前の世界で、数はどう表されていたと思う? 0を並べて桁を表現できないから、100には100の、1000には1000のための記号が必要だった。これは我々にとって驚きでもなんでもない。だって漢字がそうだから。十、百、千、万、億、兆、京《けい》、垓《がい》、秭《じょ》、穣《じょう》、溝《こう》、澗《かん》、正《せい》、載《さい》、極《ごく》、恒河沙《ごうがしゃ》、阿僧《あそう》祇《ぎ》——この辺になると実際のところ十の何乗を表しているのか、諸説あるんだけどね。さらにこう続く、那由他《なゆた》、不可思議《ふかしぎ》、無量大数《むりょうたいすう》。とにかくこの表記法にゼロは現れない。ローマ記数法もだ。それのことだよ」

彼が摩耶の腕時計を指差し、私たちはその文字盤を覗きこんだ。Ⅰ、Ⅱ、Ⅲ、と数字が並んだ、洒落た角形の時計だ。

「一はⅠ、五はⅤ、十はⅩ。ちなみに五十はLで、百はC、五百はD。やっぱりゼロに相当する記号は出てこない。どちらも美しい表記だけどね。ちょっと鉛筆貸して。桐江さん、0から9までの数字を十幾つか並べてみて」

「1、2、3、4、5、6、7、8、9、0、1、2、3、4、5——」

「ストップ。充分」祀島くんは摩耶のプリントの隅に、123456789012345と書き、桁を数え、その下に百二十三兆四千五百六十七億八千九百一万二千三百四十五と横書きした。「大きな数を漢数字で書くとこんなふうにとても長くなる。ローマ記数法だとこれどころじゃない。そして、どちらも筆算に向かない。記号の量がそのまま桁数を表すインド記数法なら、十五桁ならば十五個の記号で表せるし、算盤や特殊な装置を使わずに紙の上で筆算もできる。ゼロの概念の恩恵なんだ。十をイチゼロ、百をイチゼロゼロと表記する位取りのアイデアが、これらを可能にしてくれた。さらにこのアイデアを応用すると、最低二つの記号であらゆる数を表現できる。コンピュータに使われる二進法がまさにそうだね。もし京野さんが今後は既存の数字を使わないと決意したとして、そう、桐江《きりえ》さんは一つ、僕は二つ、ゼロは吾魚さんとでも決めてしまえば、計算には困らない。手間はかかるけど理論上は困らないはずだよ」

「わかってる？」キリエが問う。

摩耶は小首をかしげて、「半分――三分の一くらい。彩子は三つとするんじゃないの？」

「ゼロを担う記号は必要なんだよ。ゼロの吾魚さんを含め、桐江さん、僕、と三つの記号があれば事足りて、これが三進法。n＝3だね。桐江さんと桐江さんで僕になる。そこにまた桐江さんが加わると吾魚さんになる」

「おい祀島龍彦《たつひこ》、なんかあたしに失礼な喩《たと》えじゃないか？」

「もうすこし聞いてて。表したい数がゼロじゃないかぎり、吾魚さんが独り立ちすることはない。吾魚さんになるというのは下の桁のことで、上の桁に桐江さんが立って、桐江・吾魚の順になる」

「すこし安心した」とキリエ。

「桐江・吾魚を十進法に直すと3。桐江＋桐江＋桐江＝桐江・吾魚。これが三進法の計算」

「やっぱりなんか、あたしに失礼な感じがするのはなぜだ」

応じようとする祀島くんを、あの、と摩耶が声をはってふり向かせる。「私がまず知りたいのはね、なぜそんなややこしい数え方をする必要があるのかってことなの。すでに世の中には1から10までの数字があって」

「0から9」

「同じことでしょ」

「だいぶ違うけど。こう考えるといいんだよ。位取り記数法では、数を表現するための記号は自由自在に設定できる。白黒の二色だけでも、吾魚、桐江、祀島の三人でも、0、1、2、3、4、5、6、7、8、9でもいい。ただ人間の指が左右十本で数えやすいから、十進法がポピュラーなだけだと」

†

三省堂のビルを見つめ、なにか逡巡《しゅんじゅん》しているようだったキリエが、

「やっぱり買ってくる。この辺で待ってて」と横断歩道を渡っていった。

私たちは道端で彼女を待った。祀島くんは折り畳んだプリントと鉛筆を手に、数学の講義を続行した。

「34＋57の解が113と三桁になってるんだから、これは少なくとも十進法じゃない。十進法だったら解は二桁になる。つまり、より若い数字で繰り上がりが起きてるってことだね。一方、二つの数式に現れる最も大きな数は？」

「ええと、7。7」

「そう、どちらの数式にも7がある。つまり十進法ではないし、二進法から七進法の範囲でもない。『nは自然数とする』とあるから、あとの選択肢は僅《わず》かだよ。実際にnに数字を当てはめて検算すれば答はわかる。ただnを公式から導き出すとなると——」

摩耶はしきりに頷いているが、どうも目つきが虚ろだ。いったん学校から姿を消してでも祀島くんの講義を受けないことには、本当に明日まで家に帰れなくなると云って、教室に鞄を置いてついて来てしまったのだ。戻ったとき、机の前で伯爵夫人が待ってなければいいけど。

キリエが戻ってきた。顔をしかめて頭を振っている。「奮発《ふんぱつ》しちゃった。とうぶん昼飯はパン一個だ」

「少年体型が維持されるのね」平俗な話題だと摩耶の声が生き返る。「どんな本買ったの」

「畜生、憧れるほどに遠ざかっていくのはどういうことだ。モンローの写真集だよ」鞄を開けて紙袋を見せてくれた。「こういう小さいのでもけっこう高くてさ」

え、と祀島くんが呟くのを私は聞いた。閃《ひらめ》きを得たとき、ぼそっと声を出してしまうのが、どうやら彼の癖らしい。

「桐江さん、ファンなんだ」

「俄《にわか》のな。映画に精《くわ》しいわけじゃないよ。男性から見てどう？　ああいう女性」

「うーん、顔はよく泛《うか》ばないんだけど」

「この男、本気で云ってんのかな」

「十進法からの連想だろうけど、ちょっとした逸話を思い出した。マリリン・モンローは多趾《たし》だったという噂がある。左足の、もしくは両足の趾《あしゆび》が六本あったと」

「冗談だろ」キリエは買ったばかりの写真集を袋から出した。なかをめくって足がうつった写真を探し出し、「五本じゃないか」

「無名時代の写真の一枚がなんとなくそう見えるだけで、それを利用した根も葉もない作り話だという説もある。実際に多趾だったなら、のちに女優として不都合だから不全な趾を外科的に切除したということになるね。どちらが真実なのか僕にはわからないけど、多指《たし》というのは珍しい形態異常じゃないし、もしモンローがそうだったなら、足を堂々とレンズの前にさらしていた彼女は、それを自分の個性としか考えてなかったことになる、八重歯《やえば》みたいなね。それはそれでいい話かもしれない。ちなみに豊臣秀吉も右手の指が多かったと、これは謁見《えっけん》したイエズス会のルイス・フロイスが書き残してる。彼も隠さなかったんだね」

「かっこいいなあ、ますます憧れる」

「秀吉？」

「モンローの本抱いてるだろ。喧嘩売ってんのか」

キリエと会話している祀島くんが、ちらちらとこちらに視線を送ってくるのが、私にはふしぎだった。私はこの人が、もうどうしようかというくらい好き好き大好きで、未だ緊張せずには話せないほどなのだが、どう贔屓めに評価しても、気のまわる、はしこいタイプではない。人の顔をじっと見つめて、頭の中ではナウマン象が行進しているような人だ。私にサインを送ったというより、たんに私の様子を窺《うかが》っていたのだと思う。

なぜ。目抜き通りから人影乏《とぼ》しい古い商店街へ、さらに地元の人しか歩かないような狭い路地へと折れながら、彼の挙動の意味を考えていた。私たちの横を、太った白猫がのそりのそり、見廻るように歩いていた。この路地には猫が多い。

ゲームかもしれない。アルケオプテリクスのドアの、シンボルの始祖鳥を見ながらそう思いつく。きっと図案がパズルのピースのようだからだろう。祀島くんがドアを押す。江戸風鈴が響く。ふふ、と摩耶が嬉しげに顔を上げる。

祀島くんと久世さんとでぐるになって、これから私たちに何かを仕掛けようとしているんじゃないだろうか。先週、野原鹿子が亡くなったというのは厳然たる事実だ。でも、報道されていないと祀島くんが云う、遺体の移動や損壊は、彼の口からの情報でしかない。久世さんも同じことを云うのだろうが、ふたりで口裏を合わせているだけかもしれない。報道されていない事実なら新聞雑誌では確認しようがないし、関係者に取材にいったところで「そんな事実はない」と突っぱねられるだけだろう。事実であったとしても表向きは存在しない事件なのだから。

祀島くんの言葉を疑うだなんて畏れ多いこと、普段は思い及びもしない私が、どうしたことかその放課後は神経を尖らせていた。その後のどこか非現実的な見聞への予感からかもしれない。あるいはそれほど、祀島くんの態度が不自然だったということかもしれない。

店に先客はなかった。カウンターに置かれた木彫りの人形と、奥まった床に寝そべったアイリッシュ・ウルフハウンドのフッフールが、無言でこちらを見返している。

「いらっしゃい、しかしまた大勢」灰色のレンズの眼鏡をかけた久世さんが、私に軽く手を振る。「こっちの都合で来てもらったんだから、今日はお代は要らない。どこにでも適当に坐って、まずは飲み物を」

フッフールにおっかなびっくりの摩耶は、祀島くんの後ろを離れようとしない。

「おとなしいよ。心配ないよ」と教える。

「でけえ犬」キリエは平然と進んでいき、アンモナイトのテーブルに鞄を置いた。「スクリュードライバー」

「カクテルは置いてないな。置いてあっても未成年者には出せない。そもそも祀島くん、この綺麗なお嬢さんは何者だ」

「京野摩耶さん」

「おいこら祀島、流れからいって、明らかにあたしを指しての科白だろうが。本当に喧嘩売ってんのか」

「ごめん、考えごとしてた」祀島くんはきょろきょろと自分の座席を選びながら、「一緒にいたの誰って訊かれたとき、京野さんと答えとくと無難だからつい。吾魚さんや桐江さんの名前を云うと、なぜかあとで違うじゃないかって怒られるんだよ」

「失礼の上塗りしてることに気づいてるか。おい気づいてるか?」

「いずれ菖蒲《あやめ》か杜若《かきつばた》。誰の話題かと迷う気持ちはわかるが」

「迷うんですよ」

「感じのいい店じゃないか」キリエは椅子に掛けた。「マスターも渋いし、わるくないよ」

「しばらく閉めとこう」久世さんはカウンターを出て、ドアの外のプレートを裏返した。ふたたびカウンターに戻りながら祀島くんに、「概略は?」

「話してあります。検視の情報は何か入りましたか」

「ここに刑事が来て——俺にもいちおう嫌疑がかかってるのかな——洩らしたよ、婆さんの手は間違いなく死んだあとに切断されたものだと。切断面でわかるらしい。とにかく飲み物を。ほかのお嬢さんたちも坐って」

私たちは狭い店内に散らばって坐り、それぞれに紅茶や珈琲を注文した。

「マスターさ、野原鹿子とどういう親戚なの」キリエが問う。

彼は珈琲豆やお茶の葉を用意しながら、「うちはもともと鎌倉の旧家でね、曾祖父《そうそふ》の代に遠縁だといって奉公にきていた女性が、彼女の祖母にあたると聞いた。ほとんど他人も同然だよ。婆さん——鹿子はずっと独身で、とうに親はなく兄弟もいない。老いるにつれて淋しさが増したんだろう、どうやって調べたものか、三年前、不意にこの店を訪れた。じつは子供の頃にも一度だけ会っている。フランスで公演してきたとかで、自動車に土産を乗せて鎌倉までやって来たのさ。子役から娘時代まで一貫してスタアだった鹿子が、前半生のピークを過ぎて、やっと人気が落ち着いてきた時代だな。しかし生身の彼女は神々《こうごう》しかった。目の前を通ったとき、おかしな表現だが、とても美しい大きな獣が横切ったような気がしたもんだ。それから三十年ぶりにここに現れた彼女は、すっかり小さくなっててさ、時の流れというのは酷《むご》いね。月一くらいで顔を出してたよ。俺のことマーシー、マーシーってさ——笑うな。学生時代のニックネームで、お客でも当時からの知人はそう呼ぶんだ。小耳に挟んで気に入ったらしい。『財産はあげるから最期を看取《みと》ってくれない?』とよく云ってた。そういえば遺産の話は聞かないな。遺言状はなかったのか。もちろん本気で聞いてたわけじゃないし、介護したわけでもないから関係ないが」

「幾らぐらいあんのかな」

久世さんは笑って聞きながした。全員の飲み物をつくって運びおえると、カウンター席に横坐りしてたばこを指に挟み、「祀島くんの話との重複があるかもしれないが、当夜のことを話そう。電話では云いそびれたが――俺も客席にいたんだよ。あの晩の芝居を観ていたんだ」

「そうだったんですか」祀島くんが驚く。

「婆さんの舞台は、初日、千秋楽、可能なら中日《なかび》あたりにも必ず覗いてきたよ、婆さんがチケットを持ってくるからな。座席はいつも人気のなさそうな端っこだが無料《ただ》観だから文句は云えない」

「当夜もですか」

「座席？　端だよ。わりと前――十列めくらいだったが、例によってだいぶ端のほうだった」

「どっちの」

「しも手側。番号の若いほう。続けていいかな」

「はい――あ、もう一つ。当夜のお客の入りは？」

「満席ではなかったな。八分から九分ってとこじゃないか」

「なるほど。どうぞ、続けてください」

久世さんはたばこに火をつけ、考えをまとめるかのようにゆっくりと煙を吸っては吐いた。

「――もともと映画の脚本として書かれた『琉璃玉の耳輪』は、舞台で演じるには不都合な場面が多く、それを補うため、中盤にある『カリガリ博士』風の幻想場面の前に、伯爵夫人の長い独白が加えられたと聞いた。科白が終わると舞台が暗転する。倒れたのはその直後だ。ばたん、と大きな音が聞えた。前の方だったからな。しかし転倒は芝居の一部のようでもあった。初めて観にきた人間は全員がそう思いこんでたろう。初日は引き続き幻想場面に入ったのに、間もなく場内が明るくなって休憩のアナウンスが流れた。何かあったらしいと気づいた。というのも婆さん、今年に入ってから一度心不全で倒れて救急車で運ばれてるんだ。大事には至らなかったものの、念のため『琉璃玉の耳輪』は熊本柊とのダブルキャストになった。俺も心配で、休憩のあいだに楽屋に繋がってるらしい、階段の途中にある通路まで行ってみたんだが、突当りのところに、真四角の厳《いか》めしい顔した警備員が両脚をふんばってるのを見ると、気がそがれてしまった。親戚だとでも云えば入れてくれたろうか。いや無理だったな。証明する手立てがない」

「野原さんの周囲には、久世さんが遠縁だと知っている人はいないんですか」

「少なくともマネージャーは――枕崎《まくらざき》という田舎臭い男だが――親類だと信じているかどうかは別として、俺との交流は知ってるよ。この店に一緒に来たこともある。劇団の連中とは話したこともない。一度、枕崎の案内で終演後の楽屋に入ったことがあるが、変な世界だね。どこの誰とも知らないくせに、お疲れさま、お疲れさま、と頭をさげてくる」

私は内心で笑っていた。久世さんの奇妙なほど特徴のない風貌を前にしていると、彼とすれ違った際の俳優や裏方たちの心理が手にとるようにわかる。特徴がないのが特徴とすらいえる人で、歳の頃も判然としない。今はこの店にいるから「久世さんだ」とわかるが、かりに彼が眼鏡でも変えて学校の中を歩いていたら、私や祀島くんですら「なんの先生だったろう」と思いながら挨拶してしまうに違いない。

「休憩が終わり芝居が再開され、また伯爵夫人が舞台に現れると、さすがの俺も一瞬『なんだ、大丈夫だったか』と思ったよ。あの熊本柊は本当に婆さんそっくりだった。見た目はまったくわからない。声の微妙な違いから交替に気づいた。不安なまま舞台を見届け、まっさきにロビィに出ていったら、目の前を枕崎が駆け抜けていった。名前を呼んだ。すると戻ってきて『ショックを受けないでください』と云う。

彼の説明で、ようやく裏で何が起きていたのか知った。科白のあとで婆さんが倒れたのを、最初はスタッフたちもアドリブだと思っていたそうだ。あの舞台は全体が廻転するようになっていて、裏側の闇ではつねに次の場面の準備が進んでいる。舞台が廻った。しかし婆さんが起き上がる気配はない。怪我でもしたのかと枕崎が近づいてみると、すでに息をしていなかった。婆さんは控室に運ばれた。救急車が呼ばれたが、誰の目にも彼女は絶命していた。演出家は舞台の続行を決め、待機していた熊本柊が呼ばれた。大急ぎで伯爵夫人に扮させ、観客に違和感を与えないようメイキャップを似せ、婆さんのレエスの手ぶくろ——トレードマークだから何組も持ち歩いてるんだ——の予備をつけさせる。泣いている者など一人もいなかった。そんな余裕はなかった。休憩を二十分に引き延ばしたあと舞台が再開され、付人は婆さんの控室に戻った。すると顔に布を掛けて蒲団に寝かされていたはずの婆さんが、見当らない。いつしか救急隊が到着して、外に運んでしまったのだと思った。そのとき、まさに救急隊が枕崎に案内されてきたものだから、ようやく遺体が消えたのだとわかった。舞台が始まっているから手隙《てすき》の者は少ない。枕崎が中心になって舞台裏の隅々、駐車場、観客ロビィや喫煙所、果ては喫茶室の厨房に至るまで探しまわった。そして終演直前、付人が観客用の女子トイレの一室に婆さんを見つけた。鍵の締まった個室——といっても上の方が空いているから密室でもなんでもないが——その中に、婆さんの遺体だけ坐っていたという。右手のことは？」

「話してあります」

「そうか。トイレはさっそく封鎖された。遺体は、そのまま救急隊によって運び出されたという。俺と会ったときの枕崎は婆さんの右手を探してたんだ。ごみ箱やなんかをね。ブレスレットもないと騒いでたな。本物かどうかわからないがルビィやダイヤが幾つも入った代物で、それだけは婆さんの私物だったらしい。手のことも気になったが、とにかく病院を訊いて婆さんに会いにいった。彼女は地下の霊安室にいた。黒いヴェルヴェットの伯爵夫人の衣装のままだったが、帽子も付け睫毛《まつげ》も取り払われ、莫迦みたいなシャドウもいくらか拭われて、舞台化粧を近くで見たとき独特の滑稽さはなかった。大女優の抜け殻にふさわしい、なかなか立派な寝顔だったよ。腕は見せてもらえなかった。その夜を徹して劇場じゅうが検証されたそうだ。切断作業がおこなわれたのはトイレの個室の中に違いないという結論だったそうだが、それらしき刃物は見つかっていない。右手も、ブレスレットも」久世さんはまたたばこに火をつけた。

私たちは声を発せずにいたが、やがて祀島くんが咳払いをして、「まず久世さんの推理をお聞きしたいんですが。いったい何者が、そんな奇怪な事件を引き起こしたと？」

「俺は探偵じゃないよ。祀島くんやこのお嬢さんたちのような頭はない。天竺桂《たぶのき》雅《みやび》殺害事件を解決するような物凄い頭はね。本当は君らのお手柄なんだろう？」

「一応。でもなんらか、思いつかれてますよね」

「みんなと違って、俺は客席側からとはいえ、現場に立ち会っていたからな、憶測の材料がないでもない。話そう。終演後、枕崎の話を聞いているうちに観客たちがロビィに流れ出してきた。人混みのなかに――客席から出てきたのかどうかはわからないが――奇妙な女を見たよ。古着風のジーンジャケットを着た、やけに青白い顔をした若い女だ。安っぽいボストンバッグを大切そうにかかえて、ぶつぶつと独り言を云いながら通り過ぎていった。上着の袖にはペンキを散らしたような染みが幾つもあった。まだ話の途中で、婆さんの右手が消えたというくだりまで至っていなかったから、そのときは不気味な女としか思わなかった。上着にしたって、わざとそんなふうにした製品もあるだろ？　枕崎の話を聞きおえたあと、まさかと思ってロビィを駆けまわってみたが、もはや影もなかったな」

アルケオプテリクスは平常の営業に戻り、祀島くんと摩耶はアンモナイトの席で数学、私とキリエはしばらくフッフールを構ったあと、カウンターで久世さんお勧めのデミタス珈琲を飲んだ。通常の分量の粉で小鳥の水入れのように小さなカップに落した、濃厚な珈琲だ。

「砂糖入れなくても甘いんだ」キリエがびっくりした顔をする。

「珈琲豆本来の味だよ」と久世さんが誇らしげに答えるのが、耳に心地よかった。記《しる》し損ねてきたけれど、ここの珈琲と紅茶は、香りも味も素晴しいのだ。

祀島くんの個人授業が終わるのを待って、私たちは店を出た。摩耶は電車のなかでもプリントを眺めては首をかしげていたが、ともかく学校に戻るべく吉祥寺で降りていった。キリエは井の頭線なのでやはり吉祥寺で降りた。私は国立《くにたち》、祀島くんの住む団地はもっと先だ。

——晩、帰ってきた不二子《ふじこ》に、店で聞いてきた話を伝えた。さぞや興味を示すだろうと思っていたのに、その反応は意外と冷たかった。

「猟奇的ではあるけど、結局は死体損壊と、ブレスレットが盗まれたんだとしても窃盗でしょう？　凶悪事件とは云いかねるのよね」不二子は強行犯係なのだ。

「刑事魂が燃えないかなあ。遺体の移動もふしぎだし、実話だとしたら謎だらけの難事件だと思わない？」

「実話だとしたらね」と痛いところを突いてきた。私自身からして、どこか久世さんの話を信じきれずにいる。

「お姉ちゃん、確認できないの？」

「昴《すばる》劇場でしょ、所轄《しょかつ》どこだったっけなあ」とたばこをくわえる。

「換気扇の下」

「はいはい」と立ち上がって、「あした庚午くんに訊いといたげる。あの人、あちこちに顔が利くから。その代わり彩子、きょう食事当番ね。材料あるからシチューつくって」

II　琉璃玉の耳輪

翌夕、庚午さんから電話がかかってきた。「飯田橋署にいる同期に訊いてみましたよ。野原鹿子の遺体、たしかに損壊していたそうです」

現実の話だったのか。私はかえって驚きながら、「右手ですか」

「ええ。そのマスターから聞かされた話、ぜんぶ事実だと思っていただいて間違いないです。切断された右手も、ブレスレットも、まだ発見されていません」

「久世さん――マスターですけど、血の付いたジージャンを着た、怪しい女性も見掛けてるんです」

「なんと。しかしその女の正体もいずれ明らかになりますよ」

「どうして？」

「彩子さんの推理で。昴劇場に行かれたことは？」

「一度もないです」

「『琉璃玉の耳輪』だったら今週いっぱい掛かってますよ。明日のだったら何枚か手配できると云ってますけど、どうします。何枚？」

「できるんですか」

「ええ、事件を解決してもらえるなら。その同期が担当なんですよ。生真面目な人間なもんで、すっかり悩みこんでまして」

「解決なんて保証できないですよ。いや、むしろ無理です」

「なにかヒントを見つけてくれるだけで充分だと云ってます。もっとも高校生に頼るつもりとは僕も云えないんで、俺が推理してみせるなんて云っちゃいましたが。ついでに岩下瑞穂《いわしたみずほ》の事件も天竺桂雅の事件も、俺が解決したって嘘ついちゃいました。すみません」

「基本的には構いませんけど、天竺桂邸の事件はまずいでしょう。庚午さん、その場にいなかったんだから」

「現場に行かず、事件すら知らないうちに解決したなんて云っちゃいました、まあ流れで。芝居自体、かなり面白いらしいですよ。彩子さんがその気になってくれるなら、お友達の席も用意しますが」

すこし迷ったけれど、四枚お願いします、と頼んでしまった。これぞ祀島くんが望んでいた展開ではないかという気が、ふとしたのだ。

「僕のと合わせて五枚ですね、大丈夫でしょう。でも合コンは欠席だな」

「ああ、例の。お姉ちゃん、凄く楽しみにしてますけど」

彼はしばらく沈黙した。「——吾魚さんも出るつもりだったか」

「人数に入れてなかったの？　庚午さん、命が危ないですよ」

「交通課の若い子たちが僕の同期たちと飲みたがっているというんで幹事を引き受けましたが、

吾魚さん、自分も出るつもりだなんて一言も」

「そんなの口実ですよ。あの人が私利私欲以外のために動くわけないでしょう」

「座席を増やすのは簡単だけど、これ以上男女比を崩したら翌日殴られそうだな。そうだ、その飯田橋署の——未だ街を歩いているとモデルにスカウトされるほどの、長身の美男なんですよ。ゲイなんで人数から外して考えてましたが、これも仕事と説得して送り込みましょう。吾魚さんがおとなしくしてくれてたら、僕が動きやすいのは事実ですから」

「見た目の比率のために、重要な比率を犠牲にしようとしてませんか」

「どういう恋の花が咲くか楽しみですね」

†

昭和初頭の東京。

女探偵岡田明子《おかだあきこ》のもとにヴェールで顔を隠した貴婦人が現れ、黄《おう》という中国人の三人の娘を捜し出すよう依頼する。上から、瑶子《ようこ》、瑛子《えいこ》、琇子《しゅうこ》。三人の特徴は、琉璃の玉のさがった白金《プラチナ》の耳輪《イヤリング》を着けていること。雲をつかむような依頼だったが、莫大な経費が提供されるうえ、ちょうど一年後、三人を無事彼女の許《もと》に届けたなら、成功報酬も与えられるという。

当てもないまま三姉妹の影を求めて銀座に出掛けた明子は、かつて恋い慕った桜小路伯爵の嗣子《しし》、公博《きみひろ》の姿を見掛け、思わずそのあとを追う。公博は車を横浜南京町《なんきん》まで走らせ、いそいそと裏通りに入っていった。明子は忘れかけていた不快な噂を思い出す。公博が南京町のマリーという混血の売笑婦に夢中で、足繁《あししげ》く通っているという話だった。たしかマリーは白金の耳輪をつけているとも聞いた。

短髪ですらりとした容姿の明子は、洋服店でシルクハットとフロックコートを求め、男性の姿でマリーの店に入っていく。店の正体は阿片窟《あへんくつ》だった。そしてマリーが耳につけていたのは紛《まぎ》れもなく、琉璃玉のさがった耳輪だった。明子は宝石商の岡田明夫《あきお》を名乗り、言葉巧みに彼女の正体を探ろうとする。

自分は黄の娘などではないと云い張っているが、マリーの正体は瑛子だ。三姉妹の養父であった山崎《やまざき》というサディストの目を欺《あざむ》くため、フランス人との混血を演じていたのだ。山崎のもとには、まだ末の琇子が軟禁されている。外を出歩くときは山崎が男装をさせ、その美貌を人目から隠すので、道行く人たちは少年としか思わない――

人物がしばしば性別の壁を通り抜けながら展開する『琉璃玉の耳輪』は、探偵ものを装った前衛劇であり、人間の特殊な心理を題材にした幻想劇でもある。このシナリオは『第七官界彷徨』(一九三一)で名高い尾崎翠《おさきみどり》(一八九六―一九七一)が、同作を発表する以前の無名時代、阪東妻三郎《ばんどうつまさぶろう》プロダクションの公募に応じるために書いたものである。残念ながら入賞は果たせなかったが、他部門での入賞に値すると評価され――云々《うんぬん》とプログラムの前口上にある。要するに当時は映画にならずじまいで、作者の歿後《ぼつご》、原稿が再発見されたのだ。

私に専門的な目はないから、芝居については自分に面白かったかどうかしか云えない。演劇公演なんて文化祭の演劇部のものを除いたら、小学校の課外授業で観た『奇跡の人』以来のような気がする。結論を云えば「面白かった」。特に後半のめまぐるしい展開は息をもつかせない——んだけれど、たぶん予備知識があったらもっと楽しめた。役者の衣装やセットから古めかしくおっとりした話と思いきや、展開や会話は現代的でスピーディだし、シリアスな場面かと思っていたら悪ふざけだったり、悪玉かと思いきや悩める善人、善玉かと思いきやただの頼りない人、そして男性かと思いきや女性——「かと思いきや」がやたらと多いのだ。頭の中の情報更新が視覚の速度に追いつかず、途中からすこし酔っ払ったような状態で観ていたという気もする。この人、本当は女だっけ、と隣の摩耶に何度訊ねたことか。

もはや野原鹿子を模す必要のない熊本柊は、実年齢に相応の艶《つや》やかな声を出し、手ぶくろも最低限に、必要な衣装のとき目立たない黒のシースルーをつけている程度だった。鹿子は手の演技が強調される大柄のレエスや、サテンや、ラメ糸を織り込んだ手ぶくろを好んだとテレビで云っていたから、わざと違いを出していたことになる。

反対隣の祀島くんが、ああ、と閃きか納得か、ともかく例の声を発したのは、最初の場が終わり、久世さんが話していたとおりに舞台が広範囲にわたって水平廻転を始めたときだった。しかも手からかみ手へ、つまり上から見ると時計の逆にゆっくりと廻っていき、裏側に用意されていたセット上ではすでに次の場の俳優たちが演技を始めている——そんなふうに舞台が明るいままに場面転換がおこなわれる場合もあれば、いったんあかりが落とされて闇のなかに舞台が廻る低い音が響き、ぱっと照明が点くと光景がまるで様変わりしている——という使われ方もあった。

「ぐるぐる廻ってた。最近の舞台って凄いんだね」休憩時間のロビィで祀島くんに云い、

「歌舞伎のために発明されて世界じゅうに広まった仕掛けだよ。江戸中期にはすでにあった。もちろん昔は人力だったけどね」と教えられた。

「そうなんだ」物識らずは恥ずかしい。


「こういう道かなあ。モンローが手招いているような気が」終演後の喫茶コーナーで、キリエは真剣に考えこんでいた。女優への憧れをいっそう煽《あお》られたようだ。「でもブスだしなあ。やっぱり整形か」

「キリエならそのままで大丈夫よ。背が高いから相手役を選ばないし」

「誰が宝塚で男をやると云った。ゲロの話して泣かすぞ」

「私、キリエだったら女優として行けるんじゃないかと思うよ。そういうすとんとした容姿の女優さんもいるじゃない。きっとニーズはあるよ」

「また彩子が微妙な誉め方を。つまり華がないんだな、あたしの顔は」

「整形とかやめてね。キリエがおめめぱっちりになったりしたら気持ちわるい。絶交だから」

「あんたはいいよ、余裕があって。そのわりに男運がわるいのも見てるから腹は立たないけどさ。神様っているんだなあと思うよ」

「ひどい」

庚午さんが駆け足でコーナーに戻ってきた。「到着したマネージャーと話しました。彼が楽

屋や舞台を案内してくれるそうです。皆さんのことは僕の助手だと説明しちゃいました。申し訳ないけど、そんなふうに話を合わせてください。いいですか、桐江さん」

「なんであたしにだけ確認するんだ」

「いちばん文句を云いそうだから」

「ねえ庚午さん、キリエが女優になるために整形するんだって。どう思う？」

すると彼はキリエの顔を見つめながらするりと、「可愛いのに勿体ない」

彼女は眼のまわりを赤らめた。「摩耶——莫迦、何云うんだよ。冗談だよ、するわけないじゃん。喧嘩売ってんのか」

私たちが飲み物の紙コップを捨てていると、円《まる》っこいセル縁の眼鏡をかけた半コート姿の男性がロビィに現れた。コートの衿の上にスウェットパーカのフードを出している。

「野原鹿子のマネージャーの枕崎です。いやあ、この度はどうも、なんと申しますか、すみません、しかもこんな恰好で。本当はネクタイを締めてたんですが、ちょっとしたトラブルと云いましょうか、出掛けにずぶ濡れになってしまいまして、時間がなかったものですから、慌ててですね、もうまったく」ハンカチで顔を拭い、ぺこぺこと何度も頭をさげながら、要領のわるい説明をする。四十代の後半から五十代、想像していたとおりの年輩だったが、顔だちも髪型も都会的で久世さんの話の印象とはだいぶ違う。それが近づいてきたときの印象だった。田舎臭いというのは言葉つきや態度のことらしい。たしかに洗練とは程遠い。

「雨にでも降られましたか。降りそうだったかな」

「いえいえ雨では。じつはその、夫婦喧嘩で鍋を投げつけられましてね、中に入っていた味噌汁を頭から。いやもう、お恥ずかしい」

なにか、におうと思っていた。お味噌の匂いだ。

「野原先生が亡くなってから、どうも夫婦仲がしっくりといきませんで。ともかく庚午先生、こちらへどうぞ、少年探偵団の皆さんも」

「――と僕らを紹介したんですね。すると庚午さんは明智小五郎？　警部補だったら古畑任三郎のほうが」枕崎さんが進みはじめるのを待って、祀島くんが笑いまじりに云う。

「あの人も警部補なんですか。なんとか説明を簡略化しようと思って。勘弁してくださいよ」

庚午さんは顔の前に片手を立てた。

「そう申しますのも、じつは私、もともとこういう世界の人間ではございませんで」枕崎さんの話は続いていた。「劇団のグッズなどを造らせていただいていたんです。つまり徽章《きしょう》屋で」

庚午さんがその横に並んで、「寝つきがわるいんですか」

「いえ起床ではなくて徽章です。発音が同じか。バッヂやメダルのことです。背広に付ける社章や学生帽に付ける校章や、トロフィや楯《たて》やネクタイ留めといった表彰の記念品などを造る、小さなメイカーを経営していました」

「珍しいご商売ですね」

「数からいえば珍しいほうでしょうか。しかし徽章のお世話にならない人はいないでしょう。警察の方々も探偵団の皆さんもいろいろと持っておられるかと。親の代からの家業でしてね。

野原先生には、劇団の団員章や演劇賞で贈られるブロンズ像、一般の方にお売りする公演にちなんだ缶バッヂなどでお世話になっておりました」

「ああ、そういう物も」

「なんでも造っていました。個人からの依頼にも応じておりました。もちろんあるていど数がないと単価が高くなります。そういった部分を、かっこよく申せば良心的にやり過ぎたんでしょう、五年ほど前に会社を潰してしまいまして。社屋《しやおく》やなんかを売り払って大きな借金はせずに済みましたが、つまりは失業してしまったわけです」

「それでマネージャー業に」

「そうなんです。年齢が年齢だけになかなか次の仕事も見つからず困っておりましたところに、野原先生からお電話が。『会社が倒産したと聞いたけれど、これからはどこに頼めばいいのかしら』とおっしゃるので、知合いの業者をご紹介しました。それだけのお電話かと思いきや、今度は『あなたはこれからどうなさるの』とおっしゃる。『一から、いやマイナスから出直しです』と申しましたら、なんと『今のマネージャーが結婚するために辞めると云いだしたんだけど、その代わりをどうかしら、あなたなら公演の予定をよく把握しているでしょう』――私のいったい、どこをどう気に入ってくださってたんだかわかりませんが、そうやって先生のお引き立てだけを頼りに、見ず知らずの世界に飛び込みました次第です。つまり私は劇団の人間でもなければ、芸能プロダクションから派遣されている人間でもなく、野原先生に個人的に雇われてきたに過ぎないんです」

「すると現在、お仕事は」

枕崎さんは大袈裟に両手を広げて、「いよいよマイナスからの出直しです。先生は、自分に万一のことがあった時のために次の行き先は考えておいてあげるなんて、よく冗談めかしておっしゃってましたが、その遑《いとま》もないような突然の最期でいらしたわけです。せめてこの公演くらいは最後まで務めさせてあげたかった。私のほうは俗にいう旧《もと》の木阿彌《もくあみ》ですから――五年間、華やかな世界で夢をみさせていただきました」

つらい現実を笑い飛ばそうとしている姿が、私の目には痛々しかった。大きな星が失せるとその周囲も光を得られず、闇に覆われてしまうのだ。

「動機あり」とキリエが私の耳許で囁く。

「枕崎さん？」驚いて囁き返す。「野原さんに死なれたら、いちばん困る人だよ」

「殺人だなんて誰も云ってないだろ、莫迦だな」キリエは私の肩をつかんで歩みを止めさせた。いつも以上の早口で、「起きたのはあくまで、腕輪の窃盗事件とそのための死体損壊事件さ。金持ちの婆さんが勝手に死んで、その死体を何者かがえっちらおっちら移動させたり、手首をぶった斬ったりした。なんのため？　趣味？　家訓？　もっと普通に。金のために決まってる。本当に金目なのか金目に見えただけなのか知らないが、犯人は婆さんの腕輪がどうしても欲しかったんだよ。婆さんが死んじまったことをまっさきに確認した、あのおっさんの胸に去来した思いはなんだ？　もちろん悲しみもあったろう、でも人間てのは同時進行で現実も考える。失業だ。当座の金がいる。んじゃせめて、あとでこの腕輪を――」

「キリエって」私はすっかり感心して云った。「本当に性格悪いんだ」

「あのさ、誤解なきように云っとくけど、普段からこういう思考してるわけじゃない。今日の目的は芝居見物じゃないだろ。事件は起きたんだ。つまり犯人はいる。しかも楽屋に出入りできた人間のなかに」

「ね、ふたりとも」摩耶が階段の手前から私たちを呼ぶ。「見失わないでよ」

エントランスに通じる広く短い階段の途中に、観葉植物の鉢で目隠しされた関係者入口があった。久世さんが進んでいくのを諦めたというのは、この入口だろう。入っていく摩耶の背中を私たちは追った。

「なんのために、を問い続けるんだ。彩子、これはきっとそういう事件だよ」

久世さんの話とそっくり同じく、長い通路の突当りでは、真四角の顔をした警備員が両手を後ろにまわして直立不動を保っていた。同じ人物だろう。すでに今日の公演は終わっているというのに、殺気すら感じさせる目つきで近づいていく私たちを睨みつけていた。久世さんが進入を諦めたのも無理はない。しんがりの私とキリエが目の前を迂るとき、四、五、と彼が口の中で呟いたのが聞えた。枕崎さんのコートの胸にはワッペン状の通行証が付いている。それが無い部外者の数を、ちゃんとカウントしているのだ。場を離れながらふり返り、彼の視線の上方にモニターテレビが吊られているのに気づく。何が映っているのかは確認できなかった。

俳優たちと会えるかもしれないという期待がないでもなかったのだが、廊下はすでにがらんとして、前を行く四人以外に人影は見えなかった。毛足の短い絨緞張りの床と、布張りの壁、その片側に並んだ簡素な白いドアが、ぽかんと明るい照明にてらされているばかりだ。

「どんな場所かと思ってたら、ただの公民館じゃん。こんなもんか」

キリエの云うとおり、大きな公民館の中にならこんな場所もあるかな、といったふうだ。舞台裏などという秘密めいた響きとは程遠い。ドアの横のホワイトボードにプログラムにあった俳優の名前が記されているのを見て、本当に楽屋なんだ、と落胆まじりに思った。

「ここが先生が使われていたお部屋です。もちろん今は誰も使って——うわ」ドアの一つの前に立ち止まり説明を始めようとしていた枕崎さんが、反対側の壁ぎわまで跳びすさった。彼がノブに触れるまえにドアが開いたのだ。

顔を出したのは、二十歳前後の、まだ面立ちにあどけなさを残した、とても色白な女性だった。唇だけ動かして私たちに挨拶する。私は息をつめてそのさまを眺めていた。彼女は古着風のジーンジャケットを着ていた。それに久世さんは「やけに青白い顔をした若い女」と云ってなかっただろうか。しかし彼女の上着の袖に、久世さんが見たような染みは見当らない。それにデニムのジャケットなんて、たぶん持っていない若者のほうが少ない。

枕崎さんはまたハンカチで顔を拭いながら、「ああ驚いた。こっちで待ってたのか。ご紹介します、野原先生の付人をやっておりました多津瀬奈緒《たつせなお》、ここから先生のご遺体が消えたことに最初に気づき、その後、トイレで発見した人物です。彼女の話も聞かれたいかと思い、いちおう来てもらいました」

キリエが私のところまで後ずさってきて、「役者の付人ってさ、やっぱり役者の卵がなるのかな」

「本人に訊いたら」

「モンローの番組でさ、彼女が『イヴの総て』って映画にちょい役で出てた場面が紹介されて、それはテレビで観たことあったよ。大女優の付人がその人脈をどんどん奪って、新進女優にのし上がってくんだ。そういう狙いなのかな」

「だから本人に訊いて」

「そうしよう」キリエは多津瀬さんの前に進み出ると、「ね、『イヴの総て』って古い映画、観たことある?」

　前置きもなくそう質問してきた長身短髪の少女を、彼女は呆気にとられて見上げながら、

「――いいえ」

「役者の卵?」と彼女の鼻先に指を突きつける。

「はい、まあ」

「観てればよかった。いまごろ大女優になれてたかも」

「そうなんですか」

　控室は畳《たたみ》敷きで、少なくとも私の部屋よりは広かった。窓はなかったが、何人もが並んでメイキャップできるような長い鏡と造りつけの台が壁を大きく占めているほか、大きな姿見もあり、それらが室内を映し合っているので息苦しさは感じられない。水も使えるようになっているし、私物らしい小箪笥《だんす》や革張りの座椅子なども持ち込まれており、なかなか居心地よさげだ。

化粧台には花束の入った花瓶が並んでいる。祝儀花の残りにしてはどれも生き生きとし、また白い花が多い。劇団の人々が供え続けているのだろう。

「ここに舞台の様子が映るんですね。警備員が立っている正面にもありましたけど」祀島くんが、ふり返った壁の上方を指して問う。その天井に近い位置にもまたモニターテレビが据え付けてあった。

枕崎さんは靴を脱いで上がり込みながら、「ええ、音声も楽屋全体に流れます」

ただ廊下を睨みつけているだけなんてつらそうな仕事だと感じていたので、そう聞いてなんとなくほっとした。するとあの警備員は、映像でとはいえスタッフなみの密度で舞台を見守り続けてきたことになる。ここでは海外の劇団が公演したり音楽コンサートもおこなわれるから、一端《いっぱし》の芸能評論家になっているかもしれない。

「多津瀬さん、警察の庚午宗一郎《そういちろう》先生とその助手の皆さんです。野原先生が亡くなったときのお話を」

「――はい」と彼女は畳に上がった。私たち全員が上がるのを待ってから当日の様子を語りはじめたが、残念ながら話の巧い人ではなかった。はにかみ屋の子供のようにしどろもどろなのだ。庚午さんが途中でメモをつけていた手帳を閉じてしまったほどだ。

野原鹿子が倒れた直後は、ただおろおろしていたと彼女は云った。周囲も多津瀬さんなど眼中になかった。やがて熊本柊の代役により舞台が再開された。混乱しきっていた彼女の胸中に僅かな安堵が生まれたが、同時に恐ろしいまでの疲労感が押し寄せてきた。立《た》ち眩《くら》みに襲われた。帰ってしまいたくなった。せめて物言わぬ姿となった鹿子に舞台の続行を報告してからと、ふらつく足でここまで辿り着き、ドアを開けてみたら、寝かされていた遺体がない。畳に上がって部屋を見回しているところに、救急隊を従えた枕崎さんが入ってきた。

「先生は、と訊かれて、まだ遺体が運び出されていなかったことがわかって、先生は消えてしまわれたんだと気づきました。それから私」ちらりと枕崎さんを見る。「また立ち眩みに襲われて——そのまま倒れてしまって」

庚午さんはふたたび手帳を開いた。「倒れた？　ここでですか」

「あ、はい。すこしのあいだ気絶していて、起きたら毛布が掛けてありましたけど、部屋には誰もいなくて、モニター上では舞台が続いていて、熊本さんが代りに演じていらっしゃるという意識はあったんですけど、あまりにも先生にそっくりというか、先生そのもので——私、どこまでが現実でどこまでが自分の夢や想像だったのかわからなくなってしまって、そもそもこの劇場は現実の劇場なのか、それとも夢のなかの劇場なのか、どっちなんだろうと思って、部屋の外に出てみたんです。しばらくそこの廊下をうろうろしていたら、枕崎さんが現れて」

「それが何時くらいでしょう」と庚午さんが枕崎さんを見る。

「最後の幕が始まった頃ですね。あの日は九時四十分くらいまでかかりましたから、九時十分くらいでしょうか。そこの廊下に真っ青な顔をした彼女が立っておりまして、もう大丈夫かねと声をかけましたら、先生が亡くなったのは夢ですか、と云うんですね。亡くなったのもご遺体が消えたのも現実だと申しましたら、女子トイレとか探してみますと云って、客席側へ」

「なぜ多津瀬さんはそのとき、女子トイレと？」

「――なんとなく。枕崎さんは入りにくいかと。もう誰かが見たって云われたんですけど、また一応と思って」

「確認済みだった？　そのときは見つからなかったんですか」

「見つからなかった――と報告を受けていました」枕崎さんが答える。「客席側のトイレはぜんぶ確認した、と。ばたばたしておりましたので、スタッフのなかの誰からだったか」

「なるほど。多津瀬さんが最初に覗いたトイレはどこですか」

「遺体を見つけたトイレです。あ、でも遺体というか――個室の中から床に血が溢れているのを見つけて、枕崎さんに電話で報告しただけで」

「電話で？」

「ええ、ロビィの公衆電話から携帯電話に。走るより早いですから」

「そうか、そのとおりですね。それにしてもいきなり的中ですか。ずいぶん勘が鋭いという感じがしますが」

「勘――もあったかもしれません。頭では、いちばん遠いトイレから順に見ていこうという、単純な考えでした」

「今のお話はぜんぶ飯田橋署の人間にされましたか。誰もいないこの部屋で目覚めて、しばらくうろうろしていたというくだりとか」

「いえ、訊ねられなかったことは自分からは――怪しまれるのは厭《いや》だったし」

ふう、と庚午さんは息をつき、私を、そして祀島くんを見た。

「ええと、その後のことも一応」立って聞いていた祀島くんが畳に膝をつく。「当夜はいつまで劇場に残られてましたか」

「枕崎さんがトイレに来られて、先生の遺体だというのを確認されて、私、本当にもう、ぐったりとなってしまって——お願いしてすぐに帰らせてもらいました。楽屋から荷物を取ってきて、そのままお客さんたちと一緒に」

「ということは正面の階段を通って？」

「はい」

「その上着さ」キリエが口を挟む。「その晩も着てた？」

「——はい」彼女は不安げに肯定した。

「荷物は持ってた？」

「仕事のときはいつも肩から鞄を。先生の物をいろいろ持ち運ぶ必要があるので」

「どんな」

「ボストンバッグ——実家から持ってきた安物なんですけど」

私たちは顔を見合わせた。久世さんが目撃した女性は彼女だ。

ああ、と祀島くんが声をあげる。「多津瀬さん、あなた、久世さんにはまだ会ったことがないんですね？」

彼女はふしぎそうに彼を見返した。「誰ですか」

祀島くんは笑いだした。他はぽかんと彼を見ていた。

「まだ付人になってふた月ほどの新米でして。それがこんなことに」枕崎さんが云い、多津瀬さんに久世さんのことを簡単に説明した。口調に苦々しさが滲んだ。快い存在とは感じていないようだ。

「野原さんのブレスレットのことも伺いたいんですけど」祀島くんが話題を変える。「遺体はブレスレットを付けたまま、蒲団に寝かされていたんですよね。どうして?」

批判を含んでいるととれなくもない口調に、多津瀬さんはまた視線を彷徨《さまよ》わせた。「どうして――と云われても」

「きょう舞台を拝見したんですが、伯爵夫人役の熊本さんは、大きなイヤリングや何重にもなったネックレスといった、目立つアクセサリィを幾つも身に着けていらっしゃいました。野原さんの伯爵夫人もそうだったんでしょう。なのに当夜熊本さんが野原さんに扮するにあたっては、なぜすべての小道具が遺体から彼女に受け渡されなかったんですか。ブレスレットは野原さんの私物だったそうですけど、熊本さんに与えられた課題は野原さんに扮することだったんだから、むしろそういった物こそ、貸し出される必要があったんじゃないかと思うんですが」

「それは私のほうからご説明いたします」枕崎さんが祀島くんに膝を向ける。「外れなかったんです、あの腕輪だけが。熊本さんと野原先生の、お衣装はサイズ違いがそれぞれに用意されておりましたが、アクセサリィ類は共有でした。と申しますのも、おそらく多津瀬も聞かされてこなかったかと思うんですが、先生が舞台でお使いになってきた宝飾品は、一つたりともまがい物ではないんですよ。まがい物を着けていてはまがい物の芝居にしかならないとおっしゃって、公演のたびに役柄に合わせた宝飾品を、ご懇意《こんい》な宝石商から自腹でレンタルされておったわけです。レンタル料でも相当額になるような品物ばかりです。この度はダブルキャストでしたから、熊本さんが演じられる晩はそれらを気前よくお貸しになっていました。ですから先生が倒れられ、舞台監督の柳瀬《やなせ》さんが『熊本で続ける』とおっしゃったとき、私がいの一番におこなったのは、先生のお耳や手からアクセサリィを外して小道具係に託す作業でした。先生亡きあとの管理は私の仕事ですから、責任重大ということで」

「作業はここで？」

「ええ、ここでおこないました。ところがあのがっちりとしたプラチナの腕輪だけが、専用の鍵でも必要らしく外れてくれなかったものです。以前は見掛けたことのない物で、私はてっきりレンタル品の一つだと思いこんでおったんですが、事情を熊本さんに伝えてもらったところ、そんな物は借りたことがないとのお返事でした。そこで先生の私物なのだと初めて気づきました次第で」

「ルビィやダイヤが入った立派な物だったと聞きました」

「石はぽつぽつと鏤《ちりば》めてありました。紅いのが五つ六つ、小さなダイヤらしいのがもうすこし。しかし価値のほどは──まえの仕事柄、金属のことはよくわかるんですが、石につきましては正直、本物だったかどうかもわかりませんで」

「本物です」多津瀬さんが、彼女にしてははっきりした声をあげた。「亡くなる何日かまえ、綺麗でしょうとおっしゃって、じっくり見せてくださいました。贋物をそうやって人に見せるような方ではないです。あの宝石はぜんぶ本物です」

——ふたたび廊下に出る。控室が並んでいる反対側に舞台かみ手側に通じる大きな扉があったが、大道具の搬入に使われたきりで、その後は厳重に施錠されているという。

「ご覧のとおり大きな扉ですから、誰かが迂闊に開閉すると舞台にあかりが洩れかねないわけでして。ですから舞台への出入りは、もう一方のしも手口からです。かみ手から登場する人物もしも手から入り、セットの裏側を通ってかみ手に。ちなみに大道具はそれで駐車場から上げてきて、運び込む仕組みです」扉の真反対は大型エレヴェータのドアだった。

「駐車場とじかに繋がってるんですか。するとこれに乗ってくれれば誰でも楽屋に?」庚午さんが問う。

「いえいえ、部外者は無理です。下の乗降口は正面が守衛室です。しも手口へご案内します」

廊下を進む。控室のドアのほかに、給湯室や自動販売機が置かれた小さなロビィがあり、後者の長椅子のまわりには、銀色のスタッフジャンパーを着た人たちがいくらか居残っていた。トイレへのドアも見えた。

「遺体が出てきたのってあのトイレ? あ、違うか」とキリエ。

「こう近ければさほど首をかしげずに済んだわけですが、どうしたことか客席側の、ここから最も離れたトイレです。さっき皆さんがジュースを飲んでいらした場所の先の。そちらの状況もあとでお見せします」

舞台のあかりはもちろんのこと、客席のあかりもすでに落されているので、しも手口の周辺は薄暗かった。舞台のすぐ手前にある小部屋へ追いやられているグランドピアノに、祀島くんが興味を示した。勝手に鍵盤の側へと入り込み、きょろきょろと周囲を見回してから、「これベヒシュタインだ。ある所にはあるんだね」

「凄いピアノなの？」

彼は私を見返し、「戦前は最高峰と云われていた銘器だよ。今はスタンウェイの華やかで張りのある音が主流だね。一方、ベヒシュタインは絹の音と評される歌うような——」

「うちのと同じね」と摩耶。

「本当？」さすがの祀島くんも目をまるくした。

「うん、うちのはアップライトだけど。百年くらい前のだって」彼女はピアノの屋根の曲線を撫でて、「これもずいぶん古そう。埃被《ほこりかぶ》っちゃってて可哀相」

「公演中はどたばたと大勢が行き来しますので」枕崎さんが近づいてきて云う。「そんなに由緒《ゆいしょ》あるピアノでしたか」

「リストも長年愛用したほどの」

「はあ、リスト」

「舞台を歩いてみても構いませんか」

「あ、少々お待ちください。多津瀬さん、舞台に照明が点かないかと訊いてきて」

はい、と彼女は小さく返事すると、いったん楽屋側に姿を消し、やがてスタッフジャンパーを着た男性を伴って戻ってきた。男性は天井付近から吊られたカーテンの背後にある、急な階段を駆け上っていった。

「あの階段は？」と庚午さん。

「照明室に通じております」

「そこから客席側に出られますか」

「いえ、照明室で行き止まりのはずです」

「公演中に楽屋と客席側を繋ぐルートというのは、結局――」

「我々が通ってきた順路しかございません。もっとも設計者やメンテナンス会社の人間でしたら、床下のくぐり方も知っていましょうが」

「通ってきたルートは警備員が目を光らせてるしなあ。あの人、見落しなんかとてもしそうにないですね」

「スタッフの間では鬼瓦《おにがわら》と呼ばれています」

「なるほど。やっぱり劇場の構造を熟知した、関係者の犯行でしょうかね」

「私に問われましても――いろんな意味で困ります」

舞台が明るくなった。廻り舞台の中央に、場面によっていろんな建築の一部に見立てられる階段つきの櫓《やぐら》があるだけの、基本的な状態に戻されていた。

「セットには上がらないでください」

「わかりました」

祀島くんを先頭に櫓のまわりを巡っていく。低い位置から床を照らしているライトが意外と眩しく、そのために客席は極端に暗く、また低く見えた。私たちが正面に立ったとき、ぱっとスポットライトが灯された。眩《まぶ》しさに立ち竦む。頭にはっきりと熱を感じるほどの光量だった。

「どいたどいた」キリエが私たちをライトの中心から押し出す。彼女は光の真下で深呼吸し、「ふう、快感。たまらん。多津瀬さんもおいでよ。照明さーん、もっと派手に照らして」

多津瀬さんは許可を求めるように枕崎さんを見てから、おずおずと前に歩み出た。スタッフが気を利かせ、ふたりをそれぞれ複数のスポットで照らす。光のなかのふたりはとても大きく、私たちの視界をすっかり支配してしまった。これが舞台。

Ⅲ　紅玉の腕輪

「閃いた」楽屋の廊下で庚午さんが声をあげた。私をつかまえて、「彩子さん、どうしましょう、閃いてしまいました」

「なにが？」

「事件の真相です。どうすればいいんでしょう」

「みんなに聞いてもらえば」

「そうか。枕崎さん、多津瀬さん、それに探偵団の諸君、ちょっと聞いてもらいたいことが。というわけで集合。その辺に掛けてもらえますか」彼は小ロビィを示した。

たむろしていたスタッフはすでに姿を消していた。私たちは壁ぎわの二つの長椅子に、三人ずつに分かれて坐った。

「さて」庚午さんは椅子の間を行ったり来たりしながら、「この推理には突飛《とっぴ》とも思える前提があります。それが不可欠なんです。笑わないでくださいよ」

「可笑しけりゃ笑うって」キリエが減らず口をたたく。

「そうですよね。でもなるべく笑わないでください。云いますよ——枕崎さんや多津瀬さんや他のスタッフの皆さんが、亡くなっていると信じて控室に安置していた野原さんは、じつはまだ亡くなっていなかった」

キリエは笑わなかったが、枕崎さんが失笑した。すぐに真顔に戻り、「いえいえ、誰の目にも亡くなっておりました。医学については素人ばかりですが、心臓が停まっていることや瞳孔《どうこう》が開いていることくらいは確認できます。楽屋にいた全員が断言するはずです、間違いなく亡くなっていたと」

「そうですか――あ、納得してはいけない。もちろん、心停止や瞳孔拡大の事実を疑ってるわけじゃないんです。一時的な、いわゆる仮死だった可能性です。生死には、どちらとも判断できないグレイゾーンがありますよね。多くの場合はそのまま死に向かってしまうのかな。でも、ときに自力で生の側に戻ってくる人もいるかと。そうだよね、祀島くん」

「はい。先生のおっしゃるとおりです」

「よかった。そういう前提で聞いてください。皆さんが間違ってたわけじゃないです。仮死です。皆さんが舞台再開に向けて忙しく動きまわられているあいだに、その野原さんがもし、ふっと――その後の多津瀬さんのように――目覚めたとしたら、どうでしょうね、桐江さん」

「訊かれてもな。まだ死んだことないし」

「舞台の科白が聞える。モニターには自分が演じているとしか思えない伯爵夫人が映っている。これは夢だろうか、それとも現実なんだろうかと、彼女は訝しむはずです、もし体力が残っていれば、なんとか起き上がって外の様子を見ようともするでしょう。彼女はそのまま客席側のロビィまで歩いていった。そしてトイレかそのあたりで力尽きて亡くなった――そういう物語を想像することも、不可能ではないことです」

「で、何者かがその手首を切断したとおっしゃるんですか」

「はい――あくまで仮説ですが」

「わかっております。誰が切断したんでしょう？」

「そうやってふたたび亡くなった野原さんを、最初に発見した人物です。目的はブレスレット。外して持ち逃げしようとしましたが、枕崎さんが外すのを諦められたように、簡単にそうできる代物ではなかった。そこで手首の切断を決意した彼女――もしくは彼は、遺体が他の人に見つからないようトイレの個室に押し込め、急いでどこかから刃物を調達してきて、血腥い作業をおこなった」

「私じゃありません」多津瀬さんが裏返りそうな声で云う。

「いえ、あの、多津瀬さんが最初の発見者とは限らないですから」

「仮死のことは別にしても、少なくとも二点、理に合わないことがございますよね。まず、あの鬼瓦氏がいくらぼうっとしていたとして、目の前を通過する野原先生に気づかなかったはずがない」

「そうですよね――じゃない。だってモニターには、野原鹿子としか思えない伯爵夫人が映ってますよ。スピーカーからは声も流れている。同時に、アクセサリィはなく髪も乱れていたでしょうが、そのまったく同じ人物が目の前を通過したとして、人間というのはどういう感じ方をするでしょうか。幻覚、じゃないでしょうかね。気のせいだ、なにも見えなかった、と思いこんでしまう。通行者を認識することが大切な立場であるほど、かえって無意識にそういう作業をおこなってしまうような気もするんですが」

うむむ、と枕崎さんは考えこんだ。「しかし、もうひとつ大きな疑問が。その人物の目的が腕輪なら、現場から切断した右手まで持ち去る必要はどこにもございませんね」

「ないですね。そうか、ないか」庚午さんは宙を見つめ、閃いたように頷き、「あとは助手から。祀島くん、どう思うかね」

「僕ですか？　ええと、切断作業中、遺体の手に痕跡を残してしまったとしたらどうでしょう。たとえば手を強く握りすぎて、内出血を生じさせてしまったとします。その跡が右手のものであれば、刃物を持っていたのは左手、つまり犯人は左利きであることがわかります。ゆえに手を持ち去らねばならない。一例ですが」

「うん、それだ。犯人は左利き。ちなみに多津瀬さんは？」

彼女は泣きだしそうな声で、「左利きです」

庚午さんは眉を八の字にした。「あの、あくまで仮説ですから」

遺体が発見されたトイレは、客席の側面に沿ったスロープを下りきったところにあった。今は封鎖が解かれて普通に利用されている。ゆえに男性たちは踏み込むのを躊躇《ちゅうちょ》した。

「誰もいないよ。どうぞ」さっさと中に入っていったキリエが、ドアを開いて呼ぶ。「どの個室？」

「いちばん奥です」枕崎さんが答える。

七つ八つ並んでいるドアの端までキリエは進んでいき、「べつになにも――普通の洋式トイレじゃん」

「いえ、高性能な温水洗浄便座が付いていて云ってんだよ」

「見りゃわかる。事件の痕跡が無いって云っております」

「そりゃ掃除もしますし、便座ごと新品に取り換えたそうですから。犯人はその蓋の上で切断をおこなったらしく、かなり深い傷が入っていたんです。鉈《なた》のような物を使ったらしいです」

「あ、じゃあこの上のほうって、まるごと新品なのか。やっぱりいいなあ。うちも換えてもらおうかな」奇妙なことに感心しはじめた。

「鉈やそれに類する刃物は劇場内にありますか」祀島くんが訊ねる。

「大道具係があれこれと持ち込んでおります。すべて警察に鑑識されましたが血痕は見つかりませんでした。消えた刃物も無いと、少なくとも大道具自身は証言しております」

キリエが個室から出てきた。あたりをぐるぐると見回し、壁のあかり取りを指して、「このむこうって劇場の裏手だよね」

「ええ、ブロンズ彫刻が飾られた小さな庭園スペースです。そのむこうは国道になります」

「こういう窓を通じて人が出入りするってのは可能かな？ つまりこういうこと。遺体の消えた場所と出てきた場所が劇場内なもんだから、あたしたちは二点を繋ぐルートも劇場内にあるかのように思いこんでる。でも実際には犯人は、理に合わないほどの遠回りをして遺体を運んでて、だからあたしたちの目にはルートとして映らずにきた」

祀島くんが拍手した。キリエはびくっとふり向いたが、彼は真顔で、「その発想は凄い。まさに逆説的推理」

「そうかな」キリエは背筋を伸ばして枕崎さんに向き直った。「犯人が遺体を移動させたルートは劇場の外にあるんじゃないの。こういう窓が楽屋にもあるなら、じゅうぶん可能だと思うんだけど」

「たしかに似たような窓は楽屋のトイレにもございますが、しかし壁をよじ登って？　通常の家屋でいったら二階から三階ぶんの高さだと思いますけど。外壁はタイル張りですしね。不可能では」

「たとえばさ、すごく高い竹馬に――」小窓はキリエの頭よりもだいぶ高い位置にある。彼女は爪先立ちで桟の留め金に手を伸ばし、窓を撥ね上げた。それは四十五度にしか開かなかった。そういう窓だった。「乗った猫とか」

†

週末、祀島くんと私はまたお茶の水にいた。デートではない。野原鹿子の件で一緒に会ってもらいたい人がいると、電話で呼び出された。だからたぶん、デートではない。もちろん、「誰に」と訊ねたが、

「来ればわかるよ」と彼は意外な茶目っ気を覗かせた。

問わずに結果を待つことにした。御茶ノ水駅の改札を出た彼は、神保町への坂道をまっすぐに下りはじめた。きっとアルケオプテリクスに行くのだと見当をつけた。ところがあの小さな商店街の手前にある公園で、彼は藤《ふじ》棚の下に入っていってベンチに坐り、「吾魚さん、ここ坐って」

人と会うというのは口実で、じつはこの藤棚が目的地だったのでは、と期待しかけた。しかし私が腰をおろしたと同時に彼はまた立ち上がり、「ここで待っててもらえるかな。ブランコでもいいよ」

祀島くんは独りで商店街に向かった。私はブランコに移動した。しばらく漕いでいると、目の前を黒い自転車が横切っていった。

私は地面に飛び降りた。「謎の老人！」

自転車はいったん公園を出ていき、路上でUターンして戻ってきた。自転車を降りながら近づいてきて、停まった。彼は黒い帽子をとって、はい、と返事した。

「あ、あの、一度、都化研の定例会に――」

「吾魚彩子さん」彼は私の名前を正確に憶えていた。「お久しぶりですね」

やがて祀島くんが公園に戻ってきた。

――ナゾノさん、と祀島くんは老人のことを呼んでいた。それが通称になっているようだ。

「お話が」と彼を藤棚のベンチに導く。「いまアルケオを覗いてきたんです。土曜は必ず顔を出されると聞いていたので」

「若い方々に待ち伏せていただけるとは光栄です。どういう風の吹きまわしでしょうか」

「昔の俳優のことをお訊きしたいんです。以前、古い日本映画についていろいろと教えてくださいましたよね、ブルドッグ荘のお風呂のなかで」

「おたふく荘？」

「そっちです。なんで思い違ってたかな。あのとき、まるで生き字引のような人だと感心したんです。映画関係のお仕事をなさってるのかなと思ったんですが、違いますか」

彼は微かに笑い、「――だとしても昔の話です。謎の老人のままでいいじゃありませんか」

祀島くんは頷いた。「異存ありません」

「どの時代の俳優のことでしょう」

「昔のといっても、先日亡くなるまで舞台では現役でした。野原鹿子です」

「ああ、カノちゃん」と皺《しわ》ばんだ瞼《まぶた》をふせ、親しげに呟く。いったい何者なの。「野原鹿子ね。素晴しい役者でした」

「アルケオの久世さんが遠縁にあたるというのはご存知でしたか」

「彼がカノちゃんの――？　そうか、そうでしたか」と遠くを見るような目つきをする。だからいったい何者なの。

「子役時代の彼女、よく憶えていらっしゃいますか」

「その時代についての調べごとですか」

「はい。調査結果によっては、日本の演劇史と映画史が修正されるかも」

「面白い。しかし六十年前のこととなると、さすがに記憶が曖昧な部分もあります。私はまだ、云うなれば謎の青年に過ぎなかった。具体的になにをお知りになりたいんでしょう」

「単刀直入に訊ねます。手套の麗人こと野原鹿子の手ぶくろの中——右手です——そこには、なにかはっきりした特徴があったんじゃないかと想像してるんです。怪我や火傷の痕、あるいは多指の手術痕など。そんな風聞《ふうぶん》を耳にされたことはないですか」

私は祀島くんのほうを向いた。彼は謎の老人の言葉を聞き洩らすまいとしてか、じっと正面のその顔に見入っている。鹿子が多指？

謎の老人は眉をひそめた。「そういう記録でもどこかで読まれたんですか」

「僕の想像です、もちろんヒントになるような出来事はあったんですけれど」

「どういう経緯で着想されたのかわかりませんが——お教えしましょう。昔々、同じ映画に何十回も通いつめるほどの映画ぐるいのあいだで、ひそひそと交わされていた話が、あるにはあります。ただし戦前の風聞です。戦後になって耳にしたことはありません。そんな程度のことしかわかりませんが」

「知りたいのはまさにそういうたぐいの噂です」

謎の老人は頷き、膝を組み合せた。「鹿子が天才子役として初めて本格的に出演した、昭和九年の『ネクロ假面《かめん》』をご覧になっていますか」

「はい。ヴィデオでなら」

「そこでの彼女の最後のアップショットは、現在もブラウン管に登場するほどの名場面です」

「去っていくネクロ假面に手を振ろうとする場面ですね」

「そのとおり。ヴィデオの小さな映像ではなかなかわからないでしょうが、劇場の大スクリーンにおいては、あの場面の彼女の手、その小指の付け根にくっきりと、傷痕らしきものが確認できます。天性の手の演技力ゆえ、観ている方の目もついそこに吸い寄せられてしまう。それが噂の端緒でした」

「じゃあ噂というのは——」

「いつも枕詞のように『デビュー前の幼い鹿子を知る人の話によれば』という前置きがなされました。そしてこう続きました、『あの傷は指を減らした痕らしい』。当時そう、何人もの人間から聞かされたのは事実です。噂の出処《でどころ》が本当に幼い鹿子を知っていた者なのか、それとも彼女の人気をやっかんだ輩《やから》が世間の差別意識を煽ろうとしたものか、真相は未だわかりません。しかし噂があったかと問われれば、それは、ありました」

ふう、と祀島くんが気が抜けたような吐息をついた。私が驚愕しているのはもちろんのことだが、彼自身もあまりの的中ぶりに茫然となっているのだと感じた。

「こんな知識でお役に立ちますでしょうか」

「もちろんです。神保町まで来たかいがありました。もう一つ、よろしいですか。これも読んだり聞いたりしたわけじゃなくて、僕の想像です。子役時代——たぶん子役時代、鹿子にそっくりな人がいたんじゃないかと考えてるんですが、どうでしょう」

「そりゃあ無数にもいたでしょう。髪型や口調を人気者にあやかるのは今も昔も同じです」

「真似する人の話ではなくて、本当に顔が似ている人の話です。あまりに似ているので全国的に有名になってしまったほどの。今は芸能人に顔が似ていても、似ているねで終わっちゃいますけど、当時映画スタアに似ているといったらどこに行っても物凄く目立って、評判になったと思うんです」

「なりましたね。私もよく間違えられて困ったものです」

「誰に？」

彼はただにやりとした。「雑誌に載るほど有名だったのは、たしかに子役時代の──なに明子といいましたか、即座に名前は出てきませんが、下の名が明るい子と書く明子だったのは確かです。神戸の教会の孤児院で育てられている少女でした。古い『キネマ世界』をあたれば記事が載っているはずです」

「今もありますね、その雑誌」

「息の長い雑誌です。戦前のものも大きな図書館でなら閲覧《えつらん》できるのでは。片や少女スタア、片や孤児という対比も雑誌向きだったんでしょう。演出過剰ぎみな読み物仕立ての記事でした。ふたりの少女は年齢も同じでしたし、なにより顔かたちが写真では区別がつかないほどだったので、映画好きのあいだでは、生き別れた双子なのではないのかという憶測が飛び交ったりしたものです。いや明子など存在しない、記事は捏造《ねつぞう》であり写真は両方とも鹿子なのだと主張する者もいて、記事に涙した者と喧嘩になったりしていました。スタアの噂をさえずり合うのが庶民の大切な娯楽だった時代です」

「明子は『キネマ世界』に何度も取り上げられたんですか」

「いいえ、私の記憶によれば一度きりでした。しかし数多くの読者に強い印象を残したらしく、その後も、長じてお姫様役をやるようになった鹿子はじつは、より美しく成長した明子のほうなのだとか、いやそれどころか本物の鹿子は少女時代の満州巡業で亡くなっていて、その時点から明子が代わりをやってきたのだといった無責任な噂が、ふと思い出したように流布《るふ》しては立ち消えになったものです。真相がどこにあったのかは存じません。どれもこれも戦前の話です」


自分が野原鹿子の過去を嗅ぎまわっていることを久世さんには黙っておいてほしい、きっと不快に感じるだろうから、と祀島くんは謎の老人に頼んだ。私には彼の意図がわからなかった。だって私たちは久世さんの相談に応じ、こうして真相を探っているのだ。


ともあれ謎の老人は快諾《かいだく》した。帽子をかぶり自転車のハンドルを握ったところで、ふとふり返った。

「青山《あおやま》明子です。間違いない」

「感謝します」

「さらば」謎の老人は自転車に跨《またが》った。自称とは裏腹の、微塵《みじん》の老いも感じさせない颯爽《さっそう》たる走りっぷりで公園を出ていく。

「ネクロ假面?」手を振ろうとした祀島くんがその手を下におろして、呟いた。そしてかぶりを振った。「いやまさか」

私たちは藤棚の下に戻った。風に、桜のはなびらが地面を辷っていった。

「ここの藤、満開になるととても綺麗だよ」

「もうじきだ」

「逆さルピナス」

私は笑った。

「野原鹿子って本物のスタアだったんだね。彼の話を聞いてて実感した。伝説に満ちているというのがその証左だよ」

「私も感じた。それにしても多指だったって、祀島くん、いつ思いついたの」

「右手に特徴があったのかもしれないというのは、久世さんからの電話で概略を聞いたときすでに思いついていたんだ。ブレスレットが消えたことまでは知らなかったし。その特徴が多指かもという着想は、たしか——桐江さんがマリリン・モンローの本を買ってきたとき」

「でも特徴的だったのは子供の頃の話で、とっくの昔に手術で消されてるんだし、あとで整形手術を受けていたら当時の手術痕も隠れていたろうから、見た目は普通の手なんだよね」

「手の演技を重視した人だから、きっと傷痕は消してたろうね。『手套の麗人』だといっても、すべての役柄で手ぶくろを着けてることはできないから」

「野原鹿子の手だと知らなければ普通の手。ただ屍体の一部。どうするつもりだったんだろう、犯人。兎の足で作ったお守りなら見たことあるけど」

「よほど特殊な思想や信条の持ち主じゃないかぎり、保存なんかしてないと思うよ。とっくにどこかに棄《す》てちゃってるか、小さなお墓でもつくって埋めてるかだね」

「じゃあなんのために？　やっぱり目的はブレスレットで、うっかり手に自分の痕跡を残してしまって――」

「というのが考え方の一つ。その可能性を念頭から追いやってるわけじゃない。ただ他のいろいろな可能性も同時に検証しておきたいんだ。たとえばこう考えてみる。犯人はたしかに鹿子の右手を持ち去ったけれど、それは右手が欲しかったからじゃなく、右手に消えてほしかったから。右手という、野原鹿子の強烈なアイデンティティの在処《ありか》を、遺体から消し去りたかったからだ」

「遺体から右手が無くなったら野原鹿子ではなくなる――？　そんなはずないか」

「そんなことは起こりえない。ちょっとマリリン・モンローで考えてみよう。彼女が噂どおり多趾だったと仮定するよ。左足、そして趾は手術で減らされているけれど、医者が診ればその痕跡は確認できる。モンローの遺体から左足が盗まれた。失われるのは、踵、甲、趾、爪――そして手術の痕跡。ではその遺体がノーマ・ジーンだということは、どうやったら証明できるだろう。ノーマ・ジーンというのはモンローの本名だよ」

「顔とか、指紋とか血液型とか」

「僕らが知ってるのはモンローの顔だよね。モンローの顔は有名だけど、ノーマ・ジーンの顔は若い頃の写真がいくらか残っているだけだ。指紋や血液型もノーマ・ジーン時代の記録はなく、モンローになってからの記録しか残っていなかったら？　その遺体が多趾の少女ノーマ・ジーンの二十年後の姿だということを、どうやったら証明できるだろう」

「――わからない。つまり、野原鹿子は青山明子だという話？」

「もうすこしモンローで続けるよ。左足を失った彼女の遺体は、それでもマリリン・モンロー本名ノーマ・ジーンとして葬られる。遺体の顔や指紋が、みんなの知ってるモンローのものである以上、それは社会通念上のモンローだし、同じく社会通念上、モンローはノーマ・ジーンなんだ。つまり遺体から左足が消えることによって失われたのは、それに疑念をいだく人たちの反証の手段だけ。野原鹿子のデビューはモンローよりずっと古いし、どんどん顔や声が変わっていく子供時代だ。モンローが別人と入れ替わっていたという仮定にはちょっと無理があるけれど、鹿子の場合は比較的容易だったかもしれない。とにかくこれを本気で調べるには、庚午さんの手を借りる必要がありそうだ。連絡先、南吉祥寺署で大丈夫かな」

「強行犯係の庚午さんで取り次いでくれるよ。凄い話になってきたね、大女優が贋者だったかもしれないいなんて」

「贋者というのは正確じゃないけどね。かりに入れ替わってたとすれば、成長してからの輝かしい芸歴は青山明子の実力だよ。それに鹿子が本物だったかどうかは、じつは事件には関係がない。そういう噂があったかどうかが問題なんだ。そして、噂はあった」

ホラー映画の殺されかけている人物のような、乾いた悲鳴をあげた。授業中の教室に堂々と不二子が入ってきたのだ。信じられなかった。ほんと信じられない、この人。

「警察だ!」目をまるくして一言も発せずにいる血まみれ伯爵夫人に、警察手帳を向ける。

「なんちゃって保護者でーす。彩子、ちょっと来て」

†

「お姉ちゃん、頭おかしいよ」

「おかしいのは庚午くん。私は頼まれて呼びにきただけ。先生、吾魚彩子は社会正義のために早退しますね」

私よりキリエのほうがさきに立ち上がった。「桐江泉は世界平和のために早退します」

摩耶も鞄に荷物を詰めはじめた。

「京野さん」伯爵夫人の声が飛ぶ。「あなたはなんのため?」

摩耶はすこし迷ったあと、「友情かな」

伯爵夫人は溜息をついた。「出ていくなら速《すみ》やかに、そして静かに」

穴があったら入りたいような思いで、身を縮めて教室を出た。

さきに廊下に出ていた不二子が、「あとは祀島くんね。どの教室?」

「祀島くんにまで迷惑かけないでよ。なんで放課後まで待てないの」

「待てないのは私じゃなくて庚午くん。祀島くんもというのも庚午くんのリクエスト。だいいち管轄外の事件を持ち込んできた張本人じゃない。まあこれで事件が無事解決されて、飯田橋署のみんなが喜んでくれるなら私はそれでいいんだけどね」

狐に憑《つ》かれたかと思うような殊勝《しゅしょう》な発言には、もちろん私利私欲に満ちた裏がある。例の合コン、そういうことになってしまうような気がしていたのだが、面食いの不二子が目をつけたのは、やはりボランティア参加した庚午さんの同期だった。なんだか私のほうばかり見てるの、ちょっと年下だけど仕方ないかあ、なんて口説《くど》く気まんまんになっている彼女に、私はとても真実を告げられなかった。彼が不二子を見ていたんじゃない。不二子が彼ばかり見ているから、ときに視線が合ってしまってただけだ、どう考えてもそれだけだ。

私たちは不二子を祀島くんの教室まで案内した。彼女はノックもせずにその戸を引き開け、

「警察だ！」

庚午さんは喫茶店で待っていた。岩下瑞穂殺害事件のとき現場の写真を眺めさせられた店の、まったく同じ席に。

「すみません、放課後まで待てなくて。所轄の事件もかかえているので自由になる時間が少ないんです。ご報告したいことが幾つも。全員珈琲でいいですか」

「いや、この店ではなぜかカプチーノが飲みたい」

「私はロイヤル・ミルクティー」

「自分たちで頼んでください」

ウェイターが水を配った。全員がばらばらの注文をした。

「まず枕崎氏から新情報です。野原鹿子の資産が消えていました」

「どういうこと」

「言葉どおりです。正確に把握しているわけではないとのことですが、一億くらいの貯《たくわ》えはあったはずだとおっしゃるんですよ」

凄《すげ》え、とキリエが云うのと、意外と、と摩耶が云うのが重なった。

キリエは摩耶を睨みつけ、「少ないって？　どうかな、その金銭感覚。嚙み合わないなぁ。腐れ縁も切りどきか」

摩耶は焦ったようすで、「だって――戦前からの大スターでしょう。若いテレビタレントだって何億もする家を建てたりするのに」

「一億が大金であるのは間違いありませんが、六十年におよぶキャリアの蓄積と思うと少ないようにも感じますね。お金に頓着しない人で、公演のため気前よく持ち出したり慈善に使ったりしていたそうです。ちなみに一億というのは鹿子が自分で語っていた金額ですが、半年前、ご自宅の金庫にそのくらいの感じの札束が重なっているのを枕崎氏も見たとのこと。銀行は信用していなくて、ほとんどをそうやって現金で持っていたそうです。ところが昨日、葬儀とお墓の精算のためなら一部に手をつけても構わないだろうと判断し、顧問弁護士立ち会いのもとで金庫を開けてみたら、数百万しか残っていなかったというんですね。盗難の形跡もない。半年のうちに鹿子が使いきってしまったことになります」

「——腕輪か！」とキリエ。摩耶のほうを向いて、「しかしそんな莫迦高い腕輪が売ってるもんかね、お嬢さん」

摩耶は小首をかしげ、「私、宝飾品のことはあまり」

「あたしよりは精《くわ》しいさ」

「んと、野原さんの手首にぴったりで外れなかったというんだから、きっと製作家のオーダーメイドだと思うのね。だったら値段は石によってピンからキリまでじゃないかしら。でも一億円ぶんといったら王冠を飾れるほどの量だと思う。枕崎さんの話しぶりだと、ぽつぽつと埋め込まれてるだけって感じだったけど」

「ブレスレットだけで一億とはかぎらないしね」祀島くんが割り入った。「ほかにもいろいろと買ってるかもしれないし、たとえばこういったふうにも考えられるよ——野原鹿子はそのブレスレットの価値を一億に見せかけるために、残りの資産をどこかに移した」

「なんのため？」

「さあ。留守中に泥棒が入りにくくなるかな」

「ちょっと待て。やっぱり犯人は枕崎だよ、ウド」

「あの、以前から気になってたんですけど、そのウドってのはひょっとして僕のことですか」

「ううん、ただの語尾」

「そういうことにしておきましょう。なぜ枕崎氏が犯人だと？」

「だって、危ない橋を渡ってでも手に入れる価値のある腕輪だと、信じこめたのはあの男だけだ。最後に金庫の中を見たのが自己申告どおり半年前とは限らないんだよ。もしその後、ほとんど空になった金庫を見ていたなら、新しい腕輪の価値が一億だと思いこむじゃないか。最初から味噌臭いと思ってたんだ」

「自分では価値がわからないと云っていましたね。芝居だったのかもしれませんが」

「芝居だ」

「多津瀬さんは本物だって断言してた」

「宝石をわかって云っているふうではなかったですけどね」

「うん」と摩耶。「でも彼女もまた、ブレスレットに価値を感じていた一人と云えないかしら。あ、ふたりが共謀した可能性というのはない？」

「うわ『イヴの総て』より怖いな、そりゃ」

「ない──とは云いきれませんね。ふたりの連携《れんけい》なら遺体も移動させやすいか。ふむ」庚午さんは腕を組んだ。

「遺産は本来、久世さんが相続するはずだったんですよね」と私が訊いた。「ほかに身寄りはないと云ってたし」

「たしか、どこで繋がっているかもわからないほどの遠縁なんですよね。じゃあ相続権は主張できないと思いますよ、鹿子が遺言状をのこしていれば別ですけど」

「そうなんだ」

「ただし鹿子にはほかに身寄りがないわけですし、突然死だったことも考え合わせ、もしそれが間違いなく故人の遺志であると立証できたなら、久世氏に権利は発生しうると思います。今日の電話で枕崎氏が吐露したんですが、久世氏、かなり遺産のことを気にされていますね。我々が劇場に行った数日前、彼の住居を訪ねてきて、鹿子が相続を口約束していたのを聞いていたはずだと激しく詰め寄ってきたそうです」

「久世さんが」と思わず問い返した。

「ええ。枕崎氏はそう云っていました」

意外だった。お金が嫌いという人はあまりいないだろうけど、私の知っている飄々《ひょうひょう》とした風情からは連想しにくい一面だ。「お店が大変だったりするのかな」

「借金があるとかで焦っている様子だったと、これも枕崎氏の話ですが」

「そいつ犯人にしちゃおうよ」不二子が滅茶苦茶を云う。「こういう事件はだいたい借金かかえた奴が犯人なんだから、状況証拠になるでしょ」

「なりません。どこの文明のルールですか」

「しょうがないから推理するか。ええと凶器はね、吹矢《ふきや》。客席から吹矢で殺した」

「わざわざ殺人事件にしないでくださいよ」

「だからそれが真相なのよ。久世っていったっけ、その男は腕輪の価値を野原鹿子から聞いて知ってて、それが簡単には外れないことも知ってて、絶対に自分が疑われない場所で殺して奪ってやろうと思いたった。選んだ場所が舞台の上。客席から吹矢をふいて鹿子に命中させ、心臓麻痺を起こさせて殺す。それから秘密の抜け道を通って楽屋に行って、死体を担ぎあげ、また秘密の抜け道を通じて女子トイレに行き、携帯していた鉈かなんかで手首を切断して、まんまと腕輪を盗んだ。完璧」

「どこが。なんで普通の劇場に秘密の抜け道があったり、それを久世氏が知っていたりするんですか」

「無かったら公判までに造っとけばいいじゃない」

「そういうのを陰謀というんです」

「吹矢の毒はどんなものを？　大人を即死させるんだからそうとな猛毒ですよね」祀島くんが真顔で訊ねる。無理に相手しなくてもいいのに。

「きっとアフリカかアマゾンの奥地から持ち帰った凄いやつなの。だから日本の医者にはわからない」

「でも吹矢だと遺体に矢が残りますよね。倒れた彼女を控室まで運んだ人たちは気づかなかったんでしょうか」

「うん」とあっさり頷く。「小さいから。だって大女優が急死して楽屋はてんやわんやなわけじゃない、誰も小さな矢になんか気づかないわよ。あ、舞台でぽろっと床に落ちたのかもしれないし。案外、まだ舞台の上にあるんじゃないの」

「だとしても遺体に痕跡は残る。検視した医師がそれに気づかないとは考えにくいですよね」

「そうかしら——あ、わかった。矢が刺さったのは右手なの。だから犯人は右手も持ち去る必要があったのよ。本当に完璧だ。自分で驚いた。私、作家になろうかしら」推理というより妄想に近いことくらいはわかっているらしい。ちょっとほっとした。

「ありがとうございます。お蔭で自分の推理の補強すべき部分がわかりました」

「祀島くんは誰が犯人だと思ってるの。自分だけ黙ってるなんてなしよ」

「もちろんお話ししますけど、そのまえに庚午さん、あちらの調査はどうなってますか」

「進んでますよ。そのこともご報告したかったんです」と鞄を膝にのせて開く。彼は大封筒を取り出してテーブルに出し、「まずこれが『キネマ世界』の例の記事のコピー」

「こんなことまでお願いしてすみません」

「いえいえ、飯田橋署の人間に頼んだんで僕は苦労なしです」

二つ折りになったコピー紙を、祀島くんはさっそくテーブルに広げ、「――これが青山明子か。本当にそっくりだ。区別がつきませんね」

「話題になるはずですよね」

「これが鹿子。これが明子」腰をあげて覗きこんだ私たちに、記事のなかの写真を示す。

「同じ子でしょ?」と不二子。たしかに二枚の写真の人物は、髪型こそ違うものの同じ少女としか思えない。

「耳が写ってれば差がはっきりするんですけどね。人間の耳というのは指紋以上に個性があり、加齢による変化も僅《わず》かですから。でも残念ながらふたりとも耳を隠してる」

「明子のその後の消息もわかりましたよ」

「凄い。本当ですか」

庚午さんは手帳を開いた。「青山というのは神戸の孤児院を運営していた神父の苗字ですが、昭和十年、その記事の翌年ですね、東京府本所区――現在の墨田区の米田《よねだ》という家に引き取られて、米田明子に変わっています。そしてこの一家は、残念ながら東京大空襲で全員が亡くなっています」

祀島くんは表情を変えなかった。「なにをやっていた家ですか」

「米田屋という屋号の記録が残っているんで商売だと思いますが、なにを扱っていたかまでは、まだちょっと。下町地区は焦土《しょうど》になりましたからね。こちらの写真もどうぞ。複製だからプレゼントします。これが最も苦労したそうです。夢に鹿子が出てきそうだと云ってました」庚午さんは別の封筒を祀島くんに渡した。

四つ切判のモノクロ写真が入っていた。黒レエスの手ぶくろに包まれた両手を組み合せ、その上に顎をのせてカメラを見つめる、若き日の野原鹿子。

「昭和二十三年『日比谷の恋人』でヒロインを演じたときのスチールです。入りがわるくて短期で打ち切りになった作品だそうです。手ぶくろの目が粗《あら》いからよくわかるでしょう。確認したなかでは、それがいちばんはっきりと写っていたそうです。昭和二十五年あたりからは素手でも確認できなくなります。整形手術で消したんでしょう」

多指を手術した痕のことだとわかった。祀島くんがテーブルに置いた写真を食い入るように見る。写っている右手、その小指の付け根には、手術痕らしい傷が間違いなく写っていた。

祀島くんは大きく何度も頷いた。「これではっきりしましたね。亡くなった野原鹿子は、野原鹿子自身だ。青山明子ではない――犯人にとっては痛恨でしょう」

「だから誰なの」

「今からお話しします。そのあと僕は昴劇場に行き傍証を探してきます。僕にならば見つけられるかもしれない。飯田橋署の方々にも、もうすこし手伝ってもらいたいんですが、大丈夫ですか。消えたブレスレットの本当の価値、知りたいですよね？」

「面倒だなんて云ったら殴ります。本当はぜんぶ彼らの仕事なんですから」

「ヒントを差し上げますから、その線で調べてみてもらってください。週末あたりにまた全員で集まりましょう。場所は神保町の喫茶アルケオプテリクス。枕崎さんと多津瀬さん、それから飯田橋署の方も呼んでください。全員の前で『さて』といきます。もちろん庚午さんの助手として」

Ⅳ　カーテンコール

「さて」祀島くんは店内を見回した。「揃ったところで始めましょう」

警察からは庚午さんに不二子、それに飯田橋署の高幡《たかはた》さんも来ている。庚午さんと同期の警部補だ。噂どおりの美青年で、お蔭で不二子はカウンター席の端で借りてきた猫のようにおとなしい。しかし、しきりに彼に流し目をつかうさまは見苦しい。男性ふたりはドアの手前に起立している。

キリエと摩耶と私はアンモナイトのテーブルを囲んでいる。野原鹿子のマネージャーの枕崎さんと付人の多津瀬さんは、緊張した面持ちでもう一つのテーブル席にいる。多津瀬さんはまえに会ったときとがらりとイメージを変えている。髪をふわふわにウェイヴさせ、お化粧をし、鮮やかな青いセーターを着ている。このあとオーディションなのだそうだ。同じテーブルにもうひとり、見掛けたことのない若い女性がついているが、たぶん公演のスタッフだろう。もちろん彼らはなにも知らない。

祀島くんはカウンターの前に立っている。カウンター内には久世さん。そして奥まった床の上にフッフールが寝そべっている。

「警察の方々は次のお仕事が、多津瀬さんもオーディションが控えているそうなので、簡潔に進めますね。勿体ぶって犯人の発表を後回しにしたりもしません。庚午先生、もし間違いがあったらびしびし指摘してください」

「あ、はい」

「始めます。まず手套の麗人こと野原鹿子の死は、心筋梗塞による自然死です。これを前提とします。呪術で殺されたのでも、ふしぎな毒を塗った吹矢で殺されたのでもありません。この事件はあくまで死体損壊およびブレスレット窃盗事件です。また微罪でしょうが楽屋控室から客席側トイレまでの死体移動事件でもあります。事件の概要を繰り返すことはしません。野原さんの付人の多津瀬奈緒さん」

急に名前を呼ばれた彼女は、比喩ではなく本当に十センチほど跳び上がった。「――はい」

「あなたは犯人ではありません」

彼女は吐息し、緊張にいからせていた肩を下げた。

「またマネージャーの枕崎庄助さんでもありません」

枕崎さんは眼鏡を外し、ハンカチで顔を拭った。

「僕――いや庚午先生が、そう結論なさった理由を述べます。客席側と楽屋側。劇場の内部をこの二つのエリアに区分することは可能でしょう。同じ建造物内でありながら、二つのエリアは往き来が困難です。直接通路をとおって往き来しようと思えば警備員の目の前、いったん外を経由しようと思えば守衛の眼前を、必ず通過することになる。厳密には、廻り舞台の保守点検のためなどに人が入れるスペースが舞台下にあるはずで、その出入口を知っていれば密かな行き来が可能かもしれません。しかし高幡警部補によれば、その種のことを知りうる人々のアリバイは当初から厳重に検証され、いずれも潔白《けっぱく》と結論されたとのことです。『僅かな人間だけが知っている』たぐいの知識を利用した犯罪ほど、愚かなものはありませんよね。手口自体が容疑者を絞りこみます。だいいち野原鹿子の死は自然死であり、また誰にも予測がつかなかった突然死なんです。犯人はいっさいを場当たりな判断でおこなったと考えるべきです。計画的犯行ではありません。

すなわち犯人は、誰にも見咎《みとが》められずに客席側と楽屋側を往き来する方法を、瞬時に発見した人物です。楽屋側の人々ではありません。なぜなら野原鹿子の死は、舞台という楽屋側エリアの突端での出来事だからです。ここで境界を成しているのは、客席との二メートル近い段差です。彼女の死の直後、そこを越境する必要があった人間だけが、このルートを発見できました。僕が誰の名を告げようとしているか、もう皆さん、お気づきですね。当夜、客席側から野原鹿子の死の瞬間を目撃した人物、かつまたその死に運命を左右されうる人物」まるで司会者がゲストを紹介するように、彼は片手を横に突き出し、「久世真佐男《まさお》さん」

皆、カウンターの向こうに注目した。久世さんはちょうどたばこをくわえようとしているところだった。落ち着き払った様子でそれに火を点けたあと、煙まじりに、「――ん？　どうぞ、続けて」

「はい。もし質問があったら割り込んでもらって構いません、どなたでも。続けます。久世さんが発見したルート、それは舞台の暗転です。舞台が暗転しているあいだ、舞台はもちろんのこと客席も、すぐ目の前の人が見えないほどの闇に包まれます。その闇のさなかであれば舞台の上を通過できること、たとえ跫音《あしおと》は聞かれても目撃はされないことに、久世さんは瞬時にして気づいてしまった。最初の通過は、倒れた野原さんの身を案じての咄嗟の行動だったのかもしれません。彼は席を立ち、闇のなかを駆け、舞台に跳び上がりました。やがて客席にあかりが点いたとき、彼はすでに楽屋にいたんです」

「よろしいですか」枕崎さんが挙手した。

「どうぞ」

「しかし我々は、おそらく誰も、彼が楽屋にいるところを目撃しておりませんが」

祀島くんはふり返り、「久世さん、ちょっとお願いが。眼鏡を取ってみてください」

「厭だ」と云いながら微笑している。「だって俺、消えちゃうんだよ」

「お願いします」祀島くんの口調は優しく、複雑な余韻を伴った。

久世さんは薄色の入った眼鏡を外した。誰も驚いたりはしなかった。眼鏡を取り払った久世さんの顔が現れただけだった。

「端整な、いいお顔ですな。しかしまさか、眼鏡を外していたから誰も部外者だと気づかなかったとおっしゃるのではないでしょう」

「枕崎さん、この人が本当に久世さんに見えますか。今回の公演のスタッフに、こういう顔をした人はいませんか？」

え、と発したのは枕崎さんだけではなかった。すでに祀島くんの推理を聞かされている私たちでさえ、そうだったか、と勘違いしかけた。

「冗談ですから考えこまないで。それが久世さんの個性だというのを証明したかっただけです。いま枕崎さんは頭の中で、誰それではない、誰それでもない、という消去の作業をなさっていたと思います。人の容姿の個性には美醜《びしゅう》の軸とは別に、ポジティヴな個性、ネガティヴな個性という軸があるようです。頬に〝ほくろがある〟というのは周囲が認識しやすいポジティヴな個性ですが、頬に〝ほくろが無い〟という個性は認識しにくい。

　なぜ久世さんの風貌は記憶しにくいのだろうと考察してみたことがあります。一つには、彼の個性を形容する言葉が無いんです。たとえば彼の鼻。鉤鼻《かぎばな》でも団子鼻でも胡座鼻《あぐら》でもない、特に高いわけでも低いわけでも細いわけでも尖っているわけでも上向いているわけでもない、大きくも小さくもない。あえて形容するなら中庸《ちゅうよう》、さまざまな面で日本人として中庸な鼻です。しかし中庸というほど曖昧《あいまい》な表現もありません。中庸な顔の人が通りかかるから手紙を渡してくれと頼んだら、百人が別々の百人に手紙を渡すでしょう。しかし久世さんの顔の造作を逐一《ちくいち》観察するに、実際、どこをとっても中庸です。そのうえ中肉中背。きわめて記憶しにくい、記憶されない個性の持ち主が、この久世さんです。普段の彼はそこに眼鏡というポジティヴな個性を重ねています。僕が見たところ凸《とつ》レンズでも凹《おう》レンズでもない、いわゆる伊達《だて》眼鏡だ。彼がネガティヴな個性を自覚し、周囲が戸惑わないよう、あえてそうしていることがわかります。彼が眼鏡を外した自分は滅多なことでは記憶されない――さっき彼が『消えちゃうんだよ』と云ったのは、そういう意味の自嘲でしょう。彼に楽屋へ飛び込むという蛮勇を躊躇させなかったの

「お話としては面白いと存じます。しかし今、彼が眼鏡を外されたからといって、べつに姿が消え失せたわけでもない。ちゃんとそこに立っておられます。楽屋においてもそうだったでしょう。いれば、誰かが気づいたはずです」

祀島くんは微笑し、「いま枕崎さんはまさに、久世さんのネガティヴな個性を立証されんとしています。もし実際に彼が楽屋に入り込んでいたとしたら、あなたが彼の素顔を見るのは初めてではありません。それでいて記憶されていないことになる。一緒に掘り起こしてみましょう。あの晩、野原さんの遺体が女子トイレで発見されたあと、あなたは久世さんと話していますね。ロビィの客席への扉の前です」

「はい。消えた右手がごみ箱の中にでもないものかと、あちこち探しまわっておりましたら、とつぜん呼び止められ——」

「そこでストップ。たしかに久世さんの声でしたか。なんと呼びかけられましたか」

「彼の声です。たしか『枕崎さん、どうかしたんですか』と」

「あなたはふり返りました。目に入った洋服の色を憶えていますか」

「いえ、そこまでは」

「オリーヴ色」

「——あ、そうです。え、なぜ?」

「間違いないですね」

「オリーヴ色です。オリーヴ色のジャンパーを羽織っておいででした」

「では次に、倒れた野原さんを控室に運び込んでいるときの情景を思い返してみてください。その同じ色が、あなたの視界にちらついてはいませんでしたか」

枕崎さんは首をかしげた。やがて目を見開いた。

「私、見ました」と多津瀬さんがさきに答えた。「先生が控室に運ばれていくとき、私、茫然としていちばんあとのほうを歩いてたんですけど、見ました、オリーヴ色の背中。でもその人かどうかまでは」

「どこにでもある色ですし」

「当夜の楽屋で久世さんと面識があったのは、おそらく野原さんと枕崎さんだけです。つまり久世さんにとって真に危険な存在は、枕崎さんだけだった。しかし枕崎さん、非常事態だったこともあり、あなたはどうやら久世さんの前を素通りしてしまったようだ。今はそう仮定して話を進めましょう。最後まで聞いてみて納得がいかなければ、そうおっしゃってください。枕崎さんが素通りしたのはまさに、楽屋での久世さんが透明な存在になった瞬間でした。彼が犯行を計画したのは、じつのところこの段においてだと想像されます。彼にはかねてから懸念があった。戦前囁かれていた野原鹿子にまつわる二つの噂を、彼は心のなかで否定しきれずにいました。枕崎さんなら耳にされたことがあるかもしれない。

一つは、幼い頃の彼女が多指――右手の指が通常より多かったという噂です。真偽をここで問うことはしません。ただ『ネクロ假面』の名場面にその手術痕のように見える傷が写っているのは事実です。もう一方の噂にはヴァリエーションがありますが、要するに現在の彼女は贋者ではないか、その正体は青山明子という子役時代のそっくりさんではないかという噂です。もし噂どおり彼女が野原鹿子ではないとしたら、久世さんには困ったことになります。血縁であることを理由に口約束されていた遺産相続が、宙に浮いてしまう。どちらも無責任な憶測に過ぎないかもしれないが、万一両方とも真実であった場合を彼は懼《おそ》れていました。もし古い記録から彼女の多指が立証され、そして遺体にはその痕跡が無かったら──我々が知っている野原鹿子の本名は青山明子、のちの米田明子だということになります。遺産の相続権を主張できるとしたら、そちら側の血縁でしょう。では真贋の判定自体を不可能にしてしまえばいい、そう久世さんは考えました。そのために右手を盗んだ。でも本当はその必要はなかったんです。彼女は本物の野原鹿子でしたよ」

　祀島くんは上着の外ポケットから封筒を出し、中に入っていた写真をカウンターに置いた。

「差し上げます。高幡さんに苦労して見つけていただいた『日比谷の恋人』のスチールです。『ネクロ仮面』で確認できるのと同じ位置に傷痕が見えます。つまりこの女性は名子役の野原鹿子その人です。彼女は耳を出しています。その耳の形は晩年の彼女と同じです。人間の耳は変わりません。その一枚の写真は子役時代と晩年の彼女を結びつけています。ちなみに米田明子さんは、東京大空襲で亡くなったそうです」

「ふうん──本物だったか」久世さんは写真に触れもしなかった。

「ちょっとよろしいですか」

「いいですよね」と祀島くんは久世さんに確認し、腰をあげて手を伸ばした枕崎さんに写真を渡した。

ああ、なるほど。いやあ、なるほど。それを眺めながら枕崎さんはしきりに感心した。彼も久世さんと同様、野原鹿子は贋者ではないかという疑念を追い払えずにきたのかもしれない。

「婆さんは本物だった。結構な話じゃないか。俺にとってもね。さきを続けてくれ。俺はどうやって婆さんの死体を連れて楽屋から脱出したのかな。俺は透明人間でも野原鹿子の遺体はずいぶん目立ったと思うが」

「綿密《めんみつ》な計画が無かったがゆえ、また失敗したところで重罪たりえないという意識ゆえでしょう、その後の久世さんの行動はいっそう大胆でした。代役の熊本さんが伯爵夫人を演じはじめんとし、それを見守ろうとするスタッフが舞台袖に移動している最中が、遺体の最初の移動時間です――」

「祀島くん」庚午さんが遮《さえぎ》った。「そのまえに、久世氏が遺体を楽屋から運び出さねばならなかった理由も、一応」

「ああ、そうでした。当然のことのように感じはじめていました。ご指摘ありがとうございます。このことは、久世さんの犯罪がその場の思いつきだった証明でもあります。彼が劇場に出掛けていった目的はあくまで観劇でした。だから彼は、刃物を持っていなかったんです。人間の手をすっぱりと切断できるような刃物なんか、そうそう転がってはいません。楽屋じゅうを探しまわる余裕があればなにか発見できたかもしれませんが、当初から騒ぎの渦中《かちゅう》に紛れ込んでいた彼は、すでに一一九番通報がおこなわれていることを知っていました。救急隊が到着すれば遺体は搬出されてしまう。トイレなどに隠しておいても、手分けして探され見つけられてしまうでしょう。客席側のトイレでも事情は同じです。刃物を調達してくるまでのあいだ、遺体を自分と同じ——いや自分以上に透明な存在にしてしまう必要が、彼にはあった。そしてそうすることに成功しました。ね？」と久世さんをふり返る。

久世さんは肩を竦《すく》めた。「どうやって」

「客席に坐らせました。劇場でもっとも透明な存在は、芝居のさなかの観客です」

隣のテーブルの三人が息を吸いあげる音が聞えた。

「さっきの続きです。熊本さんが舞台にあがりスタッフが舞台袖に集まっているあいだが、最初の移動時間でした。多津瀬さんの証言からもその時間帯以外はありえません。しも手の出入口に移動している枕崎さんや多津瀬さんが、もし途中でふり返られたなら、そこには遺体をかかえた久世さんが立ってたかもしれません。でも、誰もふり返らなかった。なんと不敵なと感じられるかもしれませんが、しかし考えてみてください、まだ久世さんはこれといって犯罪をおかしてはいません。野原さんの縁者がその亡骸《なきがら》をかかえているだけです。楽屋への潜入だって問題視されるとは思えません。大切な人が亡くなったんです。彼にとって野原さんが大切な存在であったことは誰にも否定できません。

彼の最初の目的地は、しも手口の手前の小部屋でした。ベヒシュタインのピアノが押し込まれている部屋です。遺体はピアノの下か脇に押し込まれました。しかしそれでは誰かが通りすがりにふり向いたとき、人間が横たわっていると気づくかもしれない。祓いが必要です。うってつけの物が手近にありました。黒サテンのピアノカバーが」

うむむ、と枕崎さんが咽を鳴らす。

「埃もぐれで放置されている現状は、歴史的銘器の扱いとして異常です。楽屋を案内していただいたとき、僕は誰かが外してしまったカバーがあるはずだと思って小部屋を見回したんですが、どこにもありませんでした。誰かが持ち去ったんですよ。それは久世さんであると僕は断言します。もしくはこの推理がすべて間違っているかです。

熊本さんの堂々たる演技に胸を撫でおろしたスタッフたちが、本来の仕事に戻っていったあとも、久世さんは次の移動にそなえて舞台袖に留まっていたことでしょう。すでに『琉璃玉の耳輪』を観ている彼は、次に行動すべきとき——廻り舞台の裏側が様変わりするタイミングを知っていました。舞台の表では演技が続いていますが、裏のくらがりでは次の暗転と廻転にそなえ、大道具の入れ替えがおこなわれます。やがて暗転のうちに舞台が廻り、次に照明が当たるのは、さっきまで舞台裏だったセットです。ここにおいての久世さんの行動も大胆でした。往き来する大道具係、立ち位置に向かう俳優らに混じって、彼はピアノカバーにくるんだ野原さんの遺体を堂々と舞台に運んだんです。そして自分自身も留まりました。セットの陰に、たぶん遺体と一緒にカバーにくるまって。以上が第二の移動です。

第三の移動は、もうおわかりでしょう、暗転のなかです。廻り舞台はしも手からかみ手へ、反時計廻りに進みます。裏の舞台のかみ手——表から見てしも手側に隠れていれば、まっさきに客席の闇が接近してきます。彼はカバーにくるんだ遺体をかかえてそこに飛び下りました。自分だけさきに下りて遺体は引っぱり下ろしたのかもしれませんが、とにかく早業でした。やがて舞台にあかりが灯った瞬間、彼はもといたあたりの座席に戻っており、隣か前には遺体を坐らせていました。端の列です。これまでで最も体力を要したものの、確実に闇のなかでおこなえたという点においては安全な移動でした。舞台が半周しきるまで闇が途切れることはけっしてありません。そして舞台にあかりが灯れば、劇場じゅうの目が否応なく俳優たちに吸い寄せられます。舞台に立っていたのは熊本さん演じる伯爵夫人だったかもしれません。周囲に気を払いはじめた観客がいたとしても、前列に現れた後ろ頭が、あるいは横の黒サテンのケープを羽織り居眠りしているようなシルエットが、野原鹿子その人だと――その遺体だと、どうして気づきうるでしょう。楽屋やロビィでは、遺体が消えたことに気づいた枕崎さんや救急隊員たちが血眼になって行方を探しています。しかし観客一人一人の顔を確認してまわることなど、どうして思いつくでしょうね。こうして彼は遺体を透明にしました。

時機を見計らって遺体のそばを離れ、悠々と刃物を調達して戻ってきた久世さんは、クライマックスに達する舞台を尻目に、遺体を支え、まるで気分をわるくした人に肩を貸しているようなそぶりで脇のドアから出ていきました。そして先刻下見して作業場と決めていたトイレに入っていきます。これが第四――最後の移動です。ロビィからの下り廊下、トイレのなか、いずれも無人でした。個室に遺体を運び切断をおこないます。ピアノカバーはここで血を浴びて衣服を汚さないためにも一役買ってくれたことでしょう。右手はカバーにくるんであかり取りの窓から外に放りました。野原さんの招待で劇場には何度も足を運んでいますから、その向こうに庭が位置することも彼は知っていたでしょう。庭の手とカバーは、彼が枕崎さんと会話し別れたあと、劇場を去りぎわに回収されました。考えてみるとピアノカバーというのはつくづく便利ですね。サテンですからとても小さく持ち運べます。コンビニで売っているような手提げの紙袋にきれいに収まってくれたことでしょう。以上が僕の――もとい庚午先生の推理です。駆け足でお話ししましたから説明不足の点もあるかと思います。証拠の有無はさておき『久世さんはなにをおこなったか』に焦点を当てて語りましたから、特に久世さん本人はご不満でしょう。しかし大筋において真相を云い当てていると確信しています」

さて、と話しはじめたときと同じように、祀島くんは店内を見回した。静けさのなか、ぶふぁん、ふるる、とフッフールがくしゃみをした。久世さんはまたたばこを喫いはじめた。私の視線は彼に釘付けになっていた。

「ブレスレットは」と枕崎さんが掠《かす》れぎみに発した。

「云い忘れていました。本来久世さんはブレスレットになんか興味はありません。彼の宿望は野原さんの遺産を正当に相続することで、犯行の動機はそのリスク回避です。ブレスレットを現場に残しておかなかったのは、盗難目当てに見えるようにし捜査を攪乱するためでしょう。彼が今でもそれを所持しているかどうかは僕にはわかりません」

枕崎さんが、「切断に使われた刃物は、劇場のどこで調達されたものでしょう」

「その点も重要でしたね。せっかく衣笠《きぬがさ》さんに来ていただいたというのに忘れてしまうところでした。風貌においてはいかにも捉えどころがない久世さんですが、こちらが積極的に視座を変えることによって、際立ったポジティヴな個性を発見することが可能になります。たとえば彼の行動パターン。これまで描写してきたように、唯我独尊というか、妙に人を食ったようなところがある。それが姿かたちの透明ぶりと相俟《あいま》って、意外性を生み、また証拠らしい証拠を残さないという結果を生んでもいる。彼の性格ならば、もはや徒《いたずら》に劇場内をうろついて、あるかどうかもわからない刃物を探すような真似はしなかったろう、と僕は考えました。遺体を座席に残して、堂々と駅前のショッピングセンターにでも買いにいったに違いないと。顔を憶えられることはないという確信が彼にはあり、そして実際、僕の調査では、彼の半券を確認しているはずの受付嬢たちはそんな人物を憶えてはいませんでした。しかし目撃者は別のところに。衣笠さん、簡単に自己紹介を。それから久世さんはこちらに出てきていただけますか、カウンターの表に」

　隣のテーブルについた、私が見知らぬスタッフだろうと目していた女性だった。彼女は立ち上がり、周囲を見回しながら、「衣笠です。昴劇場の並びにある甘栗屋の店員です」

「事件当夜、あなたは店頭に立っていらした」

「はい、遅番でした。お芝居の帰りに利用される方が多いので、その人波が途切れるまでは開けています」

　祀島くんはカウンターの手前に出てきた久世さんを指して、「この人物に見覚えは」

「ありません」

警察の三人が意外そうな顔をした。認識に食い違いがあったようだ。

祀島くんは動じたふうではない。久世さんを指していた手を下におろして、「彼の靴に見覚えは？」

「ありません」

「この彼の靴がどこで購入された物か、見当はつきますか」

「はい。南青山のシューフォレストです。でも既製品ではありません。まず個人に合わせて木型を作り、それを芯にして縫ったフルオーダーメイドです」

私は彼の靴に注目し、小首をかしげた。上品な光沢をたたえてはいるが、なんの飾りもない黒革靴だ。

「なぜその店の製品だと？」

「爪先の形に特徴があります。開店当時から、流行にかかわらず同じカーヴです。その方は日本人に多い甲高の足をしていらっしゃいますが、靴はそれを効率よくすっきりと見せるラインを描いています。地味なデザインは素材の良さを引き立たせるためだと思います。素材は良質の馬革で厚みがあります。それをそういうふうに縫い合わせるのは高度な技術です。無駄な履き皺もありません。オーダーメイドでしかありえません」

「高価な品物ですか」

「木型の製作代を別にしても、普通の革靴の十足ぶんから二十足ぶんだと思います」

「ではどこにでもあるような靴ではない？　誰でも履いているような」

「シューフォレストがフルオーダーを受け付けているのは知っていましたが、現物は、ほかに一足しか見たことがありません」

「よく人の靴を観察なさるんですか」

「実家が靴屋で、アルバイト中も通行人の靴ばかり見る癖があります。父から流行《はや》りを訊ねられることが多いので、その一種のリサーチです。混雑のなかではよく見えませんが、路が空いていれば、素晴しい靴が通りかかったらじっと観察します。家に帰ったら、父に話し忘れないようメモをつけます」

「当夜見掛けた靴のことを話してください。何時頃、どんな靴が衣笠さんの目の前を通過しましたか」

「九時台に二度、見ました。終演後の人波が押し寄せる、しばらく前です。最初は駅の方向に、そして十分後くらいに同じ靴が劇場の方向に戻っていきました。オレンジがかった赤茶色のアンクルブーツで、爪先は飾り孔の無いストレートチップです。ありそうでいてあまりない色とデザインです。素材は上質のカーフです。シューフォレストのフルオーダーメイドです。踵の縫い合わせ方にも特徴があるんです」

「もしその靴が衣笠さんのおっしゃるとおりの品なら、店には注文記録が残っていますね」

「詳細に残っているはずです。病院のカルテと同じなんです。それに木型も」

「その靴を履いた人物の顔、すこしでも記憶されていますか」

「いいえ。そもそも足許しか見ないので。でもズボンは遠目にライトブルーに見える細かなチェックで、遠ざかっていく背中がオリーヴ色だったのは憶えています。靴と上手にコーディネイトされているなと感じたので」

「ありがとうございました」祀島くんは彼女に一礼し、また店内を見回して、「久世さんがいつも素晴しい靴を履かれているというのは僕の記憶、オリーヴ色というのは彼女の記憶です。透明だった存在にだいぶ色が付いてきましたね。久世さん、あなたは僕らに当初事件の概要を話されたとき、劇場外に出られたことを隠しておられました。なぜですか」

久世さんはカウンターのなかに戻りながら、「忘れてた」

祀島くんは軽い溜息をついてテーブル側に向きなおり、「この事件のことを僕らに最初に伝えてきたのは、久世さん本人でした。推理どおり彼が犯人だとすれば、僕らはとても残念な結論に至らねばなりません。彼は、警察に繋がりをもつ僕らを利用しようとしました。野原鹿子の遺族として僕らに相談を持ちかけて後継者であることをさり気なくアピールし、また巧みに虚偽を織り交ぜて捜査を攪乱する。しかし一方では僕らへの仕掛けの結果が待ちきれず、痺れをきらして枕崎さんのところに怒鳴り込むような気の短さもあり、それはそれで興味ぶかく感じます。怜悧《れいり》かつ豪快な手口とは裏腹に、じつは小心な人物です。泰然と結果を待てない。自分は警察に疑われているのではないかという思いに耐えられない」

「云いたい放題だな」

「すみません、なるべく穏やかな表現を心掛けてるんですが。我慢しててください。もうじき終わります——策士策に溺れる傾向があるのも、この久世さんの特徴です。僕らに相談を持ちかけたとき、攪乱の一環として口から出任せで発した証言により、すでに自分が窮地に追い込まれていることに彼はまだ気づいていません。この店内には久世さん以外にも一人、透明人間が紛れ込んでいます。他人の記憶から自分の存在を消し去るのは、彼だけの専売特許ではないんです。多津瀬さん、あなたは楽屋で久世さんを——厳密には久世さんのものと思《おぼ》しきオリーヴ色の背中を目撃しました」

「はい」

「観察の意図があって眺めた背中ではなかったけれど、場の空気や僕の言葉に誘導されて、フラッシュバックするように記憶が掘り起こされたのだと思います」

「はい」

「同じ現象が、僕らに相談を持ちかけたときの久世さんにも起きました。彼はいかにも怪しかった人物として、古着風のジーンジャケットを着、ボストンバッグをかかえ、青ざめた顔をした若い女性を見掛けたと証言しています。誰のことだと思いますか」

「——私です」

「僕らもそう思います。久世さん、この人がボストンバッグの女性ですよ。女性って髪型やお化粧で変わるもんですね。ロビィで枕崎さんと会話していたとき、彼の背後を彼女が通ったとあなたは云いました。ぶつぶつと呟いている声まで聞えたと。しかし客席の扉の前といったら二階ロビィです。しかし当夜の彼女が通過したのは、階段途中の楽屋口から一階の正面口までなんです。彼女が観客の前に姿を現したのはそのあいだだけです。久世さん、ロビィでのあなたに彼女を見掛けることはできませんでした。あなたは漠とした記憶のなかから適当な要素をつまみ出し、架空の女性像をでっち上げているつもりで、ひとりの人物を正確に描写してしまったんです。舞台を通じての楽屋への潜入はあなたにとっても特殊な体験でした。その昂奮状態のなかで見た女性の姿が目に焼きついたんでしょう。しかしそれはよりによって、あなたがまだ会ったことのない野原さんの新しい付人でした」

久世さんはまた新しいたばこに火を点けた、これまでよりせわしない所作で。「それが決め手かい？　物的証拠に欠けるな」

「このスピーチの目的は、証拠然としたものをあなたに突きつけることではありません。記憶されにくいという意味においてあたかも透明であり、それを積極的に利用することにも長《た》けている久世真佐男という人物が、本来纏っている色彩を関係者に思い出してもらうことです。みずから姿を現そうとしないかぎり枕崎さんでさえ前を素通りしていた当夜のあなたですが、今は服装もはっきりしてきたし、歩みも見当がついている。今後はスタッフのあいだから目撃証言が続出するでしょう。だけど安心してください。死体損壊と価値を知らずにいての盗難は、一生取り返しがつかないほどの重罪ではありません。孤独な遺体の損壊とそこからの盗難です。この件で真に苦しんだ人はいません。このことは皆さんに強調しておきます。久世さんはブレスレットの価値を知りませんでした。野原さんが亡くなった晩、彼はすでに宿望を果たしていた。もし価値を知っていたなら、その後、彼が行動する必要はなかったんです」

「どういうことだ？」

「調査してくださった高幡警部補から発表してもらいましょう。お願いします」

「はい」警部補は手帳を開きながら進み出た。「庚午警部補の助言に沿い、ミャンマー産高級ルビィの販売ルートを辿って、野原氏が腕輪を依頼した製作家まで行き着くことができました。資産をこれ以上は切り崩さずコンパクトに携帯したい、という理由での発注だったそうです。腕輪の本体はプラチナ。二・五カラットから三カラットのルビィが五石、埋め込まれていました。庚午警部補の想像どおり、いずれも最高品位の鳩血色《ピジョンブラッド》でした。ルビィの価格というのは産地によってまったく違うんですね。たいへん勉強になりました。さらにダイヤモンドが八カラットぶん十二石。総計、時価約一億円——故人のほぼ全財産でした」

「早く云えよ」久世さんが怒ったような鋭い声をあげた。「手と一緒に海に捨てちゃったよ」

店内は静けさに包まれたが、驚愕の表情を泛《うか》べていたのは不二子くらいだった。皆——多津瀬さんや本当に初対面の衣笠さんでさえ、どこかで予測していたような気がする。乱暴な云い方をすれば、この久世真佐男という人物にとって人生は、良くも悪くもゲームなのだ。だからルール外のものには興味がない。

「久世真佐男さん、飯田橋署までご同行願えますか」高幡警部補が沈黙を破った。

久世さんが伏せていた顔を上げると、そこにはまた自嘲的な薄ら笑いがあった。「三十分——いや二十分、時間を。店を片づけさせてくれ」

「わかりました。表で待っています」

私たちは無言で座席を立ち、ドアに近い順に店を出はじめた。

「ちょっと」目の前を通り過ぎようとする多津瀬さんを、久世さんが呼び止める。枕崎さんのほうを向いて、「あんたが付くの？」

彼はびっくりしたように、「――はい。彼女に賭けてみようと思っております」

「そう」久世さんは彼らがついていたテーブルを指し、「あの婆さんの写真を彼女に」

「わかりました」枕崎さんは踵を返した。

「多津瀬さん」

「はい」これからオーディションに向かうという気概からだろうか、その彼女の返事は深く明瞭で、これまで私たちが接してきた彼女とは別人のようだった。

「本物の役者になれよ」

「はい」と彼女は美しいお辞儀をした。

‡

江戸風鈴が鳴る。私はふたたびアルケオプテリクスに足を踏み入れた。大きなリュックサックを背負った久世さんが店の奥から出てきた。「どうした」

「五分だけ時間を貰いました。フッフールのことが心配だと云って」

「ちょうどよかった。俺も表に相談に出ようとしてた。これはフッフールの荷物だよ。しばらく忙しいだろう。誰か預かっといてくれると助かる。なりは大きいが、おとなしいから手間はかからないよ。排泄物は大きさなりだから動物嫌いには頼めないが」久世さんはリュックを床に下ろした。フッフールが立ち上がり、近づいてきて、それに顎をのせてまた床に伏せた。

「どうしよう。キリエん家でまえ飼ってたらしいから彼女は平気ですけど、大きいから。うちと半々とか——でも動物ってあまり移動させないほうがいいですよね」

「いや、こいつは盥回《たらい》しに慣れてるから。うちで四軒めらしい。温められる床があれば、そこがこいつの家だよ」

「預かります。ほんのしばらくですよね」

「ほんのしばらくだ」

「——祀島くんと打ち合せてたんですか」

「なんのこと」

「野原さんの写真、あれを手にした枕崎さんの表情を見ていて、ようやくわかったんです、久世さんが本当に欲しかったもの」

「これかい」と彼が右手を上げ、そしてあたかも宙からつまみ出したのは、輝く輪だった。きらきらと星のような、火のような、幾つもの煌めきを纏った——。

「捨てなかったの」

彼は奇妙な花が開いていくように、だんだんと笑顔になって、「欲しけりゃあげるよ」

両手を振った。「巻き込まないでください。でも綺麗ですね」

「婆さんの右手もなかなか綺麗だったよ。保存しとくような趣味はないんで、朝釣りに行ってこれも一緒に捨てようとしたんだが、そのとき裏側に気づいちまってね、仕方なく持ち帰ってきた」

　彼はブレスレットを私の顔に近づけた。裏面に「To Mercy」と筆記体の彫込みがあった。

「これが遺言になると思ってるんだからおめでたい。女優ってのは手に負えない。これが俺のことだなんて、どうやったら証明できる？」

「それが全財産だって聞いてなかったんですか」

「一言も。婆さん、わかってたんだよ──そのうち自分が舞台で死ぬこと。そして俺が右手を盗りにくること。祀島くんは俺の片棒を担いだか？　いや、頼んだ覚えはない。しかし彼がいったん俺の特徴に気づいてしまえば、真相に達するのは困難じゃないと思ってた。気づく者がいるとしたら、まず祀島くんだろうとも。彩子ちゃんはいつ？」

「今日です。たばこを喫ってる姿を見ていて」

「意外にわからないもんだろ。隠そうとしないことだよ。隠せば、なにかがあると思われる。祀島くんの『推理』は見事だった。死体の移動も大正解だ。客席に坐らされた婆さんが羽織っていたのは黒サテンじゃなく、裏地の赤いほうだが。とまれ、あとは俺が同様に自供すれば、古い噂に怯えて、本物の野原鹿子の右手を盗んだ愚か者の完成だ」

「それでいいんですか」

「話題になるね。だって彩子ちゃん、俺が本当に欲しかったものがわかったと云ったろう。手に入りそうだ。嬉しいよ」

「でも手に入れるのは久世さんじゃなくて──」

「俺だよ。子供のとき初めて見た米田明子は本当に綺麗だった。当時はまだまだ明子の意識がまさっていたと婆さんは云った。それを野原鹿子に変えることは彼女自身にもできなかった。これは俺にしか不可能な一大イリュージョンだよ。俺はチャンスを逃さなかったし、もうじきやり遂げられる。種に気づいても、お願いだから声はあげずに、最後まで続けさせてくれ」彼はブレスレットをカウンター上の人形の頭に載せた、王冠のように。「貰ってくれないなら、ほとぼりが冷めた頃に売り払って、孤児院にでも。婆さんが育った孤児院はもう存在しないがね。ちなみに米田というのは、当時の松浪《まつなみ》芸能の社長御厨十三《みくりやじゅうぞう》の、母方の苗字だ。彼は念のため自分の養女として届けることはしなかった。しかし神戸から東京に連れてこられた八歳の明子の行き先は、御厨家でも米田家でもなかった。野原家だ。満州土産を胸に『ただいま』と云ってね。右手にはちゃんと手術痕もあった。御厨が外科的に付けさせたものだ。切除手術の痕跡じゃなくて、それを真似た、傷痕のための傷痕だよ。当時の野原鹿子の人気は絶大だった。過酷なスケジュールで異国を引きずりまわしたあげく過労死させたとなれば社会問題だ。御厨は断罪されるより、ひとりの少女に生涯他人を演じさせることを選んだ。明子は鹿子の両親すら騙しとおしたんだよ、彼らが亡くなるまで」

「——信じられないんですけど。実の親を騙しとおせたなんて」

「両親が本心から騙されていたとは俺にも思えない。しかし親の気持ちとしちゃ、帰ってきた少女を鹿子だと信じこむほかないじゃないか。ほかに、もう鹿子はいないんだ、少なくとも地上には。目の前の、同じ顔をした少女を抱きしめたくなるじゃないか。そして明子のほうも必死で鹿子になりきった。鹿子が生きてたらもっと親孝行、鹿子が生きてたらもっと芝居が巧い――絶対に追いつけない幻影を追って走り続けた人生だ。あんな婆さんになってさえ、酔うと自分の右手を見つめ、贋物だと云って泣いていた。なあ彩子ちゃん、そろそろ本物にしてやろうじゃないか」

頷いた。久世さんはフッフールの首輪に太い引き紐を繋いだ。私はリュックサックを持ち上げて肩に掛けた。そうして巨犬連れとなった私は、桐江泉、京野摩耶、そして祀島龍彦くんの三人とともに、公園の藤棚の下、どうやってこれを連れて帰ろうかと途方に暮れることになるのだが、その話はまたいずれ――。

ドアの前からフッフールが店内をふり返ったので、私もつられてふり返った。

「またいつか」と久世さんは特徴のない顔の横で、右手の六本の指を広げた。

付記

本書は、一九九四年から翌九五年にかけ、講談社の少女小説文庫に津原やすみ名義で書き下ろした二篇（第一話、第二話）を全面改稿し、さらに新たなパート（第三話）を書き加えたものです。発表当時、少女読者からは好反応をいただいたものの、体裁ゆえか本格推理小説として世に認知されるには至りませんでした。十年、いわば埋もれてきたミステリに、勿体ない、現在も通用する、として光を当ててくださった諸氏に深く感謝いたします。

二十世紀の黄昏《たそがれ》を少年少女として生きる本書の主人公たちは、携帯電話も自分のウェブサイトも持ちません。設定を更新して彼らを若返らせることは可能でしたが、かえって物語の寿命を縮めるような気がし、むしろ時代性を意識した加筆を心掛けました。読者諸氏が、当時の空気感をも愉しんでくださいましたなら幸甚です。

TY

解説

神保　泉

「冷えたピザはいかが」に倣《なら》って、いきなり結論をいってしまうと、津原泰水はG・K・チェスタトンや泡坂妻夫の血族であり、その正統な後継者に他ならない。彼も紛《まぎ》れもなくポオの一族なのだ。

この意見に多少なりとも疑念を抱いた方は、まず本編を一読して戴きたい。はじめは半信半疑であったとしても、読了後には間違いなく納得して戴けると、わたしは確信している。

津原泰水は一九八九年に津原やすみ名義でデヴュー。少女小説を多数著してきたが、九七年に現名義ではじめて発表した『妖都』が多くの識者・読者の絶賛を浴び、一躍注目の作家となった。その後も『蘆屋家の崩壊』『少年トレチア』『綺譚集』といった怪奇・幻想小説をはじめ『赤い竪琴』や『ブラバン』のような恋愛、青春小説など、ジャンルにとらわれない活躍を続けている。

〈ルピナス探偵団〉は、その少女小説家時代に、彼が唯一世に送り出したミステリ・シリーズである。本書所収の「冷えたピザはいかが」「ようこそ雪の館へ」は、九四年から九五年にかけて、講談社X文庫ティーンズハートより出版され（その際のタイトルは『うふふルピナス探偵団』と『ようこそ雪の館へ』）、その後、この二編を全面改稿し、「大女優の右手」を書き下ろしたうえで、原書房の〈ミステリー・リーグ〉という叢書にて『ルピナス探偵団の当惑』としてまとめられている。そして今回、その原書房版を底本として東京創元社からの文庫化である。

足掛け十三年。三度とも異なる出版社からの発行であるが、それこそ仕事場を選ばないアルチザン（職人）作家・津原泰水の面目躍如《めんもくやくじょ》といえる。またそれは、〈ルピナス探偵団〉が常に多くの人々を魅了してきた証でもある。

推理小説の祖とされるエドガー・アラン・ポオは、その生涯にあまたの詩と小説を書き遺しているが、その作品の底には「創作の意識化」というテーマが存在している。ポオは、「大抵の作家、殊《こと》に詩人は、自分が一種の美しい狂気というか、忘我的直観で創作したと思われたがる」と断じ、それに対し自身の詩「鴉」については、「構成の一点たりとも偶然や直観に帰せられ」ることなく「数学の問題のような正確さと厳密な結果をもって完成されたもの」（「構成の原理」篠田一士訳）であるといっている。ポオにとって、創作とは「理性」や「意志」の問題であって、「狂気」や「熱情」に取り憑かれることではなかった。

「理性」には想像力と論理性が伴《とも》なわなくてはならず、「意志」は表現への飽くなき渇望によっている。物語が空想的であり、詩が抽象的であればあるほど、「理性」と「意志」の力が重要となる。「理性」や「意志」が「狂気」や「熱情」にとってかわるという発想――芸術は「美しい狂気」や「忘我的直観」によってつくられるのではなく、「正確さと厳密な結果をもって」つくられるという考え――は、きわめて近代的な態度といえる。「天才」というロマン主義的概念は過去のものとなった。

この「数学の問題のような正確さ」をもって創作するという姿勢から、すでに明らかになっている事実を基に真相という物語を構成するという小説形式――つまり、「推理小説」――への距離は、ごく僅《わず》かしない。最も人工的な散文形式で、非日常的な出来事＝犯罪を題材にし、そこに現れた謎を解き明かす（＝世界を再構成する）小説は、ポオのように己の創作原理を常に意識する作家でなくては書き得ない。ポオだからこそ、推理小説の嚆矢《こうし》といわれる『モルグ街の殺人』や『マリー・ロジェの謎』を書くことができたのだ。

推理小説は幻想小説を母とし、ポオを父として生まれている。

「理性」と「意志」による創作。

その意味で、津原泰水はポオ的作家であるといえる。彼は、幻視的イメージに溢れた作品を多く世に送り出しているが、それらは作者の研ぎ澄まされた「理性」と強靱な「意志」に基づいている。幻想小説家として確固たる地位にいる作家が推理小説を書くことをもって、ポオ的というのではない。推理小説を目的として書くのではなく、ただ「理性」(想像力と論理性)と「意志」(表現への渇望)をもって書くこと、それ自体を「ポオ的態度」というべきであって、推理小説はその結実としてのみ生まれてくるのだ。

津原泰水がポオのように推理小説を生み出すことは、ポオが推理小説を生み出すように必然的だ。

では、津原泰水はどのような推理小説を生み出すのだろうか。

都筑道夫は三十数年前に上梓した『黄色い部屋はいかに改装されたか』で、「ホワイに重点をおいて、その解明に論理のアクロバットを用意する。これが現代のパズラーです」といっている。同書は、松本清張を中心とした社会派推理小説の隆盛に対し本格推理小説の復興を試みたものであるが、その後、島田荘司らの出現によって一大ムーヴメントとなった「新本格」は、残念ながら都筑が希望したようにはならなかった。

『ルピナス探偵団の当惑』は極めて都筑的な謎に満ちているようにみえる。

なぜ、犯人は冷えたピザを食べなくてはならなかったのか。なぜ、被害者はルビの付いたダイイング・メッセージを遺したのか。なぜ、急死した老女優の右手が切断され消えたのか。

第一話では冒頭から犯人の名が告知されているように、『ルピナス探偵団の当惑』において、誰が犯人であるかはさほど重要ではない。この事件の犯人は祀島の「観察」によって特定されるが、キリエの言うように、それは「推理」ではない。ピザの謎は、あくまで彩子の「推理」（＝論理のアクロバット）によって解明されるのであって、謎解きの重点は「ホワイ」にある。極端に言えば、犯人は「ホワイ」の謎が解明された結果として明らかになるにすぎない。

津原は、都筑の願いを叶えるために〈ルピナス探偵団〉を書いたわけではないだろうが、その謎解きは都筑の思惑以上のものだ。見えていたものが見えなくなり、見えていなかったものが見えてくる。図が地となり、地が図となる。表が裏となり裏が表となる。まるで騙し絵のように、認識が顚倒し、世界が一変する。この「認識の顚倒」の鮮やかさこそ、本書が凡庸なパズラーと一線を画す所以《ゆえん》である。

これまで見えていたものが見えなくなる喪失感と、これまで見えなかったものが見えてくる解放感、この相反する状態が同時に起こる幻惑的瞬間に立ち会うこと、それこそ良質な推理小説を読む醍醐味なのだが、そのような奇跡を作り出せる作家はそう多くはない。

都筑のいう「論理のアクロバット」とは、その奇跡を生む魔法の杖のようなものだ。魔法の杖であるから、一般の人間に使うことはできない。わたしたちには視えない世界を視ることの出来る作家たち――彼らだけがその杖を使いこなすことができる。冒頭で挙げたチェスタトンや泡坂妻夫はもちろんのこと、津原泰水も紛れもなくその一人である。

本書において、認識が顚倒するのは謎解きに限ったことではない。たとえば、探偵としての祀島の存在である。祀島は、「冷えたピザはいかが」では彩子の補完的立場にすぎなかったが、

「雪の館へようこそ」を経て、「大女優の右手」では積極的に探偵として振舞っている。一見、祀島の探偵としての自覚と成長の物語のようでもあるが、ことは、そう単純ではない。

推理小説は原則として、犯罪によって破綻した共同体を、真相の暴露という手段によって再生させる物語である。そのなかで探偵は、病を治す医師のような役割をはたす。探偵は共同体を再生させることを目的としているので、たとえばJ・D・カー『連続殺人事件』のフェル博士やA・クリスティ『オリエント急行の殺人』のポワロのように、真実と異なった解決方法を示すこともままあるものだ。病が癒されるなら、手段は問わない。真犯人が逮捕されなくとも、探偵はかまわない。たまさか共同体の利益にかなうから、探偵は謎を解き、真犯人をわたしたちの前に晒すのだ。

祀島は探偵として振る舞っているが、それらが全て探偵的行為というわけではない。だが、最終的には、それこそ病を癒す極めて探偵らしい行為となる。非―探偵的行為が探偵的行為へと反転する。

「謎」も「探偵」も反転してしまう世界。わたしたちは、自分がいま見えているものが真実なのかどうかも疑わしい世界にいる。だが、デカルト的に言えば、その疑うことこそ存在の証明となるのだ。

さきに推理小説を最も人工的な散文形式と書いたが、『妖都』や『少年トレチア』のようにクライシスがカタルシスとなるような小説を書いてしまう作家に、実のところ形式は意味をなさない。津原泰水は「小説」が「物語」の破綻をのぞむなら、迷わずその願いを叶えるだろう。彼の小説は、破綻さえ厭《いと》わない、世界が反転してもかまわない、という揺らぎのなかで成立している。だが、その揺らぎは、けっして、脆弱《ぜいじゃく》さを意味しているのではない。疑うことが存在の根拠となり、揺らぎが小説の強固さを意味する。認識はここでも顚倒する。

津原泰水はキャラクター造形に秀でた作家である。今回も、元々ティーンエイジャー向けに書かれたせいもあるのだろうが、探偵団の四人はもちろんのこと、刑事たちも含めたレギュラー陣の言動は非常に軽妙で躍動的である（これはどたばたして落ち着きがないという意味ではない）。彼女たちは、小説世界の外でもそこと同じように生活しており、ときおり津原泰水という小説家の手を借りて、わたしたちの前に現れてくるように思われる。今日も、彩子は不二子の不始末で頭を下げ、キリエは毒舌を吐き、摩耶はその美貌に磨きをかけ、祀島は化石を探している。たぶん、〈ルピナス探偵団〉の犯人たちも同様だろう。彼らは生きている。生きているということは、これまで様々な出来事に遭ってきたということであり、これからも様々な出来事に臨んでいくということだ。小説の頁《ページ》は尽きるが、彼女たちの人生は終わらない。わたしたちは〈ルピナス探偵団〉の中に、まだ書かれていない過去を読み取り、まだ書かれていない未来に思いを馳せる。

〈ルピナス探偵団〉は、パズラーのようで、ユーモア・ミステリのようで、青春小説のようでもある。とりあえず、推理小説（しかも極上の）だといっておけば、当たり障《さわ》りはないのだろうが、それでは〈ルピナス探偵団〉の魅力の半分も伝えていない。そう、半分もだ。

津原泰水という作家にも、同じようなことがいえる。とりあえず怪奇小説家や幻想小説家という肩書きを与えられているようだが、どうもしっくりきていない。あたりまえだ。津原は、怪奇小説家でも幻想小説家でもない。そもそも、津原泰水を、あるいはその小説を、ジャンル分けしようという行為ほど愚かしいものはないと、これは断言することができる。この作家のふところは深く、全貌は未だ明らかになっていない。

津原泰水は魔法の杖を持つ魔法つかいなので、こちらが思いもかけないものを次々に表現してみせる。どのようにして魔法をつかうのか、魔法つかいによってつかわれる魔法が異なるので、当人以外知ることはできない。知ることはできなくとも、楽しむことはできる。

その魔法を楽しめることは僥倖である。しかも、この魔法は何度でも楽しむことができる。『ルピナス探偵団の当惑』を読み返すたび、わたしはそう思う。

本書は二〇〇四年、原書房より刊行されたものの文庫化である。

検　印
廃　止

著者紹介　1964年広島県生まれ。89年より津原やすみ名義で少女小説を多数執筆。97年、現名義で『妖都』を発表、注目を集める。主な著作は『蘆屋家の崩壊』『綺譚集』『ブラバン』『ルピナス探偵団の憂愁』『11 eleven』など。

ルピナス探偵団の当惑

2007年6月22日　初版
2019年6月7日　6版

著者　津《つ》 原《はら》 泰《やす》 水《み》

発行所（株）東京創元社
代表者　長谷川晋一

162-0814／東京都新宿区新小川町1-5
電　話　03・3268・8231-営業部
　　　　03・3268・8204-編集部
URL　http://www.tsogen.co.jp
振　替　00160—9—1565
モリモト印刷・本間製本

乱丁・落丁本は，ご面倒ですが小社までご送付ください。送料小社負担にてお取替えいたします。

ISBN978-4-488-46901-6　C0193